Peter Rosegger

Die Waldbauern

Geschichten aus der Bergheimat

Peter Rosegger: Die Waldbauern. Geschichten aus der Bergheimat

Erstdruck dieser Zusammenstellung: Berlin, P. Franke, 1933.

Neuausgabe mit einer Biographie des Autors
Herausgegeben von Karl-Maria Guth
Berlin 2017

Umschlaggestaltung von Thomas Schultz-Overhage unter Verwendung des Bildes: Ferdinand Georg Waldmüller, Eintritt der Neuvermählten, 1859

Gesetzt aus der Minion Pro, 11 pt

Verlag: Henricus - Edition Deutsche Klassik GmbH
Mörchinger Str. 33, 14169 Berlin, info@henricus-verlag.de
Druck: Libri Plureos GmbH, Friedensallee 273, 22763 Hamburg

ISBN 978-3-7437-0905-8

Bibliografische Information der Deutschen Nationalbibliothek

Die Deutsche Nationalbibliothek verzeichnet diese Publikation in der Deutschen Nationalbibliografie; detaillierte bibliografische Daten sind im Internet über www.dnb.de abrufbar.

Inhalt

Der Herrensepp 4
Ein paar Abelsberger Ochsen 29
Ein Abelsberger Schweineverkäufer 40
Die Ehestandspredigt 47
Durch 67
Felix der Begehrte 89
Die Harfe im Walde 140
Gidel, der Verschenkte 164
Die Häuselschnecke 178
Die Rauferbuben 189
Zwei, die sich mögen 194
Föhn 210
Die heilige Katharina 218

Der Herrensepp

Im Edelgrund. Das ist ein kleines, von hohen Bergen umfriedetes Wiesental. Der Alpenrosenstrauch grünt an den Hängen dieses Tales, kommt aber selten zur Blüte, denn die liebe Sonne fällt nur von Floriani bis Jakobi in den Edelgrund. Hochruck heißt der Bergwall, der sich mit seinen grauen, gletscherumpanzerten Massen vor das Auge des Himmels stellt, das da jeden Tag um den Erdball wandelt, um all seine lichtdurstigen Kinder zu zählen und zu hüten.

Gegenüber diesem Bergwall, in dem Hintergrunde der Schluchten, erhebt sich der wildzerrissene Gebirgsstock, die Finsterfölz mit den drei Leuchtern. Die drei Leuchter sind drei kalkweiße Felshörner, welche über die Firnen und Kare des wüsten Bergstockes emporragen und in ihrem Widerscheine ein blasses Licht niedersenden in die Schattengründe des Tales. Zuweilen, wenn die Türme dort oben im Morgenrot oder Abendscheine glühen, als ob in der Himmelsbläue drei Lunten loderten, liegt ein Purpurton in der Dämmerung der Schlucht, und der Edelgrund hat rote Schatten.

Die Felsengebilde dieser Engtäler sind unsäglich mannigfaltig, und sie spielen in allen Farben vom dunkelsten Blau bis in das hellste Weiß und stets zu allen Tageszeiten wechselnd. Gebüsche und Moose wuchern in allen Mulden und Rissen, wo sich nicht etwa die grauen Sandströme breiten. Und im Erdreiche der Klüfte und der sanfteren Lehnen bauen sich urkräftige Tannen und Lärchen, als wollte das Pflanzenreich mit den Ungetümen der Steinmassen den Kampf immer von neuem beginnen.

Ein Wasserbett mit weißem Sand und grauen verwaschenen Felsblöcken gräbt sich durch das kleine Tal, und das grünlichgraue Wasser, das selbst in den Hochsommertagen darin rieselt, braust und schäumt recht wacker drein, höhlt tiefe Tümpel, überspringt gischtend Felstrümmer und ist stärker, als es scheint. Das ist der Finsterbach.

Wenn du auf der grünen Matte dieses Hochtales stehst und rufest laut: »Grüß dich Gott, Edelgrund!« – so hallt es ungezählte Male in der Runde, und die eine Wand schreit: »Edelgrund!« – und ein entfernter Wall ruft: »Grüß dich Gott!« – Und weiter klingt dein Gruß von Tafel zu Tafel, von Fels zu Fels.

Und wenn du nach der Gemse, die dort am Hange grast und schon das Haupt emporwirft und lauert, dein Bleirohr richtest, so braust dein Schuß wie das Knattern einer Schlacht durch die Gründe fort, und etwa weckt er gar an den Hängen des Hochruck eine Lawine auf, die niedertost und den Waldwuchs und dich selbst gefährdet.

Wenn aber auf einer der stolzen Höhen ein Jäger seinen Schuß abläßt, so siehst du von diesem Tale aus wohl den Blitz und den blauen Wirbel des Rauches, aber der Knall steigt nicht herab zu dir, der schlägt in dem höheren Bereiche seinen Takt.

Es ist, als ob im Hochgebirge die Natur nach anderen Gesetzen waltete als etwa draußen im zahmen Gelände, wo Menschen, die nicht viel nach der Schöpfung Herrlichkeit fragen, sich so wohl befinden.

Aber den Herren-Sepp hat doch das Heimweh so weit hereingetrieben.

In diesem schauerlichen Naturheiligtume – im Edelgrund, unter einer Granitwand wohl gewahrt, steht ein kleines, freundliches Haus. Es ist aus Holz in einfachem Schweizerstile gebaut und das flache Dach mit grauen Steinen beschwert, gleichwohl nur selten Wind und Wetterstürme diese geborgene Talschlucht durchfegen.

Es ist ein einladender, wohnlicher Bau, von einem Wildgarten mit Wachholder-, Dorn- und Alpenrosensträuchern umgeben. Zwei Lärchenstämme streben in ihren frischgrünen Kegeln hoch über das Dach des Häuschens auf, neben der moosgrauen Felswand. Am Fuße der Wand sprudelt zwischen Wildfarn und samtweichen Tangengeflechten eine Quelle, die selbst zur Sommerszeit manche Nacht ihre Eiszäpfchen spinnt. Über der Quelle in einer Nische des Felsens steht ein Bild aus Holz geschnitzt: Ein Jüngling mit Flügelschwingen an den Schultern, in der einen Hand den Ölzweig über einen Knaben haltend, der mit gefalteten Händen zu seinen Füßen steht. Der andere Arm des Jünglings weist gegen den Himmel empor. – Das ist die Darstellung des Schutzengels, wie ein solcher nach christlicher Mythe jedem Menschen auf Erden beigegeben ist. Zwischen diesen Gewalten des Hochgebirges hat das Menschenkind einen schirmenden Engel wohl doppelt vonnöten.

Ein leidlicher Fahrweg führt durch die Gräben und Engen der Vorberge bis zu diesem Hause im Edelgrund, aber nicht weiter. Nur ein schmaler Fußsteig zieht noch tiefer in das Hochtal und durch die Klüfte, steigt endlich den Gebirgswall der Finsterfölz hinan, um unter den drei Leuchtern einen engen Paß, das Fenster genannt, zu überschreiten und in die jenseitigen Berg- und Waldgegenden zu gelangen. Jäger und Hirten, Kräutersammler, Wildheuer und nur selten ein fremder Gast aus den Vorlanden betreten diesen Pfad, an welchem manche schlichte Gedenktafel verunglückter Wanderer steht.

Wir aber halten vor dem kleinen Alpenhause im Edelgrund und lauschen verwundert den zarten lustigen Tönen, die aus dem offenen Fenster des Hauses uns entgegenklingen.

Da drin in der Stube geht es freudig zu. Ein jugendlicher Mann in der Kleidung des Älplers sitzt am Tische und spielt auf einer vielsaitigen Zither frischlustige Alpenweisen. Und vor ihm auf dem Tische hockt ein Knäbl, das tut seine fetten Beinchen weit auseinander, seine tauklaren Äuglein angelweit auf, und völlig zu groß sind diese glänzend schwarzen Augenkirschen für das kleine, runde Gesicht; das Kind zappelt mit den weichen Händchen, als wolle es die aus dem Instrumente springenden Töne erhaschen. Und dabei hopst es und lallt und jauchzt, so daß der Mann mitten in sein Spiel hineinlacht: »Dem steckt's auch schon im Blut, hörst du, Kathrin, der wird dem lieben Herrgott noch Erd' und Himmel abstreiten.«

Kathrin, ein anmutsvolles Weib, das am nächsten Fenster sitzt und ein weißes Hemdchen mit roten Seidenbändern besäumt, lächelt zu den kecken Worten ihres Mannes und sagt: »Kindern schenkt der liebe Gott Erd' und Himmel ja von selber, die brauchen drum nicht zu streiten.«

Ein Gepolter vor der Tür. Mit unbeholfenem Stolpern trat ein Mann in die Stube, der alt und struppig und buckelig war und seinen großen Spitzhut schier hinten am Genick trug, auf daß derselbe nicht vorn herabpurzelte. Sein Gesicht war braun und zerrissen und wüst benarbt über und über – wie das Gebirgsleben und das Wildwetter den Menschen eben herrichtet.

Der Alte blieb an der Tür stehen und reckte sein stets zur Erde gebogenes Haupt nach allen Seiten, um die Stube zu betrachten, die, wenn auch nach Art der Gebirgswohnungen eingerichtet, doch eine gewisse Feinheit und Vornehmheit hatte, sowie auch die Bewohner, sich gleichwohl bäuerlich gebend, doch etwas Mildes und Gefälliges an sich trugen, wie man das bei Wald- und Alpenleuten so häufig nicht findet.

»Ja, das seh' ich schon«, murmelte der Alte in den Fußboden hinein, »ich bin recht dran. Das ist beim Herren-Sepp.«

Der Zitherspieler schob sein Instrument beiseite und ihm lag schon die Frage auf den Lippen: Was wünschet Ihr denn? Noch rechtzeitig fiel es ihm ein, daß diese Frage bei Bauersleuten nachgerade eine Grobheit ist. Nur Stromer und Bettelleute werden so begrüßt; sonst werden im Bauernhause die Fremden auf ganz andere Weise empfangen. So sagte der Sepp auf die Eintrittsworte des Alten: »Grüß Gott, schön! Mögt wohl ein wenig rasten?«

»Vergelt's Gott, das tu' ich schon«, antwortete der Buckelige und ließ sich keuchend auf die Ofenbank nieder und hub gemächlich an, mit Stein und Zunder Tabakfeuer zu schlagen, als wäre er in seiner Hütte.

Der Kleine war gleich nach dem Eintritte der Wildgestalt über die Tischplatte dem Vater zugerutscht und hatte die beiden Ärmchen um dessen Nacken geschlungen.

»Bübel«, rief jetzt der Höckermann mit schnarrender Stimme, »gehst her zu mir? Dich nehm' ich heut mit!«

In dieser Not barg sich das Knäbel noch tiefer unter das Kinn des Vaters und hub zu kreischen an.

Jetzt fragte Kathrin: »Wollt Ihr vielleicht etwas?«

»Tabaksfeuer möcht' ich gern haben«, sagte der Fremde, »der Sakermenter will mir nicht brennen; hell zu wenig beizt ist er.« Und schob Stein und Zunder in den Hosensack.

Bald hielt ihm die Kathrin ein brennendes Streichhölzchen vor.

»Aha, da haben wir's«, rief der Alte erstaunt, »hab' schon gehört von der Neuigkeit; und heut seh' ich's mit meinem Aug'. Ist ein spaßig Ding, hi, hi. – Bedank' mich aber schön, gleich probieren mag ich's doch nicht. Unsereins ist so ein Feuer nicht gewohnt.«

Er lehnte das brennende Streichhölzchen ab, bat sich aber ein zweites Stück aus, auf daß er es mit sich nehmen und seinen Kameraden zeigen könne, wie das neumodisch Feuerzeug aussehe, von dem es heiße, der böse Feind habe es aufgebracht, um damit die Häuser der Menschen und nach und nach die ganze Welt anzuzünden.

Als er jedoch ein volles Schächtelchen nehmen mußte, meinte er:

»Mein Lebtag, he, was brauch' ich alter Narr soviel Feuer! – Sei still, du kleiner Grill, dort; nehm' dich nicht mit, na, schon gewiß nicht; hab' eh' zu viel so Würmer daheim. – Und jetzt, wenn ich beim Herren-Sepp bin, so richt' ich meine Post aus.«

»Auszurichten habt Ihr?« fragte der Sepp.

»Das ist gewiß, eine Post«, sagte der Höckermann, »ich selber versteh' sie nicht; nu, 'leicht seid Ihr gescheiter. – Der Waldhammer Jok ist mir begegnet, wie ich drüben durch das Ameiskar heraufsteig'. – Gehst übers Fenster, Petz? schreit er mich an. – Ich bin der Waldrauchgraber Petz. – Freilich, sag' ich; willst mich 'nübertragen, Jok? – Oho, sagt er, du selber kannst mir den Weg ersparen; wenn du über den Edelgrund gehst, so sollst mir in des Herren-Sepp Haus ein paar Wörtel hineinrufen. – Das kann ich schon tun, sag' ich, was denn für Wörtel? – Ein Glasel Kranabeter von mir zum Sonntag sollst haben, wenn du mir heut in des Herren-Sepp Haus schreist: Die Seppin soll eilends mit einem Weibnamen zum Waldhammer-Jok kommen! – Ist recht, sag' ich, kannst dich verlassen, Jok. – Und jetzt richt' ich's aus: Die Seppin soll eilends mit einem Weibnamen zum Waldhammer-Jok kommen.«

Jetzt war in das junge Weib Leben gefahren. »Ich dank' Euch schön«, sagte sie mit geröteten Wangen, und dann zu ihrem Manne: »Hast gehört, beim Waldhammer! So muß ich doch geschwind dazutun; es ist vier Stunden hinüber.«

»Und ich steig' wieder stad davon«, sagte der Bucklige und hatte große Mühe, sich von der Bank zu erheben. »Wenn's einmal geht, nachher geht's rechtschaffen, aber das Anrucken ist mir allemal sauer.«

Kathrin trug ihm noch Milch und Brot an, aber der Alte lehnte ab, er sei schon bezahlt, er kriege am Sonntag seinen Kranabeter.

»Heilige Maria, Mann, Ihr brennt ja!« rief plötzlich die Kathrin; und tatsächlich, aus dem Beinkleide des Alten stieg ein Rauchbändchen auf.

»Brennen?« brummte der Bucklige, und drehte sich in der Runde, um das Feuer zu entdecken. »Brennen?!« Er schleuderte die Streichhölzchen von sich; aber der Rauch aus dem Beinkleide wurde stärker. »Der Buchenschwamm (Zunder) ist's, der Sakra! – Aha, verdrossen hat's dich, daß ich das neumodisch Feuer mittragen will; hast hinterher Funken gefangen.« Er entfernte den schon fast verkohlten Zunder. »Oder hab' ich dich doch selber angefeuert vorhin? Mag auch sein. Wart', jetzt rauchen wir eins an. So, Petz, jetzt ruck' weiter und bedank' dich fürs Rasten.«

So mit dem Feuerzeug und sich selbst redend, torkelte der Höckermann zur Türe hinaus.

* *
 *

Die Kathrin hatte noch das weggeworfene Schächtelchen in den Sack gesteckt, schloß nun eilig Kisten und Kästen auf und war gar geschäftig.

»Hätte schon einen eigenen Boten schicken können, der Waldhammer«, sagte der Mann, den sie den Herren-Sepp nannten, »aber diesen Waldbären fällt es nicht ein, daß es für eine Frau weder schicksam noch handsam ist, so allein über das Gebirge zu gehen.«

»Ei, wen wird so was kümmern«, rief das Weib, »du weißt ja, Sepp, daß ich schon mehrmals allein über das Fenster gegangen bin. Ich bin schwindelfrei und so ist keine Gefahr, und böse Menschen gibt es auch nicht hier. Du willst ja nicht einmal ein Schloß an unserer Haustür leiden.«

Der Sepp stellte den Kleinen in einen beweglichen Schragen, da der Knabe, kaum zehn Monate alt, noch allein nicht trippeln konnte. Dann ging er in das Freie und sah zu den Felsen hinan. Eine tagelange Regenzeit war eben vorübergegangen und ihre Frische lag noch über den Matten und Sträuchern.

Der Himmel war heiter, die Luft ruhig und lau; die Gemsen stiegen gegen die Firnen hinan und fraßen Flechten. – Das Wetter bliebe gut. Auch Lawinenstürze sind zu dieser Zeit kaum mehr zu fürchten, wie deren in diesem Jahre seltsamerweise fast gar nicht vorgekommen waren.

»Vor morgen abends wirst du nicht zurück sein können, Kathrin.«

»Wenn wir morgen früh um sieben Uhr in Klausdorf bei der Taufe sind, so denke ich, Sepp, wirst mit dem Mittagessen auf mich warten können.«

Die Herren-Sepp-Leute waren von dem Weibe des Waldhammer-Jok zu Gevatter gebeten worden – schon vor Wochen. Nun, aus den Worten des Waldrauchgräbers hatten sie verstanden, daß die Stunde gekommen und in der Hütte des Waldhammer ein junges Mädchen angelangt sei, das auf die Frau Patin und auf den Taufnamen warte.

Wäre es ein Knäbl gewesen, so hätte der Sepp die Obliegenheit gehabt; so aber – und im Gebirge sieht man streng darauf – mußte ein weiblicher Pate das Kind aus der Taufe heben.

Kathrin packte allerlei zu diesem Zwecke vorbereitete Dinge ein, unter anderem auch das winzige kleine Hemdchen mit den Seidenbändern, an dem sie vorhin noch gearbeitet hatte.

»Gelt, Sepp«, sagte sie nun, »deine Mutter selig hat Maria geheißen? Ist es dir recht, daß wir auch unser Patenkind so nennen?«

Im Gebirgsvolke ist es Sitte, daß nicht die Eltern, sondern die Paten des Täuflings dessen Namen bestimmen.

»Du bist mein liebes Weib«, sagte der Sepp, »wie oft wünsche ich bei mir, meine Mutter hätte dich noch gesehen.« Er legte seinen Arm um ihren Nacken, wie es vorhin der kleine Josef mit ihm gemacht hatte. »Hast recht, mein Herz, nenne das Kind Maria. Hätte zwar gemeint, Kathrin wäre auch ein hübscher Name; aber pass' auf, den brauchen wir selber noch!«

Und als sie endlich mit allem fertig war, hob sie den Kleinen auf ihren Schoß und sang:

»Patsch Händl z'samm,
Patsch Händl z'samm,
Was wird die Mutter bringen?
Zwei schöne Schuh
Und noch was dazu,
Da wird das Büberl springen.«

Der Kleine lachte mit seinen leuchtenden Augen, und die Mutter gab ihm einen Kuß gar auf die weißen Zähnchen hinein.

Der Sepp war so gern um den Knaben, doch wollte er dem Kinde heute die Mutter für die letzten Augenblicke nicht entziehen.

Die Magd war auf einige Tage zu ihrer kranken Ahne in das Vorland gereist. So ging der Sepp selbst in die Küche und brachte zur Jause Brot, Butter und geräuchertes Wildbret herbei. Dann ging er mit einem grünen Kruge zum Brunnen, der aus der Felswand quoll.

»Kathrin«, sagte er, als er von der Wand zurückkam, »lange hält das Wetter nicht; das Wasser ist so warm, daß man den Josef drin könnte baden. Heute wird's schon andauern, aber versprich mir, Kathrin, morgen nicht ohne einen Begleiter herüberzusteigen.«

Kathrin versprach es, und sie aßen Brot mit Butter.

Der Kleine war dabei im Schoße der Mutter eingeschlummert. Nun drückte die Mutter einen leisen Kuß auf sein gerötetes Vollwängelchen und legte ihn in sein Bett. Hierauf unterwies sie noch den Gatten in einigen Teilen des Haushaltes. »Und des Bübls wegen, Sepp, darf ich ohne Sorge sein.«

»Kathrin!« sagte der Mann, »wie ich dasteh'« – er stellte sich stramm und trotzig vor das Weib –, »wie ich jetzt dasteh', so halt' ich Wacht.«

»Ja, ja, behüt' euch beide der liebe Herrgott«, sagte die Kathrin, »und verschlaf dich nicht, daß der Josef in der Nacht sein Trinken kriegt.«

Die Kathrin sprengte noch einen Tropfen Weihwassers auf den kleinen Josef und auch auf den großen, der jedoch darüber mit den Augenlidern zuckte; es war ihm dieser Segen stets recht angenehm, nur nicht in die Augen.

Und endlich ging die Kathrin davon.

Der Sepp stand an der Tür und sah ihr lange nach. Das Bündel an den Arm gebunden, schritt sie mit ihrem Alpenstocke rüstig fürbaß.

Allen Respekt, Kathrin, daß du so wacker über Stock und Stein vermagst zu wandern und bist es doch, frei gesagt, nicht gewohnt.

Ehvor sie um den Felsvorsprung bog, sah sie noch einmal um und deutete mit der Hand, der Sepp solle ins Haus gehen – zum Kleinen.

Aber der Sepp blickte noch eine Weile das Gewände hinan. Was denn heute die Vögel haben, daß sie so herumflattern? Sind Geier in der Nähe? Es ist um drei Uhr zur Nachmittagszeit und noch zwitschern die Finken.

Es geht eine Sage, daß auch die Vöglein, wenn sie Hochzeit halten, Gäste dazu einladen und Reigen tanzen und Brautlieder singen.

* *
*

Nun ging der Sepp in das Haus zurück und setzte sich an die Wiege seines schlafenden Kindes. – Auch er war in dieser Wiege gelegen; sie war das einzige Erbe von seinem Vaterhause, das draußen gestanden. Draußen, wo an den Bergen vor wenigen Jahren noch die kleinen Felder und Kohlgärten lagen, die sich nun aber allmählich zu bewalden beginnen, weil die Höfe verarmt und verfallen. – Der Sepp war eines

Hirtenbauers Sohn und schon in seiner Kindheit und Jugend der glücklichste Mensch. Was Wunder auch, er lebte seine Jugend im Walde und auf den Bergen.

Indes war der Knabe nicht ganz aus dem Holze seiner Landsleute zugehackt. Vögelfangen, Kugelscheiben, Scheibenschießen, Trinken, was und mehr als das Zeug hält, und Raufhändel, das ist guter Brauch im Lande. Derlei gefiel dem Sepp aber nicht. Sang und Klang war sein Leben. Eine alte Zither wußte er sich zu verschaffen – sie hatte nur zwei Saiten. Auf diesen Saiten spielte sich seine Knaben- und Jugendlust ab. Aber als er sich einmal in ein rothaariges Hirtenmädchen verliebte, da wurden ihm jählings die Saiten zu wenig, er mußte eine dritte haben. Jetzt aber spielte der Sepp, daß einem Leib und Seel' entzweigehen konnte, und er spielte bei allen Lustbarkeiten, und die Leute sagten: »Ums Geld könnt' er's tun!« – gab ihm aber keiner eins.

Zur selben Zeit kam ein hoher Herr in die Gegend, um mit anderen hohen Herren Gemsen zu jagen. Es war kein Baron, es war kein Graf, es war ein Herzog. Der sah und hörte den jungen Zitherkünstler, gab ihm zwar auch kein Geld, aber etwas anderes. Er zog den hübschen, offenherzigen jungen Mann in die Welt und gab ihn in eine Musiklehranstalt. Nach Jahresfrist schon, als sich der von Natur aus zart besaitete junge Mann nicht allein eine hohe Fertigkeit in seinem Musikfache, sondern bereits auch einige allgemeine Kenntnisse erworben hatte, spielte er am Hofe des Fürsten.

Der König selbst war dabei und Grafen und Herzöge mehr als genug, und Frauen, wunderschöne Frauen, in Seiden über und über und wie von Milch und Blut so zart. Dem Burschen aus dem Gebirge fiel nicht das Herz in die Hose – die trotzige Ursprünglichkeit seines Stammes war in ihm noch nicht erstickt – keck und munter griff er in die Saiten und dachte bei sich: Vornehm über die Maßen sind die Weibsbilder dahier, aber die Rothaarige daheim ist mir lieber.

Als er das erste Stück, es war ein wundersames Spiel, beendet hatte, erhob sich ein schallendes Händeklatschen. Der Sepp erschrak, aber es war Beifall.

»Freut mich, wenn's gefallen hat«, sagte er und hub sogleich ein zweites Stück zu spielen an. Alles horchte wieder; aber als es zu Ende war, sagte ein Herr, der eine schneeweiße Weste trug, zum Sepp, weiteres dürfe er nicht mehr spielen, es sei genug, ja, es sei sogar das letzte Stück schon zuviel gewesen. Es wäre nicht in der Tagesordnung gestanden.

Da wurde der Sepp rot im Gesicht. – »Erst hat's ihnen gefallen, dann wollen sie nichts mehr hören«, murmelte er, »die Leut' sind falsch, denen spiel' ich nichts mehr.«

Er nahm seine Zither und ging davon.

Und das war der große Fehltritt. Von demselben Tage an hatte der hohe Herr dem jungen Musikanten seine Gönnerschaft entzogen.

Der Sepp atmete auf; so mag einem Singvogel zumute sein, den man freiläßt, weil man an ihm kein Vergnügen mehr hat. Der Bursche kehrte fröhlich zurück in das Gebirge. Aber seine Landsleute sahen ihn nur mit großen Augen an, sie hatten und taten nichts für ihn, trugen es ihm nach, daß er sie verlassen, und nannten ihn den Herren-Sepp, oder, wenn sie gar bitter sein wollten, den Stromer-Sepp, der der Hände Arbeit verschmähe und als leichtfertiger Musikant herumfahre. Sein Heimathaus war verwahrlost; die Seinen waren verstreut oder gestorben. – Nahm der Sepp seine Zither und ging wieder in die Welt.

Auf Kirchtagen und Jahrmärkten spielte er, bei allen Volksfesten war er dabei; in Städte rief man ihn auch. Es war eine heitere Sängerschaft. Und als er sich nach einer Weile ein rechtes Stück Geld erworben hatte, gedachte er wieder seiner Berge, deren Häupter so weiß waren wie sein klingendes Silber. Und bei dem Dukatengold, das er nun auch schon kannte, fiel ihm goldenes Haar ein. – Erinnert er sich recht, so hat er einmal an einem hellen Maientag dem Hirtenmädchen die Worte gesagt: »Wenn ich könnt', ich tät's. Heiraten tat' ich dich!«

Jetzt könnte er.

Und der Sepp zitherte sich weiter, zitherte sich dem Gebirge zu; und dort kam er just recht zur Hochzeit. Das rothaarige Hirtenmädchen heiratete einen Jägerburschen.

Ist auch gut, dachte sich der Sepp und spielte bei dem Hochzeitsfeste lustige Ländler auf seiner Zither.

Dann ging er wieder davon. Er wollte das Wort »Herren-Sepp« nicht leiden; er wußte gut genug, daß es Spott war. Er hätt's doch lieber mit den Bauern gehalten. – Ein schlichter Musikant will er bleiben; und gleichwohl er gegen seine trotzigen Landsleute einige

Bitterkeit hegt, ihre Reigen und ihre Lieder, die spielt er doch noch am liebsten.

Und er ist viel besser daran wie die anderen Burschen daheim. Ist einer herzensfreudig, oder ist er zum Sterben betrübt, oder ist er närrisch verliebt, oder hat er einen gewaltigen Zorn – er kann sich nicht helfen; es preßt und drückt und schraubt die Seele ein, oder es bricht aus in einen zerstörenden Sturm. Ja, da hat's der Musikant besser, die Seelenwucht löst sich in Saitenklingen, und die liebe Musik bringt alles in das Gleichgewicht.

Wieder und wieder machte der Sepp die Runde durch das Land. Zuweilen aber setzte er sich auf einen Stein unter Eichenschatten und spielte für sich allein. Was waren aber seine Knie und der grüne Rasen für ein schlechter Resonanzboden! Und die zarten Klänge ertranken in der weiten Luft, und der Windhauch sog das Lied ein, und sein Gemüt – für das er doch recht eigentlich gespielt –, es wurde nicht erquickt. Da stützte der Bursche einmal seinen Kopf auf die Hand und sagte: »Sepp, du bist doch ein armer Teufel! ...«

Das Gefühl der Einsamkeit und Verlassenheit wollte ihn überkommen, aber noch zu rechter Zeit fuhr er in die Saiten und spielte eine kecke Volksweise.

Und als das so klang, da jodelte unweit davon im Gebüsche eine helle Stimme dieselbe Weise mit. Der Sepp sprang auf, sah den Lockenkopf eines Mädchens, der sich sofort hinter den Busch verbergen wollte. Es war aber zu spät ...

– Der kleine Josef regte sich. Mit dem Fäustchen fuhr er über die Augen, die schier ein wenig aufgucken wollten.

Der Sepp wispelte einlullend mit den Lippen und wendete das Kind auf die andere Seite. Da schlief es ruhig weiter.

... Ein Fischermädchen war es, träumte der Sepp seine Vergangenheit weiter, Kathrin hieß es; allein bei einem fremden Manne so sitzen, das wollte es nicht; aber das Saitenspiel und das Singen war ihm Lust und Leben.

Der Musikant kehrte beim Fischer ein. Den ganzen Abend spielte er; die zwei alten Leutchen, Kathrinens Eltern, legten ihre Hände in den Schoß und lauschten still; nein, diese Leute verdarben den zarten Sang nicht durch Händegeklatsch; gleichwohl dieses Spiel auch in ihrer Tagesordnung nicht war, so horchten sie andächtig zu.

Kathrin tat die heimgebrachten Hechte in den Behälter und dachte den Fischen zu: »Ein Unglück, daß ihr taub seid, er spielt so schön.«

Dieses Mädchen denn ist sein Weib geworden.

Sie gründeten sich einen kleinen Hausstand im Orte; zogen auch mitsammen aus, um zu spielen und zu singen, und es war ein lustiges Musikantenpaar.

Zum Glücke des Hauses gesellte sich auch der Segen, bis schließlich zum freundlichen Duett auch noch eine dritte Stimme kam, eine zarte und helle Stimme, die aber keine Note und keinen Takt achtete und demnach für Konzerte nicht zu brauchen war.

Da ließ der Sepp das Wandern und blieb daheim bei seinem kleinen Josef.

Nun hatte er alles, was er sich nur zu wünschen vermochte: ein Heim, ein Weib, ein Kind. Und nun fehlte ihm doch noch was in der langen Zeit.

Er hatte es anfangs selbst nicht gewußt, was es war. Besonders zur schönen Sommerszeit kam's. Die Saiten wollten nicht stimmen; – ja, die Luft war schuld, sie war zu dicht, zu träge. Seine eigene Stimme kam ihm heiser vor. Wo auch sollt's denn hallen und schallen auf diesem flachen Gelände? –

Was fehlt der Welt? Sepp! Herren-Sepp! Was fehlt der Welt?

Die Berge fehlen ihr.

Das Heimweh hat dich erfaßt; in deinen heimatlichen Wäldern möchtest du sein, im Gebirge möchtest du leben.

Man weiß ein Häuschen, Sepp, das steht noch hinter jenen Waldbergen, wo sie dich den Herren-Sepp nennen, das steht tief in einem gletscherkühlen Felsentale. Dort braucht man keine Uhr zur Tageszeit; die Bergspitzen und die Felshörner, an denen die Sonne vorbeigeht, bedeuten die Stunden, nach denen sie etwa geheißen sind. Unseres Herrgotts Zifferblatt, lieber Sepp! – Und vielleicht geht in jenem Felsentale die Sonne täglich zweimal auf und zweimal unter, wenn sie sich hinter die Hochwarten birgt und wieder hervortritt. Vielleicht wird dort der Sonnenball einmal von einem Felszacken aufgespießt, bis er endlich nach solchen Abenteuern untertaucht und acht oder neun Monate lang gar nicht mehr aufgeht. – In solchem Gewände da drin und in der Klarheit der Luft und in der großen Ruhe des Waldes müßten Zithersaiten einen hellen Ton geben ...

Das Haus in jenem Felsentale ist ein Jagdasyl und gehört einem hohen Herrn, der dich kennt, der dir immer noch wohlwill, dessen Gewissen schreit, er hätte dich in die Welt gezogen, in der du leicht untergehen könntest, der nach einer Gelegenheit sinnt, noch einmal was Rechtes für dich tun zu können. –

Ein waches Träumen war's gewesen die lange Zeit. Schließlich konnte der Sepp nicht anders, er schrieb an den Verwalter des herzoglichen Jagdreviers, ob es denn nicht menschenmöglich wäre, daß – im Falle das Jagdhaus im Edelgrund leer stünde – er samt seiner kleinen Familie zur Sommerszeit ein paar Wochen in demselben wohnen könne.

Aus sich hätte er's kaum getan, aber die Sache war ihm nahegelegt worden. Und was ein Prinz will, allzeit ist das noch menschenmöglich gewesen.

»– Herr Josef Riedheimer ist Eigentümer des Hauses im Edelgrund« – und eigenhändig unterschrieben vom Herzog.

Und jetzt verließ er sein kleines Haus auf der Ebene, um es nur für die Winterszeit immer wieder zu beziehen. Der Sommer war sein im Hochgebirge. »Hier«, rief er, als er die Tannenwälder und die Felsen wiedersah, »*hier* hat Gott die Welt erschaffen!«

– Daß er noch so kindisch ist, der Sepp; einen Juchschrei hat er getan! Darauf ist das Knäbl aus dem Schlafe gefahren – hat den Vater helläugig angeblickt.

Aber, was heute nur die Ameisen wollen; die kommen aus den Fugen hervor, krabbeln an den Wänden hinan, und ein paar von ihnen besuchen das rotwangige Kindl in der Wiege.

Nun hob der Vater den zappelnden Kleinen aus seinem Nestchen, tat ihm das Nötige zugute, gab ihm Milch zu trinken, strich ihm die Seidenlocken aus dem gerundeten Stirnchen, schaukelte ihn auf dem Knie und trillerte das Lieblingsliedchen:

»Patsch Händl z'samm,
Patsch Händl z'samm,
Was wird die Mutter bringen ...«

Der Sepp unterbricht sich. Die Zither schrillt auf dem Tische ganz von selbst; das offene Fenster geht langsam zu. – Was ist das?

Das ist ja fast unheimlich, allein so im Hause sein. Wie trifft sich's nur, daß die Dienstmagd gerade an diesen Tagen zu ihrer kranken Ahne gemußt? Sepp hätte sonst sein Weib über das Fenster begleitet.

Ohne Gefahr ist der Weg das Gewände hinan nicht, es gibt Stellen, wer an solchen stürzt, der stürzt viele hundert Fuß tief. Wenn sich zwei Wanderer am Rothang begegnen, so muß einer von ihnen umkehren, sie können nicht aneinander vorüber, dazu ist der Pfad zu schmal. An diesem Rothang war es ja, wo vor Jahren der Waldhammer-Jok stundenlang vor einem Steinbock gestanden. Der Bock wollte sich nicht wenden, der Jok auch nicht. Letzterer kannte die Eigenheit dieser Tiere wohl und wußte, daß, wenn er jetzt umkehre, der Steinbock ihm mit seiner ehernen Stirne in den Rücken rennen, ihn in den Abgrund stoßen werde. So stand der Jok. Er suchte das Tier mit Steinwürfen aus seinem Weg zu verscheuchen, das gelang ihm nicht, und der Bock trippelte immer näher und schaukelte bedenklich seine großen Hörner. Die Zeit verging, die drei Leuchter glühten im Abendschein. Was tat der Jok? – Er schritt festen Mutes voran, faßte keck die kantigen Hörner der Alpenantilope und sagte: Du oder ich, mein Bursch! Der Bock ging einige Schritte rückwärts, um zum Stoß auszuholen. – Aha, du willst springen, sagte der Jok, ließ die Hörner los und schritt auch seinerseits ein bißchen nach rückwärts. Der Bock stemmte die Hinterfüße an, tat einen gewaltigen Sprung; der Jok bückte sich, und das Tier – war über ihn hinweg.

Derlei jägerlateinische Abenteuer erzählt man im Gebirge die Menge. Aber am Rothang zeigt so manches »Martertaferl«, daß es nicht immer glücklich abgeht.

Und diesen Weg mußte die Kathrin, das hilflose Weib, wandeln. Wohl wahr, der Weg war ihr bekannt und bereits vertraut; und wer behutsam ist, für den hat's keine Gefahr. –

So quälte und beruhigte sich der Sepp und so schwätzte er laut mit seinem Knaben und setzte immer bei: »Ist sie erst über das Fenster, dann geht es sachte über das Ameiskar und durch das Knieholz abwärts, und sie ist leicht vor Abend in der Waldhammerklause.«

Dem Kleinen schienen indes für den Augenblick diese Dinge sehr wesenlos: er spitzte sein Zeigefingerchen und stupfte damit auf des Vaters schwarzen Schnurrbart.

In demselben Momente schrillte von selbst wieder das Saitenspiel, die Fenster klirrten, die Wand ächzte, die Wiege bewegte sich und die Pendeluhr hörte auf zu ticken.

»Ein Erdbeben!«

Er hob das Kind zu seiner Brust und ging in das Freie.

Die Luft war drückend, der Himmel war wie gelblich angehaucht. In dem durch den Grund rauschenden Finsterbach reckten Forellen ihre Köpfe in die Luft empor.

Der kleine Josef machte große Augen und blickte wie befremdet in das Antlitz des Vaters. Dieses wendete sich den Wänden zu, hinter welchen der Paß, das Fenster genannt, lag. Links davon erhoben sich die Hochmassen der Finsterfölz mit ihren senkrechten Wänden und mit ihren Firnen, über welchen die drei Leuchter luftig und kühn emporragten.

Als der Sepp seine Augen gegen diese duftblaue Hochspitze richtete, sah er ein schwarzes Pünktchen sich langsam erheben, anfangs zitternd und verschwimmend, wie eine Augentäuschung, bald aber deutlicher werdend und wachsend. Des Mannes Blick blieb an dem Gegenstande haften. Von Sekunde zu Sekunde trat der schwarze Punkt deutlicher hervor, leuchtete zuweilen, büßte den Glanz sofort wieder ein, wenn er in das Bereich der Schatten kam, die von den drei Leuchtern her durch den Raum gezogen waren. Und endlich nach mehreren Minuten sank die dunkle Gestalt als Lämmergeier gegen die Schluchten des Edelgrundes, in deren Tiefen er verschwand.

Das ist heute doch ein seltsamer Nachmittag, dachte sich der Sepp. »Wart', Bübel, setz' dich dieweilen da aufs Moos, ich eile um das Schußgewehr. Ich denk', der Vogel läßt sich noch sehen.«

Kaum hatte er den Kleinen auf die weiche Matte gesetzt, so hob er ihn auch schon wieder auf den Arm. Es war ihm heute, als dürfe er das Kind nicht auf drei Augenblicke von sich lassen. Sein Gemüt war beklommen.

Schon umdüsterte sich das Felsental und es ging gegen Abend. Die Quelle an der Wand kam ruckweise und war trüb.

* * *

Der Sepp stand eben mit dem Kinde am Brunnen, um Wasser für den Abend zu schöpfen. – Der Josef streckte eben sein Händchen jubelnd gegen das farbenbunte Bildnis des Schutzengels empor, als das Gräßliche geschah.

Ein Erdstoß, dann ein dumpfes Donnern durch die Luft. Unwillkürlich wendete der Sepp sein Gesicht gegen den Paß hin, welchen sein Weib zu überschreiten hatte, und nun sah er ein Schauspiel, vor dem sein Puls stillstand.

Am Fuße der drei Leuchter wurde der Gletscher lebendig und fuhr in ungeheuren Tafeln langsam nieder bis zu dem senkrechten Gewände und stürzte schwer und träge über den gewaltigen Abgrund. Ein mattroter Schein umdämmerte die Finsterfölz, wie das Aufzucken eines Nordlichtes, dann bebte neuerdings die Erde. Die Wände krachten, als sprängen sie entzwei, und ein roter Steinkoloß kam durch die Lüfte gesaust, prallte an die Granittafeln des Hochruckfußes, und von diesen mit Funkensprühen zurückgeworfen, fuhr er nieder in das Tal, und nicht gar weit von dem Hause schlug er in die Erde, daß hochauf der Sand und der Rasen und die Felsensplitter stoben. Und dann erst kam das Donnerrollen von dem Gletschersturze heran, daß es die Lüfte und die Ohren zerriß und schier nimmer enden wollte.

Der Sepp war starr. Das Knäbl machte wieder seine großen Augen.

»O du mein armes Kind, was ist jetzt geschehen?« rief der Mann.

Es war dunkel. Er trug den Knaben in das Haus. Im Hause waren Fenster gesprungen.

Und dann brach die grauenhafte Nacht an. Die Spannung der Luft löste sich in einem Gewitter, und die Fenster waren stetig rot von dem Scheine der Blitze.

Das Kind schlief, aber der Vater irrte wachend umher. Er wollte durch Nacht und Sturm über das Gebirge, um sein Weib zu suchen. Aber das Kind – konnte er's denn verlassen? Mit Banden zog es ihn davon, mit Banden hielt es ihn zurück.

Wohl sagte er sich: »Sie wird noch vor dem Unheil über den Paß gekommen sein, oder sie hat sich unterwegs in einer der Felsklüfte zu schützen gewußt; sie ist ja klug, meine Kathrin, und sie ist ja brav und fromm; gelt, du lieber Herrgott im Himmel, du hast sie nicht verlassen!«

Der Kleine schluchzte im Schlafe und sein Schluchzen ging in ein heftiges Lachen über, ohne daß er die Augen öffnete.

Als es gegen Morgen war und die Leuchter oben schon blaß angehaucht wie ätherische Gestalten ragten, ging der Sepp wieder aus dem

Hause. Es war kühl geworden, und der Himmel war sternenhell. In der Ferne war es wie das Rauschen eines Wasserfalles; aber der Wildbach, der sonst durch den Edelgrund brauste, der war heute so seltsam still, und als der Sepp an sein Bett schritt, da fand er kein fließendes Wasser mehr. Einzelne Tümpel standen und darin plätscherte hie und da ein verendender Steinkrebs oder eine Forelle.

Was ist Furchtbares geschehen in den Hochmassen der Finsterfölz!

Ehvor noch die Sonne auf den Kuppen des Gebirges lag, versammelten sich Leute der umliegenden Gegend im Edelgrund.

Sie fragten und sie erzählten; jeder wußte was anderes von dem Ereignis, das gestern am Abend stattgefunden. Draußen im Hochruckegg seien mehrere Joch Hochwald geknickt worden. Oben im Ringkar seien Felsen gespalten; daselbst läge auch eine Unzahl toter Tiere, als Gemsen, Eidechsen, Vögel usw., die jedoch keine Spur von Verwundung an sich trügen. Drüben in der Bärengrotte springe ein neuer mächtiger Quell aus dem Gesteine hervor und bilde Wasserfälle über das Gelehne, die man schon von weitem sehen und hören könne.

Gar sonderlich verwunderten sie sich über den roten Steinblock, der gestern durch die Lüfte gekommen war und wohl viele Zentner wog. Nirgends in der Nähe war ähnlich gefärbtes Gestein, und doch war an dem Koloß der frische Bruch leicht zu erkennen. Woher kam er? Der Waldrauchgräber Petz beguckte und betastete den Stein von allen Seiten und murmelte: »Das versteh' ich nicht. Bigott, der ist vom Himmel gefallen.«

Den Sepp wollte all das nicht berühren. Er fragte jeden nach seinem Weibe. Soviel sie auch wußten, allein von Kathrin hatten sie nichts gesehen.

Nun brachen sie auf, das Weib zu suchen. Die Wangen des Musikanten röteten sich in neuer Hoffnung und Zuversicht.

»Auf, Josef!« rief er sein Kind aus dem Schlummer, »wir gehen allbeid' über den Berg zur Mutter.«

Der Kleine fürchtete sich vor den vielen Leuten und wimmerte, als ihn der Sepp mit einem Tuche auf seinen Rücken band. Er umschlang des Vaters Hals und sank endlich in das Tuch zurück, um vor Erschöpfung zu schlafen.

Sie gingen das stille, zerrissene Bachbett entlang durch Engen und Klüfte, bis der Fußsteig in Windungen das Gebirge hinanstieg. Überall Spuren der Katastrophe, zerrissener Boden, niedergebrochene Steine;

sogar Eisstücke fanden sich, und es war doch weit von der Stelle, wo die Gletscher niedergefahren.

Als die Männer zur ersten Anhöhe kamen, wo eine hölzerne Gedächtnistafel steht, berichtend, daß hier zwei Wildhahnjäger von einer Schneelawine begraben worden, begegnete ihnen der Waldhammer-Jok.

»He, Leute!« schrie er schon von weitem. »Wollt ihr übers Fenster? - Keine Menschenmöglichkeit. Jesus und Maria, da droben ist die Welt auseinandergebrochen. Kein Mensch kann's glauben, was da geschehen ist, der Berg ist niedergebrochen!«

- Ist mein Weib gestern zu Euch gekommen? - wollte der Sepp den Waldhammer fragen; er rührte die Zunge, sie gab keinen Laut. Die Gestalten wankten vor seinen Augen.

»Ich komme von der anderen Seite her, vom Hochruck«, berichtete der Jok, »um Mitternacht bin ich schon fort von heim. - Ist nicht der Herren-Sepp bei euch? Ja, zu dem will ich. - Hab' dir schon gestern Post sagen lassen, Gevatter, 's ist hohe Zeit, wir brauchen dein Weib.«

Dem Sepp schwankten die Knie, wortlos setzte er sich auf einen Stein und langte nach dem Kinde.

»Ist sie nicht schon gestern zu Euch gekommen, Jok?« fragten mehrere der Männer zugleich.

Da blieb der Jok stehen und wurde blaß. - »Sollt's doch sein, was ich um Gottes heiligen Willen nicht hab' glauben können? Ist die Kathrin gestern noch fortgegangen vom Edelgrund? - Oh, helf ihr Gott, helf ihr der allmächtige Gott!«

Der Sepp saß da wie eine Bildsäule von Stein. Er starrte auf sein Kind, das ermüdet noch im Schlafe lag.

»Schlaf zu, werd' nimmermehr wach ...«

Die Männer standen eine Weile stumm in der Runde und schauten ihn an.

Nun erhob sich der Sepp, faßte neukräftig den Stock und sagte: »Weiter! Suchen! Tot kann sie nicht sein. Sie hat sich schon geholfen, meine Kathrin. Jetzt ist die Sonne da, wir werden sie finden.«

Stundenlang stiegen sie im Gefelse umher. Sie sahen in die Tiefen hinab, in welchen die zerschellten Massen des von den drei Leuchtern niedergebrochenen Gletschers lagen. In der Nähe der Verwüstung war stellenweise der Moosboden versengt, und hie und da lag ein toter

Specht, ein toter Rabe, ein toter Habicht, wie diese Tiere im Fluge vielleicht von dem Luftstoß erschlagen oder erdrückt sein mochten.

Endlich standen die Männer auf dem Grat, wo sich der Blick öffnete in eine Gegend, die keiner von diesen Alpensöhnen noch gesehen hatte.

Wo früher an den steilen Lehnen des Rothang unter überhängenden Felsästen der Fußsteig sich hingezogen, war jetzt ein weites, tief gehöhltes Kar. Und in den Kesseln stand Wasser.

»Da wächst ein See«, sagte einer der Männer, »und bis er voll ist, wird auch der Finsterbach wieder durch den Edelgrund rinnen.«

»Und in diesem Bruche ist sicher der rote Stein daheim gewesen, der unten im Edelgrund liegt«, sagte ein anderer, »und man glaubt es gar nicht, was der Luftdruck imstande ist.«

»Und über das Fenster führt kein Weg mehr«, meinte der Waldhammer, »Klausdorf und der Edelgrund sind drei Stunden weiter auseinandergerückt. Ja, und zu den drei Leuchtern führt auch kein Weg mehr, der Berg steht von allen Seiten abgeschlossen; die letzte Zugbrücke, über die man sonst zu den Gletschern hinaufgestiegen, ist gefallen.«

All das bewegte den Sepp nicht. »Sie ist tot«, redete er vor sich hin. »Gott hat sie begraben.«

Auf das Drängen der Leute kehrte er in das Haus im Edelgrund zurück, um doch nur sein Kind zu atzen.

Menschen kamen vom Vorlande herein; und gleichwohl es dem Sepp immer geschienen, sie wollten ihm nicht gut, weil er aus ihrem Kreise getreten war, so sah er es nun doch, sie hatten ihn lieb als einen der Ihren, und auch als einen der Menschen, die ein großes Unglück getroffen. – Sie brachten ihm Nahrung, weil er ja keine Hausfrau habe, die ihm welche bereite; Weiber kamen und trugen sich an, des Kleinen zu warten. Der alte Petz saß stundenlang auf dem roten Stein. Der Sepp lehnte alles ab; er wollte allein sein in dem Hause, in dem er mit ihr gelebt hatte, allein bei seinem Kinde, der Mutter Ebenbild.

Und als er allein war, da kam er in schweres Sinnen. – Wie hat er's doch so unrecht verstanden! Den Menschen seiner heimatlichen Wälder hatte er mißtraut, und sie sind es, die ihm so treu beispringen wollten in der Not, sie sind es, die ruhelos das Hochgebirge durchstreifen, um eine Spur von seinem Weibe zu entdecken. Und das Hochgebirge hatte er geliebt; er war zu ihm aus gesegneten Landstrichen herangezogen, hatte sich vertrauensvoll ihm ergeben mit den Seinen. Und das Hochgebirge ist so falsch …!

»Das mußt du dir merken, Kind«, sagte er zu seinem Knäblein. »An die Menschen mußt du dich halten.«

So verstrich der Tag. Und als die Dämmerung eintraf, in der einen Tag früher das Schreckliche geschehen war, fand sich der Sepp immer noch allein in dem öden Hause. Er hatte nicht Speise und Trank zu sich genommen. »Kathrin, ich will mit dem Mittagessen auf dich warten, so ist's verabredet.«

Er starrte zum Fenster hinaus. Dunkelheit und Stille zwischen den Felsen.

– Wenn nur das Wasser wieder da war', wenn nur das Wasser wieder tat rinnen! –

Der Knabe war munter, er kroch auf dem Tische hin und her, kroch gegen das Fenster, guckte in die Nacht hinaus. – Über den drei Leuchtern stand ein flimmerndes Sternlein, das guckte der Kleine an und nach demselben zeigte er mit seinem noch mundfeuchten Fingerchen. –

Der Sepp hatte aber nicht Zeit zum Träumen.

Mit der Milch einer Ziege sättigte er das Kind. Der Kleine schlief bald in seinem Bettchen. Der Sepp aber lag offenen Auges auf seinem Lager und sah durch das Fenster die Sterne des Himmels an. – Großeltern, Vater und Mutter und Gattin, sie sind voran. Wie wunderbar, wenn wir uns dort alle versammeln sollen! Viel zuwenig Gutes werd' ich ihr getan haben, meiner Kathrin. Nimmer von ihrer Seite hätt' ich gehen sollen; man überläßt sich seinen Geschäften und Gewohnheiten, man meint, man habe sich ja noch lange und wird schon all die Güte und Herzlichkeit noch üben. – Und jählings ist es aus, und der Überlebende weiß sich nicht zu helfen. – Einmal noch, Kathrin, komm zu mir, daß ich dir könnt' zeigen, wie lieb ich dich hab'!

Der Kleine in der Wiege regte sich; dann ward's wieder still, so öd und leer – so tot. Der Sepp sprang auf und trug Holz zusammen und machte im Ofen ein Feuer an. Er wollte die Flamme knistern hören. – Und als er mit dem Lichte nun auch zur Wiege trat, siehe, da saß der kleine Josef in seinem weißen Hemdchen auf dem Bette und spielte, völlig in sich verloren, mit einem blauen Halsbande von der Mutter.

Der Sepp hob den Kleinen aus der Wiege und legte ihn zu sich in sein Bett, nahe – nahe zu seiner Brust, und übergoß ihn mit Küssen: »Du bist mein liebes Kind.«

* * *

Nach wenigen Stunden lag wieder ein neuer Tag über dem Gebirge. Im Hause auf dem Edelgrund war es noch ruhig, der Sepp schlief, und sein Haupt war tief in das Kissen versunken.

Der kleine Josef wollte das aber nicht schicksam finden, am hellen Tag so zu schlafen. Auch dünkte es ihm vielleicht schon Zeit zum Frühstück, denn er war ein großer Liebhaber von Ziegenmilch. – Sofort hub er an und zupfte den Vater an den Locken. Der Sepp öffnete die Augen.

Ein Wonneblick auf sein Kind; ein zweiter suchender Blick in die Stube. – Sie ist nicht da. Sie ist zugrunde gegangen im Gebirg.

An diesem Tage kamen wieder Menschen und stiegen in das Gebirge hinan. Die Tote mußte, wenn möglich, doch aus den Bergtrümmern hervorgeholt und dem Sepp zum Troste feierlich begraben werden.

Auch der bucklige Petz war wieder da und schlich um das Haus des »Herren-Sepp« und rückte diesem endlich an den Leib, und er hätte ein Wörtel zu reden. Er wollte es aber ganz heimlich tun, auch von dem Neste des Knäbleins zog er den Sepp seitab.

»Du, Mensch. Ich hab' meine Botschaft ausgerichtet, weil ich's zugesagt hab'. Aber drucken tut's mich, daß just ich sie hab' müssen locken. Da hab' ich meine ersparte Sach'; auf sieben heilige Messen wird's langen.«

Er legte das Geld hastig auf die Tischecke und wollte davoneilen; mit Mühe konnte ihn der Sepp halten, und in einen Rocksack stecken mußte er dem abwehrenden Manne das in Papier gewickelte Silbergeld.

»Mir auch recht«, sagte der Petz, »so tu' ich's selber. Nur daß ich mit dem Herrn Pfarrer nicht zu reden weiß; wer kann mir's denn wehren, wenn ich zu meiner eigenen Ruh' was tun will.«

Es verging der zweite Tag; die Männer kehrten, ohne die Vermißte gefunden zu haben, in ihre Häuser und Hütten zurück.

Draußen in der Pfarrkirche wurden die Totenglocken geläutet für die Verunglückte im Gebirge. – Und im Edelgrund war die Ödnis, und der Sepp war mit seinem Kinde allein.

Heute aber zog er neue Saiten auf die Zither und spielte. Der Knabe, sonst bewegsam wie Quecksilber und lallend und schreiend wie ein Papagei, hörte ernsthaft zu und blickte auf den Vater.

Dann wieder ging der Sepp im Hause umher und sammelte Gegenstände, die an sein Weib erinnerten, und jedes Geräte, das sie gehandhabt, wendete und wendete er und sah es an. Alles war da, ihre Linnen, ihre Kleider, ihre kleinen Schmucksachen, ihr Gebetbuch, all die lieben Dinge, aber sie selbst war wie herausgeschält, sie war nirgends. –

Auch in dieser Nacht sah er wieder das Sternchen, das über den drei Leuchtern glühte; es glänzte rötlich und flimmerte so lebendig. Es schien ganz nahe am Bergessaum zu stehen und es ging doch nicht unter, es leuchtete die ganze Nacht so hell und treu in des Witwers Kammer.

»Morgen, Josef«, sagte er, »wenn die Sonne scheint, wollen wir hinaufgehen auf den Berg.«

* * *

Am anderen Tag, als der Sonnenschein niederging an den Wänden und der Sepp die kleinen häuslichen Verrichtungen geschlichtet hatte, hörte er plötzlich im Freien ein Plätschern und Rieseln. Eilig legte er den Kleinen aus seinem Arm in die Wiege und sprang hinaus, um zu sehen, was das wäre. Hastig lief er um den Steinhügel und über den Moosgrund hin dem Bette des Finsterbaches zu, und siehe, es rann wieder das Wasser. Es rann und plätscherte wie vor und eh'.

»Ist der See gefüllt?« rief der Sepp. – »So und nicht anders; das Wasser ist gekommen – sie ist nicht gekommen.«

Langsam und gebeugt wandelte er wieder dem Hause zu. Dem Kinde wollte er es erzählen, der lustige Bach sei wieder da. Aber als er in die Stube trat, da stand die Wiege leer, und der Knabe war verschwunden.

Zu seinem Bette stürzte der Sepp, an den Winkel des Tisches, des Ofens hastete er.

Fast ohne Atem eilte er wieder in das Freie. Und als er um die rückseitige Hausecke bog, da sah er an der Felsenwand vor dem Schutzengelbilde – mit dem Kinde hingesunken auf die Knie – sein Weib Kathrin.

* * *

Und erst später, viel später sagte sie: »Hell zum Lachen ist's auch noch. Jetzt bei der Waldhammerin bin ich noch nicht gewesen.«

»Ja, wie ist denn das zugegangen um des lieben Gottes willen!« rief der Sepp und schlug die Hände zusammen.

»Was wirst denn tun, wenn du auf dem Berg oben bist und kannst nicht herab?« sprach das Weib. »Da bliebest du sicherlich oben. – Gelt, und zum Kaffee hast auch nicht können! – Wer hätt' das gemeint, wie ich von heim fort bin! Ich steig' friedsam an dem Rothang hin und möcht' mich schier vor den Kopf schlagen, daß ich den Schrankschlüssel im Sack trag' und du könntest nicht einmal zur Kaffeebüchsen. Da höre ich jählings, wie es in den Wänden lebendig wird und ganze Steine fliegen über meinen Kopf hin. Ich trachte, daß ich vom Steig weg durch ein Kar auf die Höhe komme. Wie mir das eingefallen ist, das weiß ich nicht. Fortweg bin ich aufwärts geklettert, wo mir die wenigsten Steine entgegengekommen sind. Ich gelang' auf festeren Moosboden und ins Knieholz; jetzt, denk' ich, ist's schon gewonnen, und auf der anderen Seiten will ich hinabsteigen ins Ameiskar. Und voreh' ich mir das ausdenken kann, ist dir so ein Stoß, und der Boden ist lebendig durch und durch, und ich hab' vor meinen Augen auf einmal einen roten Schein gesehen. – Jetzt erschlägt dich der Blitz, hab' ich bei mir gesagt, und nachher ist nichts mehr gewesen.«

»Du heiliger Gott«, murmelte der Sepp.

»Und wie ich wieder wach bin worden«, erzählt sie weiter, »da lieg' ich im Knieholz und vor mir ist ein Abgrund, und unten ist ein lebiger Nebel und ich hab' der Dunkelheit wegen nichts Rechtes mehr sehen können. – Erst viel später bin ich's gewahr worden, daß der Berg ist niedergefahren. Ich hüll' mich in die Tücher, die ich für die Waldhammerin bei mir trag', und ich wart', bis der Tag wiederkommt, der Weg wird wohl zu finden sein. – Aber wie der Tag ist gekommen, da seh' ich die Schneefelder vor mir und gar nicht weit davon die drei Leuchter; und jetzt geh' ich und geh' und finde keinen Steig, der mich wollt' abwärts führen; überall sind die Wände, soweit ich mag sehen. Und das hätt' ich nicht geglaubt, Sepp, stundenlang kann eins da oben herumgehen, so breit ist der Berg. Den ganzen Tag hab' ich einen Abstieg gesucht. Und wenn ich auf diese Seite herübergekommen bin, so hab' ich wohl herabgesehen auf unser Haus. Was hab' ich geschrien, Sepp, da ich die Leut' gesehen hab' herumsteigen wie Ameisen zwischen den Steinen. Aber mein Schrei ist in die Höh gegangen wie der Nebel aus den Klüften. Dann hab' ich dürres Knieholz zusammengeschleppt auf der Höhe, wo die Leuchter stehen, nicht weit von dem Eis, und hab' Feuer gemacht; das hat die ganze Nacht gebrannt, daß ihr mich solltet sehen.« –

»Das hab' ich gesehen!« fuhr der Sepp jetzt auf, »Jesus, das hab' ich gesehen zwei Nächte lang, und ich hab's für einen Stern gehalten.«

»Es ist nur ein Glück gewesen, daß ich das Backwerk bei mir gehabt«, sagte die Kathrin, »aber dieser Durst! Im ganzen Jahr trink' ich sonst nicht, und da oben bin ich dir gar über das Eis hergefallen. – Drauf am zweiten Tage bin ich wieder herabgegangen zur Stelle, wo der Berg ist abgerutscht, und da hab' ich gesehen, daß in der Schlucht, die mich vom Fußsteig trennt und die kein Mensch hätt' übersetzen können, daß in dieser Gruben Wasser zusammenrinnt und fortweg steigt und steigt. Das wird einmal eine Brücken, denk' ich mir, aber so lang will ich nicht warten – und bin wieder davongegangen und hab' an allen Schuttriesen und Mulden nach einem Abgang gesucht. 's ist umsonst, über Eis und Schnee kann ich nicht und hätt' auch sicher nichts genutzt; so bin ich wieder zu den drei Leuchtern gegangen und hab' Feuer gemacht, und so ist die dritte Nacht gewesen. – Was hab' ich gelugt, Sepp, aber es muß hell zu weit sein, und von unserm Haus hab' ich kein Licht gesehen. Schon um zwei in der Nacht wird's da oben Tag; da bin ich auf und davon und hab' gedacht, heut versuch' ich das letzt' und hinabkommen muß ich. Wieder zum Bergsturz steig' ich nieder, und da seh' ich's, das Wasser in der Kluft ist so weit gestiegen, daß ich es wagen kann, zu ihm hinabzurutschen. Bin ja eine Fischerdirn', wenn mir die Wand nichts tut, das Wasser scheu' ich nimmer. Legföhrengebüsch hab' ich zusammengeflochten zu einem Flöß, auf demselben bin ich herabgefahren über den Hang und schnurgerad' in das Wasser hinein. – Jetzt bist daheim Kathrin, denk' ich mir und rudere mich mit einem Ast über den neuen See bis ans andere Ufer, wo ich leicht ans Land spring' und gleich in eins über den Berg her und dem Edelgrund zu. – Jetzt bin ich wieder da, und des Waldhammers Kind ist gewiß noch gar nicht getauft.«

So hatte es die Kathrin das erstemal erzählt. Später – sie mußte oft davon reden – hat sie auch noch viele Nebenumstände geschildert. Naturerscheinungen, vor denen ihr gegraut; Gefahren, die sie überstanden, und die Sehnsucht nach dem Hause im Edelgrund, das sie mit ihren Augen gehütet, mit ihrem Gebete besegnet habe. –

Ehe noch der Herbst das Laub und das Alpenmoos bleichte, verabschiedete sich der Sepp mit seiner Familie von den Bergen, mit dem Vorsatze, die liebe Sommerszeit von nun an im freien, sonnigen Flach- und Hügelgelände zu durchleben. Allein schon im nächsten Jahre, als die hohe Sonnenwende eintrat, fuhr er mit Sack und Pack wieder gegen sein Alpenhaus im Edelgrund.

Ein paar Abelsberger Ochsen

Der alte Rosensteiner in Oberabelsberg war gestorben. Gestorben, bestattet, beklagt und auch gepriesen als ein braver Mann, um den es schade ist, daß er hat sterben müssen. Soweit waren die Förmlichkeiten erfüllt. Die Aushaltsamsten saßen beim Drachenwirt noch beisammen zur Totenzehrung. Die Klagenden aßen so lange, bis sie getröstet wurden, und bei denen das Essen nicht anschlug, die versuchten es mit dem Trinken und genasen der Betrübnis.

Allmählich hatten sich die Leidtragenden verzogen, um des Abends es wieder mit dem Leben zu probieren, nachdem sie den ganzen Tag mit dem Tode umgegangen waren. Nur ihrer drei tapfere Bauern – der Stanger, der Hopf und der Michelmachel – saßen noch beim Kruge, um mit dem verstorbenen Rosensteiner gründlich fertig zu werden. Sein Lebenslauf, seine Gewohnheiten, seine Wirtschaft, seine Verwandten waren in Kreuz und Krumm durchgearbeitet; nun rieten und stritten sie noch darüber, wie alt der Rosensteiner gewesen, wie vermögend und endlich auch, wieviel Schuh er an Länge gemessen haben mochte. Bei diesem letzteren hielten sie sich am längsten auf, denn zwischen fünf und sechs Schuh gingen die Meinungen Zoll für Zoll auf und nieder.

»Das ist doch leicht festgestellt«, sagte der Hopf, »man darf nur sein Leichbrett messen, und man hat's.«

In jener Gegend herrscht nämlich die Sitte, daß der Tote gleich nach dem Absterben auf ein Brett gelegt wird, das eigens dazu gemacht, genau die Länge der Leiche hat oder diese Länge durch ein Zeichen andeutet. Dann wird das Brett ins Freie gebracht. Nun, so war das Leichbrett, auf dem der Rosensteiner ausgestreckt gelegen, draußen im Schachen hingelegt worden, gerade vor einem hohen, rotangestrichenen Kreuze, das Hexenkreuz genannt, weil an jener Stelle die letzte Hexe verbrannt worden sein soll.

»Du, wahr ist's«, sagte auf Hopfs Vorschlag der Stanger, »messen wir das Leichbrett.«

»Und ich sag's, der Rosensteiner war um einen halben Schuh kürzer als ich!« rief der Michelmachel.

»Darfst dich grad' einmal aufs Brett legen, nachher wird sich's zeigen«, riet der Hopf.

»Hau, *der* sich aufs Leichbrett legen!« lachte der Stanger.

»Ich? Warum denn nicht?« begehrte der Michelmachel auf.

»Kunnt wohl sein, daß dir die Grausbirn' aufstiegen.«

»Mir die Grausbirn'? Auf dem Leichbrett? Auf so einem Brett liegt sich's just so gut wie auf einer anderen Bank.«

»Oder besser!«

»Besser wie im weichsten Federbett, ich glaub's.«

»Lebendigerweis' schwerlich!«

»Gilt's was, ich leg' mich aufs Leichbrett«, rief der Michelmachel, »heut noch, wenn ihr wollt, und rauch' drauf meine Pfeife Tabak.«

»Gilt's was, du tust es nicht!« darauf der Hopf.

»Gilt's was, ich tu's!« schrie der andere.

»Was gilt die Wett?«

Der Stanger und der Hopf stießen sich unter dem Tisch mit den Knien an, da verstanden sie sich. Bei der Feuchtigkeit, die immer noch in reichlichem Maße vorhanden war, gedieh die Wette.

»Machel! Wenn du heut bei der Nacht von elf bis zwölf Uhr auf dem Rosensteiner seinem Leichbrett liegst, nachher –«

»Was gilt's?«

»Ein Paar Ochsen!«

»Gut ist's«, sagte der Michelmachel und hielt seine Hand hin, »wenn ich heut um Mitternacht nicht eine ganze Stund' auf dem Rosensteiner seinem Leichbrett lieg', so soll morgen der Weidbub mein braunes Paar Ochsen in deinen Stall treiben. Aber Gegenpart. Verstehst?«

»Gut. Wenn du heut von elf bis zwölf Uhr in der Nacht auf dem Leichbrett liegenbleibst, kriegst mein falbes Paar, bei meiner Seel'!« Also entgegnete der Hopf.

Zeugen waren der Stanger, der Wirt und der heilige Florian, der über dem Hausaltar auf der Wand stand.

Noch mancherlei wurde in bezug auf die Wette beredet und sichergestellt. Als besonders wurde vermerkt, daß es verboten sei, den Michel mit Gewalt vom Brett zu reißen oder zu rütteln.

»Wer soll denn aufpassen?« fragte der Drachenwirt.

»Ja, Narr!« rief der Hopf. »Wenn ein Aufpasser daneben steht, da wird's freilich kein Heldenstück sein, auf dem Leichbrett liegenzubleiben. Oh, beileib nein, Nachbar Michelmachel, mutterseelenallein mußt du ausgestreckt liegen auf dem Totenladen.«

»Da lauft er davon und plauscht uns morgen an«, mutmaßte der Wirt.

»Du wirst wohl ein Ehrenwort haben?« fragte der Stanger den Michelmachel.

Dieser besann sich drauf – ja, er hätte eins.

»Das mußt du uns geben, daß du liegenbleibst von Schlag elf bis Schlag zwölf.«

»Nach der Kirchenuhr halt' ich mich, wenn sie nicht stehenbleibt – verstehst?«

»Gut ist's.«

Ganz feierlich wurde es ausgemacht, und hierauf erhoben sich der Stanger und der Hopf, um »nach Hause zu gehen«.

»Es ist Zeit zum Schlafengehen!« hatten sie dem Michelmachel noch zugerufen.

»Ja, gute Nacht!« sagte der Michelmachel.

»Auch soviel!« gaben die beiden und schoben sich sachte zur Tür hinaus.

* * *

Der Michelmachel blieb noch sitzen bei seinem Kruge, er hatte Zeit. Eine frische Pfeife stopfte er an, dann brütete er vor sich hin und blies viel Rauch von sich. Gedanken schien er zu haben. Der Machel war einer von jener Gattung, bei der man sich nicht auskennt, ist ein Rädchen zuviel im Kopfe oder eins zuwenig. Von der einen Seite sah er aus wie ein Lapp, von der anderen wie ein Schalk. Wie kann einer einfältig sein, wenn er zweifältig ist?!

Setzte sich jetzt der Wirt ihm gegenüber und schaute ihn an.

»Machel«, sagte er hernach, »das muß dich doch freuen von deinen Nachbarn.«

»Was muß mich freuen?«

»Daß sie ein solches Vertrau setzen auf dein Ehrenwort. Auf ein Paar Ochsen wird so was selten geschätzt, hierzulande!«

Der Michelmachel sagte nichts dazu.

Die Gäste waren alle davon, der Wirt hielt auch schon manchmal die flache Hand vor den Mund; als diese Form nicht verschlug, gähnte er den Machel offen an. Der Zeiger war hoch emporgerückt am Ziffernblatte. Also raffte sich der Mann zusammen.

»Gezahlt hat heute der Rosensteiner, glaub' ich?« fragte er noch.

»Das hat er, und du geh jetzt in Gottes Namen und leg dich auf sein Brett.«

Etwas ungleich war ihm doch, dem Michelmachel, als er jetzt in der stillen, dunkeln Nacht über das Feld dahintrottete gegen den Schachen. Auf dem Kirchturme hatte es schon dreiviertel zu elf geschlagen. Etwas warm ward dem Michelmachel um die Brust und etwas eng. Schlecht Wetter wird, weil es so schwül ist. Die Pfeife war ihm auch ausgegangen, er zündete sie wieder an. Er ging in den Wald, und beim Sternenschein, der zwischen den Fichtenwipfeln niederfloß, sah er bald das Hexenkreuz. Es war heute sehr hoch und schien immer noch höher zu wachsen. Vor dem Kreuze im wuchernden Grase lag eine lange, schmale, grauschimmernde Tafel. Das war's. – Der Rosensteiner, sollte er denn wirklich so lang gewesen sein? – Die Pfeife war schon wieder ausgegangen. Es ist ein dummer Spaß! dachte sich der Machel, ein ganz dummer Spaß! – Da schlug es elf Uhr. – Das schöne Paar Ochsen! – »Brett ist Brett!« murmelte er und streckte sich hin auf den Laden.

Da die Hände an den Seiten keinen Platz hatten auf dem schmalen Brette, so mußte er sie über den Magen legen, wie bei –

– Nun, Machel, wer ist länger, du oder ich? – War es seine Grabesstimme, seine hohle –? Oder kann der Mensch sich etwas so lebhaft einbilden? – Die Pfeife hat er weggeworfen. Wenn man schlafen könnte! Der Rosensteiner schläft. – Puh! Kalt über den Rücken! Es sind dumme Einbildungen. Als ob auf allen Bänken und Bettstätten, wo wir rasten, nicht schon Menschen gelegen wären, die gestorben sind! Auf dem Kirchplatz unten sind seit Menschengedenken die Särge niedergelegt worden zur Einsegnung, und doch ist Jahrmarkt auf demselben Platz, und doch stehen bei Hochzeiten die Musikanten auf demselben Platz – kein Mensch denkt daran. Der Tote ist tot, es ist alles Einbildung. – Was? Krampf in den Beinen? Starr? Ei, das wollen wir doch sehen! – Er schlenkerte ein Bein in die Höhe, es war noch ganz und gar lebendig. – Ein Frevel ist's eigentlich doch. Aber das Paar Ochsen! Will nachher Messen lesen lassen für den Rosensteiner, Gott hab' ihn selig. – Erst ein Viertel auf zwölf! Das geht höllisch langsam, als ob's wirklich schon die Ewigkeit wäre. – Sonst, wenn man ein paar Krüge getrunken, gleich ist der Schlaf da, und was für einer! Heut bin ich so munter – und frisch –, daß nur alles zuckt in mir!

Ja, freilich zuckte es in ihm, weil er vor einem Geräusch erschrak. Als ob jemand ein dürres Ästlein, das auf dem Waldsteige lag, entzweigetreten hätte, so ein Knistern! Und dort heran nahten langsam, schwebend zwei schwarze Gestalten. Der Michelmachel rief alle Heiligen an; das half nicht viel, seine Beine wollten auf und davon laufen. Er rief das Paar Ochsen an, da blieben die Glieder festgebannt liegen auf dem schmalen Brette. –

Die Gestalten nahten dem Kreuze – stellten sich an das Leichbrett, einer zu Häupten und einer zu Füßen, und bückten sich; Tragstangen waren am Brette; so hoben sie es langsam auf. Nun dachte der Machel an keinen Ochsen mehr, wollte vom Laden springen, war aber gelähmt vor Schreck.

Allzulang dauerte der Schreck nicht, denn die schwarzen Gestalten pusterten, stolperten ein paarmal in den Baumwurzeln und benahmen sich nicht haarscharf wie pure Gespenster. Und wie dem Michelmachel das auffiel, kam über ihn ein unendlicher Trost. Zwei Schelme sind es! Und da wurde ihm traulich. Der Stanger und der Hopf – ein Paar Ochsen! Alles um ein Paar Ochsen. – Wenn sich das so verhält, daß sie mich schrecken wollen, daß sie mir Grausen einjagen wollen, und daß ich vom Brett springen soll; wenn sich's so verhält, dann ist alles gut, sehr gut, und ich weiß, was ich tu'! Ich rühr' mich nicht, ich bin gestorben, mausetot, da wird ihnen der Spaß schon vergehen. Es wird sich aber nicht gut machen lassen, mausetot sein. Der Mensch wird nicht kalt und starr, wann er will. Schlafen will ich, baum- und steinfest schlafen will ich bis zwölf Uhr, sie sollen mich tragen, wohin sie wollen.

Also hatte der geriebene Michelmachel seine Selbständigkeit wiedergewonnen. Die zwei schwarzen Gestalten (o ihr Spitzbuben, die ihr aus dem Wirtshause so früh schlafen gegangen seid!) trugen das Brett, welches richtig auf zwei Tragstangen gebunden war, wie eine Bahre dahin durch den Wald. Der Nachbar Hopf war ein Kurschmied und roch immer ein bißchen nach Pechöl. Der schwarze Karl da voran riecht auch ein bißchen nach Pechöl. Also können wir ganz sorglos schlafen, da sind ja gute Kameraden zuweg'.

Die Bahre schwankte zwischen den Stämmen dahin, schwankte auf das freie Feld hinaus. Hinter dem Lofenstein ging der Halbmond auf und warf aus der feierlich wandelnden Gruppe einen gespenstischen Schatten hin über den Plan. Der Michelmachel schnarchte. Es schlug halb zwölf Uhr. Dem vorderen Träger wurde unbehaglich. Wenn der Lump schläft – gesoffen hat er wie ein Loch –, nachher wird er freilich liegenbleiben auf dem Brett, und die schönen Ochsen sind hin. – Er hub an, unregelmäßige Schritte zu machen, die Bahre schaukelte, aber der Machel fiel nicht herab. Doch bewegte er sich jetzt ein wenig und tat einen Seufzer. Aha! – Wart', Michelmachel, wir wollen dir schon Grausen machen!

Die Bahre schwankte den Feldrain entlang, schwankte den Hohlweg entlang, schwankte einen Hügel hinan – gegen den Friedhof. – Was tausend! dachte der Michel bei sich, die treiben es keck. In den Kirchhof! Zum Grabe des Rosensteiners hin! Das ist noch nicht zugeworfen! Hab's ja immer gesagt, unser Totengräber ist nichts nutz. – Das geht doch über den Spaß. Aber der ver... Hammer auf dem Turm will immer noch nicht zwölf schlagen. Das Paar Ochsen ist höllisch teuer, meiner Seel'! Und liegen bleib' ich justament. Es sind ja eigentlich zwei Paar. Für zwei Paar Ochsen kann sich der Mensch was gefallen lassen. Ich die Ochsen, und sie die Sünde. Nur zu, Nachbarn!

Halb geschlossenen Auges lag er da, sich mit beiden Ellbogen auf das Brett zwickend, daß er nicht hinabfiel. Die von blassem Mondlichte beschienenen Kreuze des Kirchhofes schwebten zuckend vorüber. Endlich wurde haltgemacht und die Bahre zu Boden gestellt, am Rande eines offenes Grabes. Im Erdhaufen stak der Spaten, daneben lagen noch die Stricke, mit denen der Sarg am Tage zuvor hinabgesenkt worden war. Die schwarzen Gesellen standen jetzt unbeweglich da und beobachteten den Mann auf dem Brette. Der lag still wie ein Toter. Die Stunde ging gegen zwölf. Konnte man ihn nicht endlich vom Brette werfen? Das war gegen die Wette. Aber die Ochsen, die Ochsen!

»Gott verzeih's, wir müssen's tun!« flüsterte der eine Schwarze zum anderen. »Das wird wirken!«

Sie legten die Stricke um das Brett; sie rückten es über den Rand des Grabes hin, sie senkten es. Sie merkten das Beben des Michelmachel, als die Bahre tiefer und tiefer hinabglitt auf den Sarg des Rosensteiners. Im nämlichen Augenblicke fauchte vom Totengräberhäuschen her ein Mann auf; die zwei Schwarzen ließen sachte die Stricke los und flohen davon.

Als sie draußen vor der Kirchhofsmauer im Gebüsche ihre dunkeln Pferdedecken abgeworfen hatten, schlug es zwölf Uhr.

»Die Ochsen sind hin!« stöhnte der Hopf. »Jetzt wird er heraufkriechen und uns auslachen. Es ist teufelmäßig.«

»Hätt's nicht gedacht, Schwager, daß der so hartgesotten ist!« sagte der Stanger. Und voll giftigen Ärgers schlichen sie ihren Höfen zu.

Der nächste Tag war ein Sonntag. Als der Hopf in der Kirche von seinem Platz hinüberschielte nach dem des Michelmachel, war derselbe leer. Das fiel auf. Der Machel war sonst ein fleißiger Kirchenbesucher, ei, das wohl! Sollte er krank sein? Hätte ihm doch der Schauder geschadet? Es geschähe ihm schon recht, dem Frevler, dem Schelm, dem – ach, meine Ochsen! – Als beim Nachmittagssegen der Michelmachel wieder nicht in der Kirche war, wurde der Hopf erst ein bißchen neugierig und er fragte einen Knecht des Machel, ob sein Bauer wohl auf einer Wallfahrt oder auf einem Viehhandel aus sei?

»Redlich wahr, das weiß ich selber nit«, antwortete der Knecht. »Soviel ich weiß, ist er seit der gestrigen Begräbnisfeier gar nicht heimgekommen – weil die Bäuerin so geschimpft hat, heut früh.«

»Die Bäuerin hat geschimpft, daß der Bauer nicht heimgekommen wär'?« fragte der Hopf. »Der Machel hat gestern stark getrunken. Am End' hat er sich wo verschlafen?«

»Kann wohl sein, kann wohl sein«, sagte der Knecht, »na, macht nichts, heut ist eh Sonntag.«

Jetzt wurde dem Hopf etwas uneben zumute; er ging hinter den Häusern des Dorfes zum Friedhof hinaus und wußte nicht recht, warum. Auch wußte er eigentlich nicht, warum er gerade hinter den Häusern, wo kein rechter Weg war, dahinstieg. Auf dem Friedhofe eilte er dem Grabe des Rosensteiners zu; das war geschlossen, darüber rundete sich ein Hügel aus frischer, rötlicher Erde. – Wenn er – so arbeitete es jetzt im kleinen Haupte des Hopf –, wenn er vor Entsetzen ohnmächtig geworden wäre! Oder wenn er doch so fest geschlafen hätte in seinem martialischen Rausche, daß – Nein, es ist nicht auszudenken!

Dort vor dem Häuschen saß der Totengräber, rauchte aus seinem Nasenwärmer und blickte wohlgefällig hin über sein reichbestelltes Feld. Er sah zwar nicht viel, denn auf dem einen Auge hatte er ein »Blümel« und das andere war altersschwach. Schon ganz nahe war der Hopf, als er ihn bemerkte. Je, ist das nicht der Hopfbauer? Gar säumig und schleichend kommt er heran. Was nur der wieder will!

»Tust halt ein bissel rasten, Vater Adam!« so redete der Bauer ihn mit lauter Stimme an, denn der Totengräber war »großhörig«, so nennt man Leute, welche nur großen Lärm hören, kleinen nicht.

»Rasten, wohl, wohl, tut mir eh schon not.« So die Antwort.

Lehnte sich der Hopf an den Zaun hin, schaute unsicher umher, als suche er etwas. Er suchte nach einer Form für seine Frage.

»Bist wohl eh fleißig gewesen, Vater Adam«, sagte er endlich.

»Muß halt sein.«

»Hast dich geschleunt mit dem Zumachen – beim Rosensteiner.«

»Wohl eh. Heut bei der Nacht hab' ich die Gruben verschüttet. Der Herr Pfarrer mag's nicht leiden, wenn ein Grab über Nacht offen bleibt.«

»Bei der Nacht, sagst? Heut bei der Nacht?« stammelte der Bauer. »Aber daß du dich nicht fürchten tust, so bei der Nacht!«

»Eh, vor wem denn?« lacht der Totengräber heiser. »Etwan, daß sich andere vor mir fürchten, das kunnt' sich schon zutragen.«

»Tust nie was wahrnehmen, so bei den Gräbern?« fragte der Hopf forschend. »Fürwitzige Leut', oder Besoffene, oder so was?«

»Ich schau' nicht viel um.«

»Und heute nacht, hast niemand gesehen beim Grab? Oder unten? Oder heraufsteigen?«

»Laß mich aus«, rief der Alte unwillig, »man schaufelt zu und geht wieder schlafen.« –

Der Hopf ging zum Friedhofe hinaus, es war mehr ein Taumeln als ein Gehen. Draußen klammerte er die knochigen Finger ineinander und murmelte: »Nicht anders! Nicht anders!«

* *
*

Am Abende saß er auf der Bank vor dem Stangerhause und klagte es dem Nachbar: »Ich möcht' ins Wasser springen!«

»Ist dir denn gar so heiß?« entgegnete der Stanger.

»Der Machel! Denk dir, der Michelmachel!«

»Was ist's denn mit dem Michelmachel?«

»Lebendig begraben!«

»Wer sagt denn das? Kann er nicht früher gestorben sein?« Wie im Spaß redete er so, der Stanger. »Kann dir ja recht sein. Erbst ein Paar Ochsen von ihm.«

»Der höllische Höllteufel soll die Ochsen holen!«

»Die Ochsen? Was soll der höllische Höllteufel nur mit den Ochsen anfangen? Der ist kein Freund von Rindsbraten, der weiß sich ein besseres Fleisch, Hopfnachbar!«

»Du bist auch dabei gewesen!« rief der Hopf.

»Als Zeuge, nicht als Wettender!«

»Du hast uns hineingefoppt, und jetzt redest so! Und jetzt ist er lebendig begraben!«

»Jetzt nicht mehr.«

»Natürlich, weil er jetzt schon tot ist«, jammerte der Hopf. »Daß er mir so was hat angetan! In seiner schauderhaften Leichtsinnigkeit! Sich vor lauter Rauschdusel auf den Kirchhof schleppen und in die Gruben werfen lassen! – Armer Hascher!«

Er verhüllte mit den Händen das Gesicht.

Sie wurden in ihrer Unterhaltung gestört von einem eilends des Weges laufenden Weibe.

»So hat er mir's noch nie aufgeführt!« rief sie vor sich in die Luft hinein. »Und nicht einmal in den Wirtshäusern ist er zu finden! Michel, Michel! Wenn du nicht bald heimgehst! Es wird dir alleweil gefährlicher, ich sag' dir's! – Seit der Totenzehrung nimmer daheim gewest! – Wißt denn ihr nichts von meinem Mann?« fragte sie den beiden Bauern zu.

Was sollten sie nur darauf antworten? Sie antworteten gar nichts und das Michelmachel-Weib wütete weiter.

Von Schlaf konnte in der folgenden Nacht beim Hopf keine Rede sein. Die Leinwanddecke lastete schwer und erstickend wie fünf Schuh Erde über ihm. Lag er doch auf dem Sarge des Rosensteiners ganz enge neben dem Machel. Schon turmhoch wuchtete die Erde über ihnen, und der Totengräber schaufelte immer noch drauf. Schon grünte der Rasen über dem Grabe, aber sie konnten immer noch nicht sterben; sie rangen miteinander, zausten sich bei Haar und Bart, bissen sich bei den Nasen, und das alles der Paar Ochsen wegen, die auf dem Hügel behaglich grasten und gleichzeitig den Boden düngten für nächstes Jahr, da die lebendig Begrabenen in der Tiefe immer noch miteinander raufen werden. – Oh, das war eine Nacht!

Am nächsten Tage strich der Hopf so umher, erschrak vor jedem Baumrascheln und vor jedem Vogelpfiff. Beim Drachenwirt kehrte er ein, vielleicht wärmt der Wein. Den Bauer fröstelte.

Der Drachenwirt blickte ihn sehr forschend an, setzte sich zu ihm und sagte in gleichgültigem Tone:

»Nun, wer hat denn die Wette gewonnen?«

»Dummheiten!« knurrte der Hopf.

»Welcher ist denn eigentlich länger, der Machel oder der Rosensteiner?«

»In Fried' laß mich!«

»Du, Hopf«, fragte der Wirt, »weißt du auch nicht, wo der Michelmachel kunnt sein? Er ist seit der Samstagnacht nicht mehr gesehen worden.«

»Du wirst es besser wissen, wir haben ihn bei dir da in der Stuben sitzenlassen.«

Der Hopf merkte, daß der Wein heute seine Schuldigkeit nicht tat. Als er bei der Tür hinauswollte, traten ihm zwei Gendarmen entgegen.

»Was kann ich dafür? Was kann ich dafür!« lärmte der Hopf ihnen ganz dumm entgegen, bevor sie noch eigentlich nach was gefragt hatten. Nun, da haben sie ihn in Empfang genommen.

Als der Bauer in so verläßlicher Begleitung den Wiesenweg dahinging, sah er seine Herden weiden. »Ochsen, Ochsen!« stöhnte er auf. Tiefstes Weltleid und strengste Selbsterkenntnis lagen in diesem Rufe. Vom Waldberge herab kam ein Mann gegangen, der hatte einen Strick und einen Stock bei sich, vor der Herde stand er prüfend still. Mit einer stechenden Fistelstimme lachte der Hopf plötzlich auf, wies mit beiden Zeigefingern hin: »Da ist er ja! Da ist er ja, der Schelm, der Erzschelm!«

Und der da niedergestiegen war vom Waldberge gegen die Rinder, das war der Michelmachel, lebendig über und über, und kein Erdstäubchen klebte an seinen Kleidern. Er kam um sein Ochsenpaar.

Damit hat die merkwürdige Geschichte ein Ende. Und wenn man ihn fragt, den Michelmachel, wo er die zwei Tage zugebracht, so schmunzelt er höllisch verschmitzt. Und wenn ihn der Wirt oder gar der Gendarm schärfer fragt, so gesteht er ganz treuherzig, auf seiner Alm sei er oben gewesen, um sich ein bissel auslüften zu lassen. Und wenn ihn der Hopf auf sein Gewissen fragt, warum der Michelmachel ihn in solche Angst versetzt, so antwortet der Michelmachel: »Ich hab' nur dein Paar Ochsen reif werden lassen wollen. Verstehst? Heut gibst du mir sie lieber als du's gestern hättest gegeben. Ich bin meine geschlagene Stund' auf dem Brette gelegen, nachher eilends herausgekrochen, just noch ehe der Vater Adam angefangen hat zu schaufeln. – Die da, die zwei Falben sind's, gelt? Wir wollen sie bald herfürkriegen!«

In demselben Augenblicke, als die Gendarmen den Hopf freiließen, nahm der Michelmachel das schöne Ochsenpaar an den Strick. Und als der Hopf solches sehen mußte, hieb er sich die Faust an die Stirn, daß es dröhnte. »Und *den* hab' ich *bejammert*?! O ich –«

Ein Abelsberger Schweineverkäufer

»Heut hab' ich meine Alte verkauft!« Solches waren die ersten Worte des Bauers Johann Birnkifler von Oberabelsberg, als er zur Tür hereinging.

Sein Weib trat ihm würdevoll entgegen und sagte: »Mit so dummen Späßen ist's mir lieber, du gehst hinaus als wie herein!«

Nahm er sie um den Hals und sprach: »Weiberl, du hast unrecht verstanden. Dich kann man nit verkaufen, das heißt, einen Menschen darf man nit verkaufen – und will auch nit, will nit. Na, na, meine alte Sau hab' ich verkauft.«

Das Weib fuhr sich mit beiden Händen an die Brust: »Jetzt gibt's mir einen Stich im Herzen. Die Nutsch hast hergegeben? Himmlischer Vater, die Sau hat er verkauft! Das ist aus der Weis', das ist ganz aus der Weis'. Was ist jetzt zu machen? Jetzt hat er sie vertan und fragt mich nit! Hast sie hergegeben? Nein, das laß ich nit angehen, das laß ich nit! – Wieviel Geld hast denn kriegt für sie?«

»Einen ganzen Haufen!« flüsterte der Birnkifler seiner Ehegesponsin zu, und dabei machte er ein verdammt verschmitztes Gesicht.

»Aber wie denn? Wie denn, um Gottes willen!« rief sie.

»Nach der Meß«, so erzählt er, »geh' ich zum Kirchenwirt auf mein Seidel, weißt, das mir der Oberdorfer Bader verordnet hat, wegen meines Leberleidens. Und weil mir der Abelsberger Doktor auch ein Seidel angeraten hat, nau, so hab' ich zwei getrunken. Dabei denk' ich mir: warum sich denn alleweil nur von den Doktoren raten lassen, einen guten Rat kannst dir doch auch selber einmal geben, und trink' auf meinen eigenen Rat das dritte Seidel. Der Kirchenwirt sagt, der Mensch müßt' auch in der Medizin Maß halten, und bringt mir das vierte Seidel und fragt mich so nebenbei, ob ich kein Schwein zu verkaufen hätt'. Ich hab' aus unserer Alten kein Geheimnis gemacht, und daß sie schon seit Allerheiligen in der Mast steht, und daß sie nit viel nachgeben wird von zwei Zentnern. Er legt mir achtzehn Taler auf den Tisch, und ich leg' ihm die Sau auf den Tisch, heißt das, schlag' ihm sie zu.«

»Bist ein Narr!« schrie jetzt das Weib. »Die kugelrunde Speckfeiste um achtzehn Taler!«

Der Birnkifler kümmerte sich nicht viel um ihren Ausruf, sondern fuhr fort zu erzählen: »Wie ich nachher durchs Dorf herauf geh', schreit mir der Fleischhacker nach, ob ich nicht ein fettes Schwein stehen hätt' im Stall? Ah, versteht sich! sag' ich. Ich trau' dir, Birnkifler, sagt er. Ist nit das erste Geschäft, was wir miteinander machen und soll auch nit das letzte sein. Jetzt vor den Feiertagen brauch' ich Fleisch. Zwanzig Taler auf die Hand dafür, unbeschaut! – Ist recht, sag' ich.«

»Aber, Tepp, wenn du sie dem Kirchenwirt hast verkauft!« rief das Weib.

»Heroben beim Stiegelkreuz«, erzählt der Birnkifler weiter, »sitzt der Kalbeltreiber von Neudorf. Das Umherlaufen in so einem Patschwetter hätt' er schon satt bei seinen gichtischen Beinen. Ob ich ihm kein Schlachtschwein wüßt'! Zahlen tät' er gut. Ich weiß eins, sag' ich und hab' auf der Stelle vierundzwanzig Taler auf der Hand.«

Das Weib des Birnkifler ringt die Hände. Dreimal hat er sie verkauft! Dreimal! Der schlechte Mensch! Der Betrüger! – Aber es war nicht lange Zeit zum Ehrabschneiden. Die Tür ging auf, der Nachbar Breitenbichler kam schwerfällig hereingestampft. Sollt' doch ein wenig abrasten, lud der Birnkifler ein. Ja, das Rasten sei ihm nicht zuwider, entgegnet der Nachbar und setzt sich an den Tisch. »Die Lauferei jetzt«, setzt er bei, »die wird mir eh schon zu dumm. Meiner Tochter Ehrentag auf die nächst' Wochen, du weißt ja. Bis man alles beisammen hat für achtzig Gäste. Eine feiste Sau geht mir noch ab. Hab' gehört, Nachbar, du hättest eine im Stall. Wollt' dir nit zu sparsam sein.«

»Ist recht, gehen wir sie anschaun«, meint der Birnkifler, »wenn man dem Nachbarn einen Gefallen kann erweisen, warum denn nit?«

Eine Viertelstunde später war das Schwein verkauft an den Breitenbichler um fünfundzwanzig Taler.

Später, als der Johann Birnkifler mit seinem Weibe allein war, leerte er in eine Holzschüssel seine Säcke aus, sie waren voll Taler, deren siebenundachtzig hatte er! Seit ich auf der Wirtschaft bin, hab' ich noch keine Mastsau um einen solchen Preis verkauft, war sein süßes Denken.

»Eingesperrt wirst!« rief das Weib.

»Warum?« fragte er entgegen, »'s hat ja keiner gefragt, ob das Vieh mein gehört. Jeder nur: ob ich nit im Stall eine feiste Sau stehen hätt'

– was ja wahr ist – und gleich das Geld her. Ein Narr, der nit angreift heutzutag'!«

»Aber Todl, alter!« zeterte sie und kam ihm mit ihren fuchtelnden Händen sehr nahe. »Ich hab' sie ja verkauft, die Sau, heut vormittag, dieweil du aus bist gewest. Der Rösselwirtsknecht hat zugefragt. Fünfundzwanzig Taler und fünf Silbergroschen extra als Nutschgeld.«

»Nachher hätten wir ja weit über hundert Taler gelöst fürs Vieh!« jubelte der Birnkifler.

»Der Rösselwirtsknecht holt sie in etlichen Tagen«, berichtete das Weib.

»Wer zuerst kommt, der mahlt zuerst.«

»Und die anderen? Die vier anderen?«

»Geh, Alte, laß mich aus!« murrte er. »Allemal, wenn man heimkommt, machst du so Geschichten. Ich will jetzt Ruh' haben!« Und ging hinauf aufs Heu, wo er sich niederlegte.

* * *

Am nächsten Tag, als der Birnkifler frisch ausgeschlafen hatte und ihm der gestrige Handel einfiel, kam ihm die Sache etwas bedenklich vor. Das wäre ja beinahe, als ob er sein Schwein fünfmal verkauft hätte! Indes nahm er erklecklich viel Medizin für seine kranke Leber zu sich, und diese Medizin war auch ein gutes Mittel gegen das beißende Gewissen.

Und eines Tages wird es lebendig bei dem Birnkiflerhause. Den Fahrweg herauf kommt der Kirchenwirf mit einem Stock; den Fußsteig durch den Schachen her steigt der Fleischhacker mit dem Hunde. Am Feldrain heran trottet der Kalbeltreiber von Neudorf mit einem Strick. Durch den Kohlgarten herab trabt der Nachbar Breitenbichler mit seinem Knecht, und die Straße her fährt der Rösselwirtsknecht mit Roß und Wagen.

Als unsere Eheleute solch werte Gäste kommen sahen, ließen beide die Arme herabhängen und murmelten ganz gleichzeitig: »So, jetzt ist die Sau fertig!«

Der Johann Birnkifler hatte aber immer gute Einfälle, so sagte er auch jetzt: »Am gescheitesten ist's, wir geben sie gar keinem, verleugnen sie und schlachten sie selber.«

»Ich weiß schon, was ich tu'«, sagte sie, »ich sag', was wahr ist, daß du verrückt bist worden, das Schwein gehört dem Rösselwirtsknecht, und dich sollen sie ins Narrenhaus stecken.«

»Bedank' mich recht schön!« antwortete er und verneigte sich vor seiner Lebensgenossin.

»Also, dummer Tepp, was ist sonst zu machen!« schrie sie, denn einesteils tat er ihr doch leid, und die Gefahr drohte im höchsten Grad. »Zum Schlagtreffen ist's!«

»Ich weiß was!« flüsterte er, als die Männer draußen schon über den Hausanger gingen. »Ich weiß was. Mich trifft der Schlag.« Er fiel hin auf das Fletz. »Ich bin schon tot. Deck mich zu und sei trauernde Witwe.«

Das verstand sie. Es war schreckbar toll, aber manchmal ist die Tollheit das klügste.

Als sie einer nach dem andern zur Tür hereintraten, hörten sie das herzzerreißende Klagen der Birnkiflerin. Händeringend stand sie vor der verhüllten Leiche! »Vor einer Stunde noch frisch und gesund und jetzt mausetot, o ihr heiligen vierzehn Nothelfer, steht uns bei!«

»Leberleidend ist er schon lang gewesen«, meinte der Kirchenwirt. »Die Leber wird angeschwollen sein und wird ihm das Herz zerdrückt haben.«

»O Gott, der arme Mensch hat schon lang einen Stein auf dem Herzen gehabt!« jammerte das Weib.

»Dann ist's Weinstein gewesen«, warf der Fleischhacker ein. Und so ergingen sie sich in Mutmaßungen, woran und wieso der Johann Birnkifler so plötzlich des Todes verstorben sei. Der Rösselwirtsknecht nahm sich endlich einen Anlauf zu folgender Rede: »Es tut sich zwar frei nicht schicken, Birnkiflerbäuerin, daß der Mensch bei einem solchen Unglück von Geschäftssachen spricht. Freilich könnt' ich ein anderes Mal kommen, aber der Weg ist weit, und weil ich mein Rößl schon bei mir hab' heut – weißt, Bäuerin, um das Mastschwein war' ich da, das ich dir vor etlichen Tagen abgekauft hab'.«

Sie wehrte mit der flachen Hand ab: »Gott, ja, nimm's, nimm's, steht eh draußen im Stall. Lasset mich nur jetzt mit solchen Sachen in Fried!«

Nun rückten aber auch die übrigen mit ihrem Vorhaben heraus, das Weib wies gegen den Stall, und sie wunderten sich baß darüber, daß der Birnkifler fünf Mastschweine stehen habe unter seinem Dache.

Freilich erwies diese weltgläubige Annahme sich nur zu bald als Trugschluß. Es fand sich nur ein einziger Stall vor und in diesem nur ein einziges Schwein und als Rest nur noch die Gewißheit, daß die Käufer geprellt seien. Der Fleischhacker wollte Lärm schlagen, allein der sittsame Breitenbichler erinnerte an die Achtung, die man einem Toten unter allen Umständen schuldig sei. Die Strafe habe ihn augenscheinlich ja schon erreicht und für sie, die Käufer, wäre es das klügste, die fette Sau ohne viel Wesens in fünf gleiche Stücke zu teilen, damit jeder wenigstens einen Brocken von ihr habe.

Einverstanden. Und als sie mit ihren fünf Brocken abgezogen waren, stand der Johann Birnkifler von den Toten auf und schmunzelte. Er hatte in seiner Brieftasche die fünffache Sau, und ein Käufer hatte von der einfachen nur den fünften Teil. Aber gescheit muß man sein!

»Es wird dir doch schlecht gehen, bis sie erfahren, daß du wieder munter worden bist!« gab das Weib zu bedenken.

»Laß mich nur machen!« sagte der Mann. »Mit denen fünfen werd' ich schon fertig. Wenn sie mir nur keinen Gerichtsprozeß machen, der wär' mir zuwider. Die Doktors, das sind verflucht gescheite Luder!«

Was er gefürchtet, trat ein. Als die fünf Geprellten die Auferstehung des fünffachen Schweineverkäufers erfuhren, verklagten sie ihn vor Gericht. Das Weib war außer sich und sah schon den Galgen; der Bauer blieb ziemlich ruhig und rechnete so: sie haben die Sau miteinander geteilt, haben sich abgefunden, also sind sie abgefertigt. Und meinetwegen? Auf das Wiederlebendigwerden ist keine Straf gesetzt. Etwas unheimlich war ihm aber doch, dem guten Johann Birnkifler, also ging er hinab ins Stadtl und nahm sich einen Advokaten auf.

Der Herr Doktor Schlauchel war ein erfahrener Mann, hatte schon viele Gesetzparagraphhäklein, an denen Leute hängengeblieben, gerade gebogen, allein dieser Fall war ihm bedenklich.

»Bauer«, sagte er nach tiefem Nachdenken, »Ihr habt Euer Schwein wissentlich mehrmals verkauft. Es steht schlimm um Euch, Ihr werdet sachfällig!«

»Daß der Teuxel ...!« knurrte der Bauer.

»Ich habe jedoch eine Idee«, sprach der Advokat. »Wir wollen es versuchen, vielleicht gelingt's. Aber klug sein, Birnkifler!«

»O je!« machte dieser, als wollte er sagen, an Klugheit sei ihm niemand über.

»Ihr werdet vor Gericht stehen«, belehrte der Advokat Doktor Schlauchel. »Da wird viel herumgeredet werden. Und was Ihr auch antworten möget, es wird nichts nutzen, es wird für die Katz' sein. Deswegen merket Euch einmal das: Was sie auch sagen mögen, tut nichts desgleichen, sagt nur: abgepfiffen! Bei der ganzen Verhandlung nit ein einziges Wort, nur allemal: abgepfiffen!«

Der Bauer lächelte pfiffig und sagte: »Bedank' mich recht schön, Herr Doktor, das will ich tun.«

»Und auf dem Heimwege bringt Ihr mir mein Gebühr von dreißig Talern.« Also der Doktor, und der Johann Birnkifler ging zum Gerichte.

Na, da gab's Leute! Da waren fünf Ankläger, zwei Richter, zwei Schreiber und der Gerichtsdiener. Zehn gegen einen! Und erst noch die Gesetzbücher in Haufen, die waren ja auch gegen ihn. Der Bauer stellte sich recht demütig hin vor den grünen Tisch und zerknüllte seine Hutkrempe.

»Ihr seid der Bauer Johann Birnkifler, soundso alt, bisher unbescholten, und habt ein Schwein verkauft. Ist es so?«

»Abgepfiffen«, sagte der Angeklagte ruhig.

»Was meint Ihr?« fuhr der Richter auf. »Und seid beschuldigt, ein und dasselbe Schwein an mehrere Käufer verkauft zu haben. Was sagt Ihr dazu?«

»Abgepfiffen«, antwortete der Bauer.

»Wollt Ihr es vielleicht leugnen? Hier stehen fünf Zeugen, ehrenwerte Männer. Nun?!«

»Abgepfiffen«, schrie der Bauer hellauf.

»Seid Ihr verrückt? Wisset Ihr, daß Ihr nur durch sofortige Vergütung und reumütige Abbitte Eure Strafe wesentlich verringern könnt?«

»Abgepfiffen«, antwortete der Bauer mit trauriger Miene.

Der Richter wurde stutzig. Und als er auf weitere Fragen von dem Angeklagten immer nur das Wort »Abgepfiffen« hörte und nichts als das Wort »Abgepfiffen«, das manchmal wie ein Hilfe- oder Drohruf ausgestoßen, dann wieder wie im Stumpfsinne hingelallt wurde, wendete der Richter sich zu den fünf Anklägern und sprach im Tone des Vorwurfs: »Wen habt ihr denn da hereingebracht? Das ist ja ein Unglücklicher, ein armer Irrsinniger! Wohl auch epileptisch, woran ihr scharfsinnigerweise seinen Tod gesehen habt. Und mit einem solchen Menschen schließet ihr Geschäfte ab? Wohl kaum in einer anderen Absicht, als den Schwachsinnigen zu übervorteilen? – Ich finde zu urteilen, daß dieser Mann das Schwein nicht aus unlauterer Absicht wiederholt verkauft hat, sondern aus reiner Vergeßlichkeit. Ich spreche ihn frei, und ihr möget euch merken, daß ein vernünftiger Mensch mit einem Narren keinen Handel macht. Ihr könnt heimgehen, Johann Birnkifler.«

Dieser verneigte sich so ein wenig und tappte dann blöde zur Tür hinaus.

Auf seinem Wege nach Hause nahm er die kürzeste Gasse. Sie führte am stattlichen Hause des Herrn Doktors Schlauchel vorüber. Der Herr Doktor schaute zum Fenster herab. Er hatte ein blaues Hauskäppchen auf und ein langes Pfeifenrohr im Munde und in Gold gefaßte Brillen auf der Nase. Daher sah er den Johann Birnkifler schon von weitem daherstiefeln.

»Nun, ich sehe, Ihr seid ja ganz munter auf freiem Fuße, Birnkifler!« rief er hinab.

Der Bauer nickte mit dem Kopfe, ja, er wäre munter auf freiem Fuße.

»Es ist also gut gegangen!«

Der Bauer nickte vergnüglich mit dem Kopfe und trachtete weiter.

»Mein Rat hat also geholfen? Hat er? Na, schön, das freut mich. Nun kommt aber einmal zu mir herauf, Birnkifler, und bringt mir meine dreißig Taler.«

»– Abgepfiffen!« sagte der Bauer und trottete gelassen seines Weges.

Die Ehestandspredigt

Im Dorfe Sankt Stasen wird was.

Schon den ganzen Tag ist die Unruh'. Der Kirchplatz und die Gassen werden mit Besen ausgefegt, und etwas ganz Besonderes geschieht, die Leute kehren vor ihren eigenen Türen. Der Fleischhauer hat zwei Kälber geschlachtet und ebenso viele Ferkeln, auch noch welche in lebendem Zustande vorbereitet, denen der morgige Tag ebenfalls das Leben kosten kann, wenn die Frömmigkeit besonders zahlreich zugelaufen kommen sollte. Der Bäcker backt tausend Semmeln, und noch schwant ihm, es würden ihrer zu wenig sein, daß auch Brotlaibe aufgeschnitten werden müßten. Der Kranzelwirt ist heut schon den ganzen Tag im Keller. »Ja, Narren«, sagt er, »wenn so schlechte Jahre sind, da ist's eine Kunst, gute Weine zu haben!« Zum Glück versteht er die Kunst, sie wenigstens »süffig« zu machen.

»Man merkt das Kirchenfest gleich an den vielen Juden, die anrucken mit ihren Bündeln«, sagt der alte Steffel, der auf seiner Hausbank sitzt und den Krämern zusieht, wie sie auf dem Platz ihre Buden aufrichten. Das Tor der zweitürmigen Kirche wird mit einem Reiserkranz geziert, an der Kirchhofsmauer unter der Linde wird aus rauhen Brettern eine Kanzel errichtet, denn an solchen Sommertagen predigt der Pfarrer lieber im Freien als in der dunstigen Kirche, gleichwohl der alte Steffel, der sein Salz überall dazugeben muß, der Meinung ist: der Pfarrer hätt' freilich leicht predigen im Baumschatten, aber die Zuhörer müßten barhäuptig dastehen in der Sonnenhitze, und es sei kein Wunder, wenn der Spielmichel immer sage, alle guten Vorsätze, die er sich während der Predigt in den Kopf gesetzt, seien ihm allemal wieder geschmolzen.

So schwatzen sie und wissen nicht, wie mühevoll eine Festpredigt herzustellen ist. Vom Dorfe geht ein breitgetretener glatter Fußweg mählich zwischen etlichen Gärten und Feldern hinan und oben auf flacher Höhe in den Wald hinein. Es stehen fast lauter Birken dort, mit ihrem luftigen Laub sachte rieselnd, und auch einige junge Lärchen wachsen am Wege, so daß es aussieht, dieser Weg sei zu Ehren eines Wandernden so freundlich geschmückt.

Wer am Waldrand Ausschau hielt, der sah das weite Rund des Gebirges und den Talkessel, durch welchen ein stattlicher Fluß, die

Plein, sich schlängelte bis weit hinaus, wo er sich in einer felsigen Engschlucht verlor.

Heute aber hielt niemand Ausschau. Auf unserer Höhe, zwischen den Birken und Lärchen wandelt langsam der Pfarrer von Sankt Stasen dahin. Die eine Hand hält er auf den Rücken hinüber, wo sie mit einem braunen Spazierstöcklein spielend so ein wenig auf die schwarzen Rockschöße klopft, als wolle sich der Herr selber damit vorwärts treiben oder zu etwas anspornen. In der anderen Hand hält er ein Stück Papier, auf das er manchmal einen Blick wirft, um ihn dann wieder zerstreut in das grüne Gebüsch schlüpfen zu lassen. Der schon etwas betagte Herr schaut nicht besonders munter drein, und bisweilen fährt er mit einem blauen Tuch, das er unter dem Papier zu einem Knollen gepreßt in der Faust hält, sich über das glattrasierte Gesicht.

Da kam ihm etwas entgegen. Es war schon ein Weilchen früher zu hören gewesen durch die Büsche her, bevor man es sah. So ein Piepsen und Wispeln war das, als wäre ein ungeheures Vogelnest in der Nähe, und nun trottete er heran, der kleine behende Mann, mit seinem korbartigen Rückenkäfig, der drei Stockwerke hatte, in welchen junge Hühner piepsend und kreischend hin und her flatterten. Das war der Hendlheinl, oder um es klarer zu sagen, der Hühnerhändler-Heinrich.

Das Männlein stak in einem grauen Lodengewand, das über und über voller Federchen war, wie sie aus dem Käfig flogen. Unter dem Lederschilde einer aufgebauchten Tuchmütze guckten zwei kecke Äuglein hervor, die krumme scharfe Nase und das spitze graubartstoppelige Kinn hatte etwas Hahnenartiges, wie es ja heißt, der Mensch nähme innerlich wie äußerlich von den Tieren an, mit denen er zumeist umgeht.

Als nun der Hendlheinl den Pfarrer erblickte, schrie er ihm mit dünner scharfer Stimme entgegen:

»Gotts Gruß, Bruder, hochwürdiger Herr Pfarrer!«

»Ja, ist schon recht«, antwortete der Angesprochene und schaute auf sein Papier, »geh nur, Heinrich, und laß mich in Fried', ich muß Predigt studieren.«

»Uh, da hat er heut seinen giftigen Tag!« rief der Heinl lachend aus.

»Bruder«, sagte der Pfarrer und ließ die Hand mit dem Exzerpt rasch sinken, »das muß ich mir ausbitten. Du kannst vielleicht Hühner rupfen und Kapauner stopfen, aber was Predigt studieren heißt, davon weißt du einen Pappenstiel. Es ist nicht das erstemal, daß du dich lustig machst über meine Not, die ich mit diesem verd – verdienstvollen Predigtstudieren habe. Jedem ist's nicht gegeben. Der eine kann gut predigen, hat aber kein Sitzfleisch zum Beichthören, beim anderen ist's wieder umgekehrt.«

»Ja, Bruder, *muß* es denn sein?« fragte der Heinl und stützte seinen Stock unter den Tragkäfig. »Deine Bauern zu Sankt Stasen wissen es eh schon lang, was du von ihrem Lotterleben für eine Meinung hast und was du ihnen für Zeit und Ewigkeit Gutes wünschest. Und wollen sie schon angewettert sein von der Kanzel herab, so lies ihnen aus einem Büchel was vor und schreie es recht herab, ist just so gut, als hättest es dir selber ausstudiert, ist just so gut.«

»Oder besser«, setzte der Pfarrer bei, »ich mach's auch so, wenn ich mit meinen Pfarrkindern allein bin. Aber morgen kommen fremde Wallfahrer von oben und unten, die wollen was Besonderes hören.«

»Ach Jesses!« rief der Heinl aus. »Morgen ist ja euer Athanasiafest zu Sankt Stasen! Ah, da nachher freilich. Das wird wieder was werden! Und wollen scharf angepredigt sein, daß nachher das Wirtshaus besser schmeckt. Wenn wenigstens nach einer guten Predigt des Kranzelwirts Wein nicht so stark Kopfweh tät' machen!«

Der Pfarrer tat mit der Hand eine abwehrende Bewegung.

»Nun also!« rief der Heinl. »Warum laufen sie nur auch so zusammen von weit her, das möcht' ich wissen.«

»In solchen Sachen«, sagte jetzt der Pfarrer mit einem ruhigen Ernst, der ihm ganz trefflich stand, »in solchen Sachen bist du gottlos unwissend, mein lieber Bruder. Und muß dir's doch schon als kleines Kind unsere Mutter selig erzählt haben, wie sie mir's erzählt hat. Und kommst so oft auf Stasen herüber und bist schon so alt, und weißt *das* nicht?«

»Alles verschwitzt«, entgegnete der Heinl, »ich hab' auf was anderes zu denken als auf euer Athanasiafest. Ich hab' mich in den Siebengräben und in der Breitenau herumzukümmern, wo ich mein Geflügel auftreib', und hab' mich in Kirberg und Oberstätten zu bekümmern, daß ich mein Geflügel wieder anbring'. – Ah, ich werd' nicht der Narr sein und dastehen mit der Kraxen, ich setz' ab.«

Mit allerlei Umständlichkeit stellte er den Käfig auf den Boden und hockte sich selber neben ihn. Der Pfarrer sagte: »Jetzt, weil ich schon einmal heraußen bin aus dem Sermon, jetzt ist's schon alles eins.« Und setzte sich auf einen bemoosten Stein, der am Wege lag. »Weißt du doch sonst allerlei Geschichten und Schnurren fortweg und bist voller Possen. Daß du nur gerade für unsere heilige Athanasia kein Gedächtnis hast, das verdrießt mich.«

»Willst mir was von ihr erzählen, Bruder, Herr Pfarrer, ist mir recht. Gib mir halt wieder einmal einen Löffel voll Christentum ein. Mußt aber laut, wenn du mein Hendlvolk überschreien willst. Wer am lautesten schreit, dem glaub' ich.«

»Ist ganz gut«, sagte der Pfarrer und begann mit gehobener Stimme: »Die heilige Athanasia, das ist eine fromme Ehefrau gewesen. Hat zwei Männer gehabt.«

»Auf einmal?« fragte der Heinl drein.

»Als der erste gestorben, hat sie den zweiten genommen. Der zweite ist nachher Priester geworden und auch gestorben; die heilige Athanasia ist ins Kloster gegangen und seither eine Schutzpatronin für Eheleute geworden. In unserer Kirche zu Sankt Stasen ist das Bildnis dieser großen Heiligen aufgestellt, und an ihrem Gedächtnistage, dem vierzehnten August, das ist morgen, kommen Andächtige herbei aus nah und fern, Eheleute, um sich das eheliche Glück, den häuslichen Frieden und dergleichen zu erbitten. Zumeist sind's Frauenzimmer, denke mir, weil diese die schwächeren sind und zur Schutzheiligen ihre Zuflucht nehmen müssen, wenn deren Männer grob dreinfahren. Verstehst du das?«

Der Hendlheinl schüttelte den Kopf.

»Leuchtet es dir nicht ein?« fragte der Pfarrer und tippte ihm mit dem Zeigefinger auf die Stirn.

»Will mir nicht einleuchten«, entgegnete der Heinl, »im Ehekrieg bleibt, soviel ich weiß, schier allemal das Weib obenauf. Bei wem soll denn der Mann Zuflucht suchen? Die Athanasia hält's mit den Weibern. Wen haben denn die Männer? Die Männer sind arm, mein lieber Herr Pfarrer!«

»Du bist ein Lästerer«, antwortete der Pfarrer lachend. »Übrigens hast diesmal recht – nur diesmal, nicht allemal. Obzwar unsereiner im heiligen Ehestand keine große Erfahrung hat, so viel weiß man doch, daß das Weib gern jede Schuld auf den Mann wirft und sich selber als eine Märtyrin betrachtet und hinstellt, und deswegen ist's ja, wenn sie kommen zu unserer heiligen Athanasia, daß man ihnen predigen muß, heiß zu Gewissen reden auf der Kanzel und im Beichtstuhl, und daß sie wenigstens um einen Groschen Selbsterkenntnis mit heimbringen von der weiten Wallfahrt.«

Jetzt hieb der Heinl dem Pfarrer die flache Hand auf die Achsel: »Das ist ein geistlich Wort gewest, Bruder, das ist ein schönes Wort gewest! – Aber – mußt mir's nicht für übel halten, wenn ich's sag' – was man so hört und sieht und spürt auf der lieben Welt: das Predigen nutzt nicht viel.«

»Leider Gottes!«

»Oft denk' ich mir, wenn einer recht schreit und mit der Faust dreinhaut in die Kanzel – unserer tut's auch, in Breitenau –, denk' ich mir: Ist schad' um die Lungen. Die Leut' haben zwei Ohren, bei einem hinein, beim anderen hinaus. Nun gut, wem's Spaß macht, das Predigen, wie unserm in Breitenau, alsdann soll er predigen, soviel und solang er will. Aber wem's so hart ankommt wie dir, Bruder, und doch alles für die Katz' ist, da sag' ich: laß die G'schicht' bleiben.«

»Für morgen ist noch dazu eine ganze Prozession von Eheweibern aus Neuhofen angesagt«, teilte der Pfarrer nicht ohne Beklommenheit mit.

»So? Aus Neuhofen Eheweiber? Eine ganze Prozession?«

»Die Männer zu Neuhofen – hab' ich gehört – sollen Flegel sein, samt und sonders«, sagte der Pfarrer.

»Ich hab' just das Gegenteil gehört«, wußte der Heinl, »die Weiber sollen dort die Unverträglichsten sein. Die Stiegenbäuerin kenn' ich von meinem Hendlkaufen her, die ist ein Band! Die Stofelhuberin und die Beuglerin sind Schlangen, die Oberbrunnerin ist ein Hausdrach', die Bäuerin von Steinschlag ist auch einer. Beim Steggerhaus ist der Mann nichts nutz, aber das Weib hat ihn verzagt gemacht, er ist ein Süffling worden. Beim Hochwindbauer ist's auch so. Der Lentner Franz zieht mit einer anderen um, kein Wunder, sein eigen Weib hat ihm kein gutes Aug' gezeigt daheim, solang er sie noch gern hat gehabt. Der Webermartin spielt Karten, was er nicht verspielt, das vertrinkt sein Weib in Branntwein. Der Strobelhies hat seinem Weib im Jähzorn einmal einen Streich gegeben, seitdem hat er die Höll' auf Erden und seine bessere Hälft' schreit's um, was er für ein Büffel wär'. Der Trentnerschuster –«

»Geh, Bruder, laß gut sein mit deiner Litanei.«

»Nicht wahr? In solchen Stücken weiß ich wieder mehr als wie du? Ja, Herr Pfarrer, das sind die Leut' von Neuhofen, wo herüber die Weiber morgen wallfahren kommen nach Sankt Stasen, und sich beschweren und beweinen und ihre Männer anklagen und wieder mit Scheinheiligkeit heimgehen und ihre Männer weiter quälen und alleweil noch schlechter machen, als sie schon sind. – Bruder! Ich sag' dir eins. Die meinige kann ich ausnehmen, wenn ich mag, kann's auch mitzählen, wenn ich mag, die Geschichte ist so: Wenn in einem Haus Unfrieden ist, so hat der Mann daran ein Viertel schuld und das Weib drei Viertel. Allemal! Schier allemal, Herr Pfarrer!«

»Ich habe auch in meiner Pfarre Beispiele hiervon«, gab der Pfarrer gern bei. »Und dann, wenn gäh eins stirbt! So als wir vor etlichen Wochen den Bergbauer von da oben begraben haben – ich habe meiner Tage keinen größeren Jammer gesehen. Das Weib hat ins Grab wollen nachspringen. Zwei Männer haben sie mit Gewalt müssen zurückhalten. Und immer geschrien: Ich bin die Schuld! Meinetweg hat's dir das Herz zerrissen. Nur einmal, mein lieber Mann, nur einmal steh mir noch auf, ich will recht sein, ich will gut sein auf dich! Du bist ja mein tausendlieber Mann! – Da habe ich mir gedacht: Ihr umstehenden Ehefrauen allsamt, kommt nur herbei und höret, was sie sagt, das greift wohl tiefer als die schönste Predigt vom Herrn Pfarrer.«

Der Heinl griff in ein Säckchen, das er sich vorne an den Bauch gebunden hielt, zog daraus eine Handvoll Brosamen und streute sie in den Korb auf und zwischen die Hühner.

»Schau du«, sagte er. »Die Hendln raufen auch, wenn sie was Gutes kriegen. Wenn's ihnen schlecht geht, haben sie Fried'. Und die Manndeln und Weibeln sind gerad' am bissigsten aufeinand – sind *das* Vieher! Weißt du, hochwürdiger Herr, weswegen just die Manndeln und Weibeln *soviel* miteinander raufen? – Ja, Narr, wenn sie voneinander lassen kunnten, so täten sie nach dem *ersten* Raufen auseinandergehen. Und weißt ja, wie unser Vater gern gesagt hat, wenn die Eheleut' nichts zu streiten hätten miteinander, so müßten sie sich vor lauter Lieb' auffressen. – Gib aber jetzt einmal Ruh', vertracktes Aasel, neidisches! Das kleine Vieh ist hell wie der Geier auf die Kameraden.« – Diese letzten Worte gingen ein kleines Hühnchen an, das fortwährend Händel stiftete im Käfig und jedem anderen die besten Bissen wegschnappte, aber nicht, um sie selbst zu verzehren, sondern um sie zwischen den Käfigspangen hinauszuschnellen.

»Folge des ersten Sündenfalls!« sagte der Pfarrer mit Salbung. »Es bekriegt sich alle Kreatur.«

»Pfarrer«, rief plötzlich der Heinl und fing ihn am Arm, »ich will dir was sagen. Gleichwohl ich nichts hab' gelernt als Hendel atzen und Fabeleien machen, wie du sagst, so will ich dem Gesindel einmal eine Predigt halten, die stärker einschlägt als wie deine Kanzelsprüche, die man nur anhört, wie man das Glockengebimmel anhört in der Kirchen, weil's so der Brauch ist.«

»Du kannst deinen Hühnern predigen wie der heilige Franziskus den Vögeln!« rief der Pfarrer ärgerlich. »Ihr Weltleut' wollt ja immer alles besser verstehen und trottet mitsamt eurer Weisheit schnurgerade der Hölle zu.«

»Tu dich nicht giften, Bruder, es ist nicht schlimm gemeint. Dich und deine heilige Weih' in Ehren, aber eine Predigt halt ich doch, von der du hören sollst. Jetzt studier weiter. Ich muß anrucken, daß ich nach Oberstätten hinüber komme, ehevor's finster wird. Ihr Sankt Stasener kauft's so keine Hendeln.«

Damit schupfte das Männlein seinen Käfigkorb auf den Rücken, so scharf, daß drinnen alles kreischend übereinander flatterte: »Behüt Gott, Herr Pfarrer. Mach in deiner Predigt, daß das Wort vor dem Amen ein gutes ist, das ist die Hauptsach'! Behüt Gott!«

Damit trottete der Hendlheinl hastig davon, und der Pfarrer hörte noch lange das Piepsen und Schreien des Geflügels.

»Das Wort vor dem Amen ein gutes? Er hat recht. Wenn der Heinl Geistlich worden wär', und ich Hendltrager ...?«

* * *

Am nächsten Tage ging's los. Der Kirchplatz zu Sankt Stasen war voller Menschengewirr, wie es auf einem Kirchfeste eben der Fall ist. Bisweilen kam eine singende Kreuzschar dahergezogen – lauter Weiberstimmen. Dicke, kugelrund, gar gutmütig aussehende Frauchen watschelten daher; schlanke, magere, vertrocknete Matronen schritten in aufrechter Würde, und mancher zahnlose Mund schien besser zum Keifen eingerichtet zu sein, denn zum Beten und Singen. Andere richteten sich gar nicht nach dem Vorbeter, sondern steckten ihre

Köpfe zusammen und erzählten sich gegenseitig – aber auch gleichzeitig, ohne daß eine auf die andere hörte, ihr Hauskreuz. Hauskreuz und Hauskrieg! Ach jerum, und was das heut für eine Schlamperei sein wird daheim, wenn der Mann der Hahn im Korbe ist! Es sei halt gar kein Verlaß auf die Mannerleut', gar keiner! Und meinen sie, wenn sie das bissel Geld ins Haus bringen, so kunnten sie weiters schon treiben, was sie wollten. Mein Gott, das Geldverdienen ist keine Kunst, wenn man ein Mannsbild ist! Verblendete Leut', diese Mannsleut'! – Jede wollte heute beten um den lieben Hausfrieden und beten für ihren Mann, daß er sich bessere. Der eine soll nicht trinken, der andere nicht spielen, der dritte nicht rauchen, der vierte soll einmal die Nachbarin bei den Haaren nehmen, dieses »falsche Bradel«, der fünfte soll nicht so viel schlafen, der sechste soll kein solcher Duckmauser sein, lustige Leut' hat man gern! Der siebente soll's im Wirtshaus nicht so toll treiben, soll hübsch ehrbar daheim bleiben, wie es sich schickt für einen ernsthaften Hausvater. Der achte soll auf die Kinder nicht so grob sein, der neunte soll die Kinder nicht so verhätscheln. Der zehnte soll den schandbaren Geiz ablegen, tragen andere Eheweiber auch ihr Seidengewand! Der elfte soll nicht so flegelhaft dreinschlagen, der zwölfte soll nicht gar so lahmlackig sein – zu schämen mit so einem Mann! »Wenn er den und den Fehler nicht hätt', der meinige«, sagte manche, »er wäre der beste Mensch. Ich kunnt mir gar keinen besseren wünschen.«

So sangen und schwatzten sie sich in die Kirche hinein. Das Bildnis der heiligen Athanasia war mit einem dreifachen Rosenkranze umgeben und vor ihm auf dem steinernen Tische brannten Wachskerzen, weiße, blaue, rote. Auch wächserne Herzen waren hingeopfert worden auf den Tisch, in schmerzhaftem Gedenken an Männer, die kein Herz hatten. Auch wächserne Augen waren da, eine Liebesgabe solcher Weiber, deren Männer verblendet waren. Ein Bauernweibchen fragte draußen in einer Bude, ob nicht auch schlafende Opferaugen zu haben wären; derselbigen schien erwünscht zu sein, daß der Ihrige manchmal ein Auge zudrücke.

Die Weiber von Neuhofen, die besonders andächtig in Sankt Stasen eingezogen waren, hatten zusammengeschossen auf ein feierliches Hochamt mit Windlichtern, Trommeln und Trompeten – und die Herrlichkeit begann nun.

Nach dem Hochamt folgte die Predigt. Anfangs, nachdem der Pfarrer auf die Kanzel getreten war, betete er drei Vaterunser. Dann las er langsam und stockend, als ob ihm die Kunst des Lesens nicht recht geläufig wäre, das für Kirchweihfeste vorgeschriebene Evangelium vom Zachäus auf dem Feigenbaum. Hernach betete er wieder drei Vaterunser. Endlich begann er nach allerlei sonstigen Vorbereitungen mit dem Sacktuch, mit der Schnupftabaksdose, mit den Ärmeln des Chorrocks, die Predigt. Unbedachterweise war er in derselben dem Zachäus auf dem Feigenbaume gefolgt. Da sprach er eine Weile herum von guten und schlechten Früchten, von Blättern, die verdorren, von dürrem Holze und so weiter, und ward ihm allmählich unbehaglich auf dem Feigenbaume, und wußte er nicht, wie er jetzt vom Baume hinunterkäme und auf die Eheweiber. Da fielen ihm zum Glück die Bibelworte ein: »Zachäus, steig vom Baume herab!« – »Und so will«, knüpfte der Prediger an, »auch ich vom Baum herabsteigen, vom Feigenbaum. Hingegen auf den Baum des heiligen Ehestandes hinauf, der auch Früchte tragen soll, heißt das: gute Früchte!« Das war doch ein prächtiger Übergang! »Aber leider Gottes«, fuhr der Prediger fort, »der Ehestandsbaum wird allzuoft Wehestandsbaum, heißt das: zu einem Giftbaum, auf welchem wohl der Apfel der Eva ist, aber auch die Schlange, heißt das: das böse Weib, welches gemeiniglich die Hauptschuld trägt am Unfrieden und Unglück für Zeit und Ewigkeit. Darum, meine Lieben, soll man die Gebote Gottes halten, ein frommes christliches Leben führen, die heiligen Sakramente empfangen und fleißig beten. Alsdann wird der Gottessegen über euch kommen und ihr werdet eingehen in die ewige Freud' und Seligkeit. Amen.«

Wohl war der Pfarrer gewahr worden, daß ein langes Zwischenglied, an dem er gestern so sorgfältig herumgefeilt hatte – es handelte von der christlichen Geduld –, ausgeblieben war. Aber als er einmal bei den Geboten Gottes und bei den Sakramenten angekommen, da ging's auf diesem gewohnten Geleise unaufhaltsam dem Schlusse zu, und da er an dem allseitigen »Vergelt's Gott!« merkte, daß die Zuhörer mit der Predigt zufrieden gewesen waren, war es auch er und war froh, dieses mühsame Geschäft für diesmal wieder glücklich hinter sich zu haben.

Nach dem Gottesdienst füllten sich die Wirtshäuser. Manches Eheweib war jetzt schier traurig, den Mann nicht bei sich zu haben, und wie sie sonst auch brummte, er solle nicht so schreckbar viel

Geld ausgeben, beim Braten mit ihm griff sie doch tapfer zu, und beim Weinglas schließlich auch, besonders wenn Zucker drin war.

Hernach gingen die Wallfahrerinnen auch zu den Marktbuden, kauften kleine Andenken. Manche suchte für ihren Mann sogar ein Tabakspfeifenzeug aus, oder ein Uhrkettlein, oder gar noch was Feineres, und mancher wurde ganz warm ums Mieder, da sie jetzt an ihren abwesenden Mann dachte und wie sie ihm eine Freude mit heimbringen wolle.

Die Trentnerschusterin aus Neuhofen besonders, die konnte nie an ihren Mann denken, ohne daß sie in eine innere Erregung kam. Entweder es war liebreiches Gedenken, Hinaufheben ihres kreuzbraven, herzensguten Mannes bis in den Himmel, oder es war giftiger Ärger über ihn. Das letztere zumeist, wenn sie bei ihm, das erstere, wenn sie ihm ferne war. Die Trentnerschusterin war ein lebendiges Beispiel von dem Ausspruch, den der Hendlheinl einmal getan: Es gibt gar nichts, was zwei Liebesleut' näher zusammenbringt, als das, wenn sie recht weit auseinandergehen. Und Liebesleute sind sie doch, die meisten Ehepaare, sie mögen sich zeitweilig spinnefeind sein, Liebesleute sind sie doch. Dagegen hilft alles nichts.

Am Nachmittag machten sich die Wallfahrer endlich wieder auf den Heimweg, die einen oben, die anderen unten aus.

Die Kreuzschar der Neuhoferinnen ging unten aus. Diese Wallfahrerinnen hatten einen weiten Weg, und als sie zur Dreiwassermühle kamen, waren die meisten schon so müde und durstig, daß man in der Mühle einkehrte. Es ging auch selten eins vorüber, ohne in der Dreiwassermühle abzurasten. Sie war weitum das einzige Wirtshaus, hatte ein ganz passierliches Trinken und die Müllerischen waren gesprächige Leut'.

Die Weiber von Neuhofen besetzten zwei lange Tische. Sie nestelten ihre Handbündel auf, denn was sie an Brot und sonstigem Essen mithatten, das brauchten sie nicht zu kaufen. Obstwein tranken sie und tauchten Brotschnitten in die Gläser und tranken – anfangs verschämt in kurzen, gar bescheidenen Zügen, später in längeren und kräftigeren. Und weil heute keine ihren Mann bei sich hatte, so mahnte sich diese und jene fortwährend selber: »Das ist schon völlig zuviel! Narr, ich bin heut frei durstig worden. Der Wein ist gut. Aber jetzt muß ich aufhören, mir geht's schon alles im Kopf um. Einmal muß ich mir noch nachfüllen lassen, einmal. Jetzt ist's schon alles eins, ein wenig rauschig bin ich eh' schon. Geh, Kellnerin, sei so gut!«

Die Trentnerschusterin drängte zum Aufbruch. Sie hätten noch über zwei Stunden auf heim. Und in die Nacht hineingehen, so ohne Mannsbild, das sei keine Sach'.

Jetzt trat der Hendlheinl in die Stube.

»Uh«, murmelte er verwundert, »da gibt's Gäst'! Und lauter Weiberleut'! Lauter saubere Weiberleut'! Gehen gewiß auf den Kornschnitt hinüber ins Gressental. So, Kränzen, du stehst mir gut da hinten im Winkel.«

Mit den letzten Worten stellte er seinen Käfigkorb – er war leer – hinter den Ofen, rieb sich hierauf die Hände, faltete sie und neigte sein Haupt vor, als ob er beten wolle. Dann setzte er sich an den Ofentisch und verlangte ein »Stamperl Zwetschkengeist«.

Der Wirt brachte ihm das verlangte Gläschen Branntwein und fragte in leutseliger Wirtsart, ob er heute dableibe.

»Heim muß ich!« antwortete der Heinl kurz und stürzte den Inhalt seines »Stamperl« in die Gurgel.

»Wie weit gehst denn her?« fragte der Wirt.

»Hast keinen stärkeren?« knurrte der Heinl und schob das leere Gläschen hin.

Dem ist heut was Besonderes, dachte der Wirt; aber solche Leute geben das Vorhaben, von ihren Gästen Neuigkeiten und Groschen herauszulocken, nicht so bald auf.

»Weißt heut nichts Lustiges, Heinl?« fragte er.

»Lustiges leicht wohl nicht heut«, antwortete der Hühnerhändler. »Ich muß schau'n, daß ich weiterkomm'.«

Es muß ihm heute das viele Weibervolk nicht taugen, dachte der Wirt, beim Eintritt hat er noch sein lustiges Gesicht gehabt.

»Die da«, sagte er und deutete mit dem ausgebogenen Daumen auf die Wallfahrerinnen, »die wollen heut noch nach Neuhofen hinüber, da wirst du auch noch nach Breitenau kommen.«

»Nach Neuhofen? So?« sagte der Heinl fast heiser. »Haben recht. Nur heim. Ich geh' auch zu meinem Weib. Ich sag' das, solang Eheleut' leben, sollen sie keine Stund' verlieren und schön beisammen bleiben. Dauert eh nicht lang auf der Welt. – Wirst es ja gehört haben, das Unglück bei der Hirschwand!«

»Ein Unglück?« fragte der Wirt. »Ein Unglück?« rief die Wirtin. »Was für ein Unglück?«

Jetzt horchten auch die Wallfahrerinnen auf: Der Hendlheinl weiß ein Unglück!

»Das ist ja der Bruder vom Herrn Pfarrer zu Stasen«, flüsterten sie sich zu. »Nu, da kann er schon was wissen.« Alles wandte sich ihm erwartungsvoll zu.

Der Heinl stützte seine Faust auf die Tischkante, lehnte sich rückwärts an das Ofengeländer, legte den kleinen, kurzgeschorenen Kopf in den Nacken, drückte das eine Auge zu, mit dem anderen schaute er längs der scharfen Schneide seiner Nase hinaus, gleichsam um zu beobachten, ob sie noch ihre richtige Linie habe; er guckte aber nur die Weiber an.

»Du magst einen frei erschrecken«, sagte jetzt die Wirtin.

»Habt ihr denn noch nichts gehört davon?« fragte der Heinl. »Bei der Hirschwand hat sich einer ins Wasser gestürzt.«

»Jesses Maria!« ging es – hier laut rufend, dort flüsternd – durch die Stube.

Der Heinl nickte nachdenklich mit seinem Haupte. »Dreißig Klaftern hoch«, sagte er wie in sich hinein, »das ist höher als die Kirchtürme von Stasen, wenn man sie tät' übereinanderstellen.« Hierauf beugte er sich vor und ward lebhaft. »Unterwegs muß er an eine Felsrippe angeflogen sein, weil er so schauderlich zugerichtet ist.«

»Wer denn? Wer denn?« fragten sie von den Tischen her.

»Unterhalb der Schlucht, wo die Sandbank ist, hat ihn die Plein ausgeschwemmt«, fuhr der Erzähler fort. »Voller Schlamm über und über.«

»Wann ist's denn g'west, wann?« wollte der Wirt wissen.

»Heut vormittag. Mir zittert noch der ganze Leib. Ich bin just zurechtgekommen. Aber zugerichtet, Leut', ich sag's euch, nicht ein Knochen kann ganz geblieben sein, und das Blut! *Das Blut!*«

»So sag uns doch, Heinrich, *wer? Wer?*«

»Weiß ich's?« fuhr der Alte unwirsch drein. »Einer aus der Neuhofner Gegend soll es sein. Es war ja schier nichts zu erkennen. Der Kopf schreckbar zerschlagen – mitten auseinander über den Scheitel, daß man einen Finger kunnt hineinlegen. Eine Hand ist auch weggerissen. Mein Himmel, wie es ihn durchgearbeitet haben wird zwischen den Steinen, das wilde Wasser! Alles voller Wunden und Schlamm, o Gott, mir wird schlecht, wenn ich dran denke!« Er verdeckte mit beiden Händen sein Gesicht.

Die Wallfahrerinnen waren von den Bänken aufgestanden: »Einer von der Neuhofner Gegend, sagst?«

»So habe ich gehört. Dem Hut nach – ein dunkler Filzhut ist daher geschwommen – muß es ein Bauers- oder ein Handwerksmann gewesen sein. Ich bin in Neuhofen nicht viel bekannt. Die Leut' – es sind bald Leut' dagewest –, die haben ihn noch genannt beim Hausnamen. Ich hab's vergessen. Es ist so ein Schreck gewest. Und selber – haben die Leut' gesagt – soll er sich haben ums Leben gebracht. Seines Weibes wegen. Weil sie ein Drach' wär' gewest, ein grausam zuwiderer Drach'. Und sein Weib, die soll gar nicht daheim sein –«

»Gar nicht daheim?«

»Soll auf Sankt Stasen hinübergegangen sein, kirchfahrten –«

»Was meinst, Heinl, auf Sankt Stasen?« fragten mehrere der Weiber.

»Soll von allem noch nichts wissen, getraut's ihr auch niemand zu sagen, wenn sie heimkommt. Schon gestern sollen sie ihn halbverzagt umgehen gesehen haben. In die Muttergotteskapelle, die unterhalb Neuhofen an der Straße steht, soll er hineingeschrien haben, ganz wahnsinnig hineingeschrien: ›Sie geht jetzt hinüber auf Stasen und verklagt mich bei der heiligen Athanasia, und ich weiß nimmer, wie ich anders sein kunnt, als ich bin. Ich kann's nicht. Ich hab' wohl auch meine Fehler, aber dieweilen ich sie will ablegen, macht sie sie noch größer. Was ich sagen mag, 's ist ihr nichts recht; was ich tun mag, 's ist ihr nichts recht. Und unredlich ist sie gegen mich. Und schlecht macht sie mich vor den Leuten, und peinigen tut sie mich, als wenn ich ihr Feind tät' sein. Und ich, du meine liebe Mutter Gottes, du bist mein Zeuge!‹ – soll er ausgerufen haben –, ›wie ich diese Person liebhab' gehabt. Mit keiner kunnt ich leben als mit ihr, mit keiner! Und jetzt ist sie so unglücklich an meiner Seiten; wenn ich anders wär', als mich Gott erschaffen hat, so kunnt sie glücklich sein. Leben wir noch so weiter, ist's unser beider Verderben für all' Zeit und Ewigkeit. Ich will ein End' machen. Ich will sie frei machen. Bitt für mich, du heilige Jungfrau Maria, und wenn sie einmal kommen sollt' und bei dir beten, tröste sie. Sie soll glücklich werden! Ich mach' ein End'!‹ – So soll er laut gesprochen haben mit der Mutter Gottes, wie man noch keinen Menschen hat reden gehört und ihm es hätt' am wenigsten zugetraut. Hat ja keinem Menschen nichts gesagt. Und jetzt möcht' man ihn gern trösten, und jetzt wird sie, wenn sie heimkommt, alles gutmachen wollen. Und jetzt ist's zu spat.«

»O du armer, armer Mensch!« rief die Wirtin aus.

Die Wallfahrerinnen waren still. Keine tat eine Frage mehr. Nur die Kleinschneiderin, die ihren Mann drüben in den Siebengräben auf der Ster (Wochenarbeit) wußte, trat an den Heinl und fragte, ob er noch liege auf dem Sand?

»Soviel ich weiß, haben sie ihn nach Neuhofen in die Totenkammer getragen«, berichtete der Hühnerhändler. »Wird ja draußen verscharrt, hinter der Kirchhofsmauer.«

Wer jetzt die Weiber angesehen hätte, sie waren totenblaß im Gesicht, eine wie die andere. Die Wirtin legte ihren Arm um den Nacken ihres Mannes und weinte.

»Da ist mein Geld«, sagte der Heinl, warf eine Münze auf den Tisch und nahm den Korb auf den Rücken. »Mitgeht wohl eh niemand ins Breitenau hinüber. Muß ich halt allein fort in Gottes Namen. Behüt Gott allmiteinander!«

Als er schon zur Tür hinaus war, schoß ihm ein rundes Weibchen nach, die Steinleitnerin aus Neuhofen, die faßte ihn draußen an der Hauseck' am Korbrand und flehte: »Du, Heinl, ich kann's nicht lassen. Des großen Unglücks wegen. Hast wohl fein alles gesagt, was du weißt! Ich bitt' dich!«

»Bist du leicht eine von Neuhofen?« fragte der Heinl. »Nachher wirst es ja selber erfahren und genauer, als ich dir's sagen kann.« Damit riß sich der Heinl los und war fort.

Wirst es ja selber erfahren! Das Wort war ihr wie ein Stich ins Herz gegangen. Vor den Augen ward ihr ganz blau, sie hörte nicht mehr das Mühlfloß rauschen, in ihren Ohren war ein seltsames Klingen.

* * *

Als die übrigen Wallfahrerinnen aus dem Hause traten – denn plötzlich war jeder ums Heimgehen, ums eilige Heimgehen –, kamen sie just recht, um die Steinleitnerin zu Boden sinken zu sehen. Man labte sie mit kaltem Wasser, dabei war auch mancher anderen schlecht zum Umfallen.

Eine Weile sprachen sie unterwegs – jede scheinbar ruhig – von dem Ereignisse an der Hirschwand. Sie mutmaßten, wer und wer? Eine ist unter ihnen, die es getroffen, aber welche? Auf welche wartet das schreckbare Unglück, wenn sie nach Hause kommt?

»Es ist närrisch«, sagte jetzt die Heidenbacherin, »daß man nur daran denkt, aber der Meine kann's nicht sein. Geschweige das sonstige, aber der Meine steigt nicht auf die Hirschwand, der ist zu schwindlig.«

»Und der Meinige«, sagte eine andere, »trägt Gott Lob und Dank keinen dunkeln Hut, sondern einen grünen.«

»Grün ist auch dunkel«, meinte die erste.

»Ich brauche mich nicht zu fürchten«, sagte die Trentnerschusterin, »für meinen Mann stehe ich nicht auf den Hut an und nicht auf den Schwindel, bei dem trifft gar nichts zu, was der Heinl erzählt hat.«

Die Heidenbacherin tat endlich den Vorschlag, ein lautes Gebet anzustimmen, wie es auf Wallfahrtswegen sich gezieme. So beteten sie, und dabei wurde jedem der Weiber bang und banger, je näher sie der Gegend von Neuhofen kamen. Neben der Straße rauschte die Plein. Die Berge engten sich an beiden Seiten, die Wallfahrerinnen kamen zur Schlucht, die das Wasser vor Urzeiten durch das Gebirge gerissen hat. In dieser Schlucht lag schon die Finsternis des Abends. Steinige Hänge an beiden Seiten, und von einem der höchsten Riffe ging es senkrecht nieder in die Tümpel der Plein. Das war die Hirschwand. Sie war grau wie Blei und nur an den Rissen und Klüften mit wenigem Moos und Gekräute bewachsen. In einer der Klüfte schienen Falken zu horsten, einer dieser Vögel schoß an dem Gewände hin und her und stieß scharfe Pfiffe aus. Zwischen der Hirschwand und der Straße war die gischtende, brausende Plein, die in hohen Wellen über ihr Grundgestein dahinflutete. Mitten aus dem Wasser ragten Felsblöcke, stumpfkantig und mit dem dunkelgrünen Samte des nassen Mooses überzogen. Das Wasser umwallte sie trotzig, sprang manchmal mit Zorn über sie hin. Es hatte sich tief unter die Wand eingegraben, und in den Tümpeln kreiste der Schaum und spritzte empor an das überhängende Gestein, um dann von dem wieder träge niederzutriefen. Es lag in diesem Felsen und in diesem Wasser eine große Wildheit der Natur, und der sich von da oben herabstürzen konnte, dem mußte es Ernst gewesen sein mit dem Sterben.

Die Weiber warfen kurze, scheue Blicke hinüber auf den grausigen Hang, aber sie hielten nicht an, eng aneinandergedrückt wie ein Rudel von Schafen, die sich fürchten, so eilten die Weiber leise ihren Psalter murmelnd vorüber.

Etliche hundert Schritte weiter unten lichtet sich die Schlucht, das Wasser flacht sich seichter auseinander und am Ufer straßenseitig ist weißer Sand. Da also hatte es ihn ausgeworfen, den Armen, den Unseligen, den selbst die Elemente, in welchen er Zuflucht gesucht, von sich gestoßen! Im Sande sah man noch etwas wie die Fußspuren der Männer, die ihn hinweggetragen hatten. Die Weiber ließen auch da ihre Blicke nur kurz und scheu hinzucken und eilten wegshin.

Als sie ins breite Tal hinauskamen und die Mauern des Dorfes Neuhofen im Scheine des Abendrotes erglühend vor ihnen dastanden, trennten sie sich allmählich, die eine ging über den Feldweg hin, die andere über den Wiesensteig, die dritte blieb auf der Straße, um später abzuzweigen gegen ihr Haus. Der Abschied voneinander war fast kurz und gedämpft; nur eine oder zwei lachten überlaut, um ebenso laut aufzuseufzen, als sie mit sich allein waren.

Die Trentnerschusterin ging ihrem Häuslein zu, das außerhalb des Dorfes, halb unter Ulmen versteckt, sich an einen Berghang kauert. Je näher sie der Behausung kam, je zögernder wurden ihre Schritte. Es ging ihr nicht aus dem Sinn, was der Hendlheinl erzählt hatte; jedes Wort überdachte sie und kam ihr vor: Mein Mann, just so kunnt er geredet haben bei der Kapelle, just so kunnt er's gemacht haben! – Dort stand sie ja, die Kapelle, die rote Ampel schaute der Schusterin entgegen wie ein betrübtes vorwurfsvolles Auge aus finsterer Höhle. Das Weib ging hin, kniete nieder vor dem lebensgroßen Bildnis der Maria und tat ein Gebet. In dieser ernsten Abendstille, bei diesem Gedenken an ihren Mann fielen ihr allerhand Sachen und Vorgänge ein, die sich in ihrem Eheleben zugetragen. Wie mancher Hader und Streit! Wie manch herzlose Bosheit und Feindseligkeit, wie wenige Stunden des häuslichen Friedens! Und seltsam, sonst war sie stets überzeugt gewesen, daß er an allem die Schuld trage – warum tat er das? Warum unterließ er jenes? Er war schuld! Heute kam es ihr vor, es wäre umgekehrt gewesen. Er war sanftmütig, da hatte sie ihn aufgestachelt, denn sie konnte die sanftmütigen Männer nicht leiden. Er wurde ärgerlich, da hatte sie ihn gespottet, verhöhnt, den Ärger muß man züchtigen. Er geriet endlich in Zorn, da hatte sie ihn gereizt bis zur Wut, und versetzte er ihr einmal etwas Derbes, dann sank sie wie gebrochen hin und weinte kläglich, weil sie wußte, dieses Weinen drehte ihm das Herz um. Und hierauf konnte sie ihn schmähen und quälen nach Belieben: er war ein Haustyrann, ein Wüterich, ein Höllenlaster auf zwei Füßen, ein neundoppelter Lumpenschelm, der nur ein Weib genommen, um sie unglücklich zu machen. Er war entwaffnet, und sie triumphierte unter ihren falschen Tränen. – Der Heinl hatte erzählt von dem Weibe des Selbstmörders, das nach Sankt Stasen gegangen. Von Kindern war keine Rede. Schier die meisten Ehemänner in und um Neuhofen haben Kinder, der Trentnerschuster hatte keine und mußte schon auch darum von seinem Weibe manch giftig Wort einstecken. So ist er oft gar verzagt worden. Hat sogar mehrmals gesagt, das beste für ihn, wenn's aus wäre. O Gott, alles stimmt! – Die Angst des Weibes wurde noch größer.

Zur Angst kam plötzlich auch das Grauen wie ein kalter Hauch von Gräbern her. Sie raffte sich auf und schlich ihrem Hause zu. Da war's so still drinnen, zum Herzabdrücken still. Sonst hört man den Schuster doch hämmern aufs Leder, auf die Leisten. Aus dem Fenster fiel kein Lichtschein; und sonst arbeitet er noch um solche Zeit, denn er ist ein fleißiger Mann. – Sie hat nicht den Mut, ins Haus zu treten.

Auch dem Fenster weicht sie aus, es könnte die Magd herausschauen und ihr das schreckbare Wort ins Ohr schreien. Sie will noch etliche Atemzüge tun, ehe sie Gewißheit hat und ganz und gar verdammt ist.

Eine Weile steht sie da unter den Bäumen und horcht und hört sonst nichts als das Pochen ihres Herzens. Dann wankt sie davon. Sie will ins Dorf hineingehen, aber wo sie in der Dunkelheit einen Menschen sieht, da weicht sie ihm aus. Sie wird's noch früh genug erfahren. Sie geht über die taunassen Felder hin und dem Friedhofe zu, der abseits vom Dorfe liegt. Die weißen Punkte dort, das sind die Kreuze. Liegen viele Bekannte und Verwandte darunter. Gott geb ihnen die ewige Ruhe! Sie fürchtet sich heut gar seltsam vor den Toten, sie sträubt sich, aber sie wird hingezogen wie mit tausend unsichtbaren Armen. Die blasse Wand dort, das ist die Totenkammer. In die Totenkammer haben sie ihn getragen. Aus dem Fenster schimmert Licht. Sie redet sich ein, sie fürchte sich nicht, sie will hin, obgleich ihre Füße bei jedem Schritt wie an die Erde gewachsen sind. Aber im

Fenster ist alles schwarz, und was sie für ein Licht gehalten, das war das Glänzen eines Johanneswürmchens.

Sie kehrte wieder um, und da war ihr, als husche etwas hinter ihr her, dann schwirrte es über ihren Kopf hin. – Es kann eine Fledermaus gewesen sein, es kann aber auch die arme Seele eines Verlorenen gewesen sein. – Im Kirchturm läutet jetzt eine Glocke. In alten Zeiten haben sie nicht geläutet, wenn sich einer das Leben genommen, dachte die Trentnerschusterin, heute sind sie barmherziger. Und haben wohl recht. Die sich selber das Leben nehmen müssen, das sind Märtyrer. Die müssen ein schweres, schweres Leben gehabt haben, daß sie es nicht mehr haben ertragen können.

Das Weib brach in Weinen aus und hatte heiße Reue und machte ein heiliges Fürnehmen.

Die Glocke schwieg. Die Schusterin raffte sich neuerdings auf.

»In Gottes Namen!« stöhnte sie, »einmal muß es doch sein«, und ging zur Straße hinab und ihrer Behausung zu. – Da sieht sie vor sich eine Gestalt. Die kommt ihr entgegen, scheint aber unschlüssig zu sein. Leicht zu denken, mit der Unglücksbotschaft!

»Na endlich, da ist sie«, rief die Gestalt, »aber so spät! Nach dem Betleuten erst! Grüß dich Gott, Agatha, bist recht müd' worden?«

Mit einem Freudenschrei sprang sie ihm an die Brust. Er war's, ihr Mann, und lebendig.

Nachher hätt's ihr schier ein wenig leid getan, daß sie ihm ihre ganze Liebe so plötzlich gezeigt; Männer sollen nie wissen, wie gern man sie hat! Aber sie kehrte doch wieder zurück zu ihrer redlichen Freude und legte ihre feuchte Wange an die seine und flüsterte: »Du bist mein lieber Mann!«

Der Schuster war völlig starr vor Verwunderung.

»Wär's doch richtig?« murmelte er in die finstere Nacht hinein. »Ich hab' nie was gehalten auf die Sankt Stasener Wallfahrt. Soll sie doch was nutz sein?«

* *
*

Ähnlich wie der Trentnerschusterin erging es den anderen. Fast keine von denen, die auf der Wallfahrt waren, getraute sich heute auf dem kürzesten Wege nach Hause; sie irrten umher, die eine auf den Feldern, die andere im Schachen oder in den Gärten. Den Dorfleuten, wie sie noch am Abende umhergehen, wichen sie aus und wollten doch wieder Näheres über die Neuigkeit erfahren und hatten nicht den Mut dazu. Die Hochwindbäuerin verbarg sich an einem Reisighaufen, und erst als es kalt wurde, schlich sie zähneklappernd in ihr Haus, in ihre Stube. Das Bett ihres Mannes war leer.

Der Hochwindbauer hatte lang in die Nacht hinein auf sein Ehegespons gewartet, endlich aber gesagt: »Wenn sie nicht kommt, gehe ich auch davon.« Und war hinabgestiegen zum Dorfwirt. Am nächsten Morgen fiel die Hausfrau im ersten Augenblick in den alten Ton: »Unverbesserlicher Saufaus!«

»Sind nur ein paar Tröpferle gewesen«, sagte der Bauer.

»In Gottes Namen, so trink dein Tröpfel Wein daheim, kannst einen besseren haben als im Wirtshaus. Nur nicht fortgehen! Schau, Mann, ich habe dich ja soviel gern daheim. Wenn ich auch bisweilen brummen tu', 's ist nicht so schlimm gemeint. Mußt halt auch ein wenig Geduld haben mit mir.«

Laut hub er an zu heulen, der Hochwindbauer, vor Rührung über ein solches Wort von seinem Weibe. Alle zehn Finger hob er auf zum Schwur, ihr zuliebe nicht mehr ins Wirtshaus zu gehen.

Freilich erkundigten sich die Frauen alsbald auch nach dem Hergang an der Hirschwand, und wer es denn sei, den die Gnade Gottes so sehr verlassen?

Man wußte von nichts.

Darüber war die eine und die andere so aufgebracht, daß sie den Hendlheinl, diesen »verdächtigen Lugenschippel«, zerreißen wollte. Als die Weiber allmählich ins Gleichgewicht kamen, meinten sie doch, es sei besser, daß es nicht wahr wäre. Aber er soll ihnen nur wieder einmal kommen Hendel einkaufen, sie würden ihn lehren, ehrliche Leute anschwatzen, sie würden ihm die Wahrheit schon sagen!

* *
*

Ein gutes Weilchen später war's, zur Zeit um das Allerheiligenfest, als die beiden Brüder wieder einmal zusammenkamen und bei einem Glas Apfelwein saßen im Pfarrhof. – Wieder war vom Predigtstudieren die Rede und sagte der Pfarrer zum Heinl:

»Zehnmal so gern und zehnmal so leicht studiere ich jetzunder, seit ich Erfahrung hab', daß meine Predigten auch was ausrichten.«

»So?« antwortete der Heinl.

»Hast es wohl auch schon gehört, daß seit meiner letzten Ehestandspredigt am Athanasiafeste die Eheweiber, besonders die in der Neuhofener Gegend, ganz anders worden sind, gar nicht mehr zu erkennen gegen voreh. Ich habe ihnen aber auch etwelches an den Kopf gepfiffen, daß es nur so geblitzt und gedonnert hat in der Kirche. Sie sind alle bekehrt!«

»So«, sagte der Heinl und machte aus seinem Glase einen bedächtigen Schluck. Dann wischte er sich den Mund mit der umgekehrten Hand und sprach: »Alle Ehr' vor deinem Gotteswort, hochwürdiger Herr Bruder. Aber diesmal hat eine andere Ehestandspredigt gewirkt. Sie haben ihre Männer sterben gesehen, auf der Bahre gesehen, sie haben ihre Männer begraben, und da ist das böse Gewissen aufgestanden, und das, mein Herr Pfarrer, das hat ihnen erst die richtige Ehestandspredigt gehalten. – Hast denn nichts gehört davon, daß sich am Athanasiatag einer über die Hirschwand gestürzt hätt'?«

»Ist ja eine Lug gewesen.«

»Freilich ist's eine gewesen. Denn nicht einer, alle haben sich über die Hirschwand gestürzt, alle die Männer der ehrenwerten Frauen von Neuhofen, die auf der Wallfahrt waren. Und wieder von den Toten auferstanden! Kannst du das machen, hochwürdiger Herr? Nicht? Ich kann's. Mag aber gar nicht übermütig sein deswegen. Die Weiber fallen wieder zurück. Da gibt es nichts, keine Lehr' und keine Mär' und kein Fürnehmen – die Weiber fallen wieder zurück. – Ich habe nur zeigen wollen – ich, der kleine Hendlheinl dem Herrn Pfarrer –, wie man diese Weibsen packen muß, daß sie einmal zu sich kommen. Ich will dir aber auch sagen, wann eine Predigt angreift. Am Grabe des Mannes halte sie, und du wirst das Weib bekehren.«

Als er so gesprochen hatte, der kleine Alte, schier ernsthaft, da ward er auf einmal gemütlich. Er streichelte den Pfarrer, der gar nachdenklich dasaß, am Arm, guckte ihm ins würdige Gesicht hinein und sagte:

»Bist mir aber nicht böse, Bruder, gelt? – Ich habe ein Kapaunlein daheim, das ist schon hübsch rund und wird noch alle Tage runder. Und wenn es ganz rund ist, kugelrund, alsdann bringe ich dir's. Behüt dich Gott derweil!«

Durch

Ich wanderte im Gebirge, immer höher hinan. Das in der Steinschlucht herabrauschende Wasser war weiß wie eine Schneelawine. Der schmale Fußsteig hatte seine Not an dem Hange empor, und oft mußte er auf hohen schwanken Stegen über den Graben. Mehrere der Stege hatten gar keine Handhabe; vor dem ersten dieser Art stand ich lange unentschlossen still. Der Stegbaum war fast unbehauen und führte hoch über einen Abgrund, in welchem das Wasser rasend wirbelte und brauste. In meinem Kopfe fing es schon an zu kreisen. Umkehren? Den drei Stunden langen beschwerlichen Weg umsonst gemacht haben? So nahe dem Ziele, das ich mir seit vielen Jahren vorgenommen, umkehren? Ich hatte zwar nichts zu verlieren als ein junges Leben, aber es eines fremden wüsten Berges wegen aufs Spiel zu setzen, war doch nicht nach meinem Geschmacke. Den Rucksack schnallte ich mir fester an den Rücken, den Stock band ich waagerecht darüber, so daß er nach beiden Seiten hinausstand. Dann setzte ich mich auf den Stegbaum wie auf ein Pferd und ritt sachte hinüber. Mein Auge hielt ich wohl in Zucht, daß es nicht hinabsah in die wirbelnde Tiefe. Glücklich kam ich zu Rande. Beim nächsten Stege ging es schon leichter. Beim vierten und fünften war ich dermaßen kühn geworden, daß ich aufrecht hinüberschritt.

Die Schlucht wurde noch enger, das Gewände an beiden Seiten senkrechter, langes Struppwerk hing nieder, auch dürres Geäste und mancher Baumstamm, der oben gestürzt und mit seinem Wurzelgeklaue an den Runsen hängengeblieben war. Ein Bergknabe begegnete mir, er trug einen Sack mit Käse und machte mir auf meine Frage mit schreiender Stimme die Mitteilung, daß es bis auf die Riffel noch gute vier Stunden sei, daß ich aber den Weg verfehlt hätte. Die Bergsteiger gingen immer unten bei dem Kreuze rechter Hand. Ja, damals gab es noch keine angestrichenen Bäume in den Alpen, und ohne Markierung verstieg man sich manchmal in die schauerlichste Natur hinein. Aber hinaufkommen, versicherte der Knabe, täte ich auch durch die Schlucht. Mit einiger Geschicklichkeit kamen wir auf dem schmalen, hängigen Steige füreinander. Ich stieg weiter, und das brausende Wasser betäubte fast mein Denken; so daß ich schier traumhaft dahinkletterte. Die Luft war frostig kalt und erfüllt mit

Nebelstaub, von den Wänden troff es nieder. Nicht nach vorwärts sah ich mehr und nicht nach rückwärts, ringsum eng aufsteigende kupferbraune Wände, die sich turmhoch oben fast zusammenwölbten, so daß nur ein schmaler Streifen Himmels herniederschimmerte in das grause Spaltengrab, durch das ich wandern mußte. Es war tatsächlich, als ob der Felsenberg sich hier gespalten hätte; was an einer Seite der Wand fehlte, das hatte die gegenüberstehende Wand an sich, hier ein scharfer Riff, gegenüber die entsprechende Runse, hier eine Mulde, dort die Ausbauchung, hier eine waagerechte Schichte, die an der entgegenstehenden Wand fortgesetzt war. Der Bruch ließ sich durchwegs nicht verkennen. An einer Stelle war hoch oben ein ungeheurer Steinklotz niedergebrochen und in der Felsenge eingeklemmt hängengeblieben. Er hing nur an zwei Kanten, konnte jeden Augenblick niederstürzen, den Steig verlegen, das Wasser stauen, den Wanderer begraben. Die Schlucht zackte sich nach links und nach rechts und stets in so scharfen Windungen, daß ich nicht vierzig Schritte nach vor- oder nach rückwärts sah, daß ich wie ganz eingeschlossen war. Es ging immer so fort und es wollte kein Ende nehmen. Aus den Gischten des Wassers stieg es wie ein mondweißes Licht in dieser dunklen Schlucht. Der Weg war endlich ganz niedergestiegen zu den Wellen und stellenweise von diesen überflutet, so daß ich bis über den Knöchel im Wasser watete. Auf einmal ging der Steig gerade auf einen donnernden Wasserfall zu, dessen Qualm mich über und über naß machte.

Kaum den Fall hinter mir, hatte ich eine Stiege zu überwinden. Das war aber keine Stiege mit Stufen, das war eine rauhe, zerrissene Wand, an die der Steig ganz unverfroren hinaufstieg. Man hätte ihn kaum als den Steig erkannt, wenn nicht ein paar eiserne Ringe zu sehen gewesen, die, in das Gestein getrieben, dazu vorhanden waren, um eine Strickhandhabe festzuhalten. Die Strickhandhabe jedoch fehlte. Hingegen hatte mein Wanderstock einen Eisenhaken, damit langte ich hinan bis zum ersten Ring, hakte ein und zog mich hinauf. Mit Knien und Schuhspitzen fest in eine Spalte gestemmt, griff ich unter großer Anstrengung, denn der Stock war fast zu kurz, bis zum nächsten Ringe. Nach einer Weile war ich über dem Wasserfalle. Da war es anders. Der Grund zwischen den Wänden war ganz eben, und das lehmgraue Wasser rieselte still und flach über den Sand, den ganzen Raum ausfüllend. Der Steig hatte aufgehört, es war wohl so gemeint, daß man mitten durch den Bach zu gehen habe. So ging ich wohlgemut mitten durch. Bald sah ich am Fuße der Wände einen frischen Fichtenbaum, dann den zweiten und dritten, da ward mir traulicher. Die Schlucht weitete sich etwas, das Gestein war nicht mehr so kahl, sondern grün bemoost, die hohen Wände aber ließen immer noch wenig Himmelslicht herab. Unter einem der Bäume sah ich eine Quelle, die aus der Wand sprang und von einem zierlichen Rinnlein aufgefangen war. Wie tat dieses leise Plätschern des Brunnens wohl nach dem Getose unten in den steilen Schluchten, das wohl noch aus der Ferne wie ein hohles Donnern vernehmbar war. Nun bemerkte ich aber auch, wie neben der Quelle ein schlechter Steig hinanführte zwischen Erlengesträuche und Gezirm. Dem ging ich nach und stand ganz plötzlich vor einem Blockhäuschen. Zwischen einer Wandfuge stieg Rauch heraus, dünner Rauch. Ich kroch in Stein und Strupp rings um die Hütte herum und fand keine Tür. Da klappte ein Dachbrett auf, und durch die Lücke schaute ein Menschenkopf heraus. Ein rindenbraunes, bärtiges Gesicht, im Mund eine große Tabakspfeife. Ein Straßenräuber? Dafür gab es in der Nähe zuwenig Straße. Ein Eremite? Dagegen sprach die Tabakspfeife. Man hört zwar nirgends, daß fromme Waldbrüder keine Tabakspfeife im Gesichte haben dürften, aber man liest auch nirgends, daß sie eine hätten. Der aus dem Dache hervorragende Mann, der mit seiner Vorrichtung im Munde eigentlich ein lebendiger Schornstein war, fragte mich ganz gutmütig, ob ich mich denn verirrt hätte, denn da gebe es keinen Weg hinab ins Tal.

»Ich komme aus dem Tale herauf«, meine Antwort.

Jetzt tat er auch seine Hand aus der Hütte, nahm damit die Pfeife aus dem Munde und fragte: »Sie kommen herauf? Aus dem Schrick kommen Sie herauf? Bigott ja, ausschauen Sie danach.«

Der Schrick! Und nun sagte er mir, daß es der weit und breit berüchtigte Schrick gewesen, durch dessen Schluchten ich heraufgekommen, und daß ich mehr Glück als Verstand gehabt hätte. Ich war's zufrieden, auf Reisen ist Glück zumeist mehr wert als Verstand.

»Was machen Sie denn da heroben?« fragte der Mann weiter, nachdem er aus den Tiefen der Hütte sich den unförmigen Filzhut gehoben und aufgesetzt hatte.

»Ich will weiter auf die Riffel hinauf.«

»So, dann muß ich schon barmherzig sein und Sie in mein Haus nehmen, daß Sie sich das Gewand trocknen können. Ansonsten bleiben Sie oben auf dem Berg als Eismandel stehen, festgefroren bis an den Jüngsten Tag. Krauchen S' nur herein.«

Er verschob ein zweites Dachbrett, und ich stieg zu ihm in den engen Bau, in welchem neben einem Mooslager zwischen Steinen eine glosende Glut war, die sogleich mit Baumästen aufs neue genährt wurde. Ein Tonplutzer, eine Ledertasche, ein Jagdgewehr und derlei war vorhanden, und der Mann war nichts anderes als ein Gemsjäger des großen Alpenreviers, das damals einem italienischen Prinzen gehörte. Ein paar Stunden blieb ich in der Hütte. Dann waren die Kleider trocken, mein Magen mit Imbiß gestärkt und mein Herz mit Kirschgeist ermuntert für weitere Geschicke. Und dann stiegen wir beide zur Dachluke hinaus, die der Jäger nachher sorgfältig zumachte. Daß diese Tür von oben hinein ging, hatte weiter keinen Grund, als daß sie so leichter zu machen gewesen, denn eine an der Wand. Der Jäger mit Gewehr und Weidtasche begleitete mich. Er hatte sehr krumme Knie, aber leicht stieg er damit an; auf hartem Weg, meinte er, dürfe man ja keine steifen Beine machen, sonst brauche man sich zu früh auf. Dieser wildborstige Jäger hatte ein sehr gutmütiges Gesicht und ein so kluges, mildes Grauauge, daß man schier gerne hineinschaute. Nur wenn er, wie sich der Graben nun weitete, in die Wände hinaufblickte, da ward sein Auge scharf und glühend.

»Siehst du! Siehst du!« stieß er fauchend hervor, wenn an Riffen und Mulden die Tiere äseten oder von uns erschreckt mit gewaltiger Spannkraft der Läufe an den Hängen dahinsetzten. In seiner Jägergier war ihm alles du, gleichsam, als gäbe es gegenüber der Gemsen- oder Hirschenwelt keinen Unterschied mehr in der menschlichen Gesellschaft, als müsse alles Jäger sein, pirschen oder puffen und nichts anderes. Leise zitterte seine Hand, die am Gewehre lag, und fast blieb ihm der Atem stehen, als da oben ein halb Dutzend Gemslein arglos grasete und er mit seinem Feuerrohr nicht hinzielen durfte.

»Was haben Ihnen diese Tiere denn getan?« fragte ich den Jäger. Der überhörte anfangs das Wort und auf meine Wiederholung blickte er mich fast traurig an. Traurig über meinen Unverstand. – Getan? Die Gemsen dem Jäger getan? Als ob es auf der weiten Welt Gottes etwas Herzigeres geben könne, denn eine Gemse! Und eben darum. Eben darum? – Von der Achsel riß er sich den Stutzen, daß der Riemen heftig an den Schaft schlug. Wie soll der Jäger dem Gemslein seine Freude an ihm denn anders bezeugen, als daß er es niederschießt! Aber es war Schonzeit und das Wild mußte gehütet werden für die hohen Herren. – Auch die hohen Herren brennen die herzigen Geschöpfe nicht nieder aus Haß, aber auch nicht aus Liebe – bloß aus Passion. Dann lassen sie sie liegen und der Jäger verkauft das Fleisch um einige Sechser.

Als die Tiere außer Sicht waren und wir über Gerölle hinankletterten, sagte mein Begleiter, aber mehr in die Steine hinein als an mich: »Es ist wahr, es ist dumm! Der Mensch sollt' froh sein, wenn er selber eine Gemse wäre!« Denn mit Mühsal ging's bei uns vorwärts in dem wüsten Geschütte. Wir stiegen durch eine Art von Gasse hinauf, durch einen vielstufigen Wassergraben, in dem eine graue Gieß rieselte. Zu beiden Seiten waren glasige Wände, hier in haushohen Mauern, hier in scharfzackigen, ungeheuerlich gestaltigen, übereinander getürmten Blöcken. Ich hatte schon vorher auf den Rat meines Begleiters die Hände und das Gesicht mit Tüchern eingewickelt, aber die Luft brannte in den Augen. Wir waren mitten im Eise. Die Eiswände waren aber nicht grünlich klar, wie man es auf unseren Teichen sieht; das war wie blindes, schmutziges Glas und mit dunklem Staube überall durchsetzt. Mein Jäger sagte, das wäre der Pflanzenstaub, den der Föhn seit Jahrhunderten aus den Tälern heraufgetragen, und der Sand, den der Sturm von den kahlen Höhen auf den Kees geweht. An vielen Stellen lag das Eis wie unentwirrbar verwachsen mit dem Steinboden. An anderen Stellen waren zwischen Boden und Eis Höhlungen, so groß, daß Schafe hätten hineinkriechen können, und es starrte die schwärzeste Finsternis heraus, so daß es unergründlich war, wie tief die Höhlungen hineingingen. Vielfach sickerte Wasser hervor.

Plötzlich war unsere Gasse zwischen dem Gletscher zu Ende und wir standen vor einem Loche, aus welchem ein steiniges Rinnsal ging, wo jetzt aber nur wenig Wasser rann. Das Loch war so groß, daß ein Rittersmann ganz bequem hineinreiten konnte auf hohem Rappen, falls er für seine Höllenfahrt dieses Tor wählen wollte.

»Da wären wir«, sagte mein Begleiter.

»Da geht's ja nicht mehr weiter«, meinte ich mit einiger Beklommenheit.

»Da geht's wohl weiter«, antwortete er und deutete ins Loch.

»In keinem Fall!« rief ich und wendete mich ab.

»Wollen Sie denn nicht auf die Riffel?« fragte er. »Na also, dann müssen Sie hier durch!«

Verzagt betrachtete ich die ungeheuren Eiswuchten, die sich über der Höhlung aufbauten, und nebenhin und überall. Kein Ausweg als der – nach rückwärts.

»Da will ich lieber umkehren«, sagte ich. »Was soll ich denn eigentlich auf der Riffel, das Schönste habe ich ja nun doch gesehen.«

Der Jäger schaute mich schweigend an, und dieser Blick gefiel mir gar nicht. Dann murmelte er seithin: »So sind die jungen Leute. Nichts mehr wert. An und dran überall, aber *durch*! Da hapert's.«

Das war mir gerade genug. »Durch!« rief ich mit Entschiedenheit.

»Na, ich denke auch«, entgegnete er gelassen und zündete mit dem Streichholz ein winziges Laternlein an, das er an seinem Taschenzeuge trug. Noch fragte ich, wie lange der Eisstollen dauern würde, er gab keine Antwort, stieg voran, nahm mich an der Hand und zerrte mich hinter sich drein. Der Boden war nicht steil, aber rissig und rauh. Anfangs war es enge und dunkel; dann weiteten sich die Wände, hoben sich die Gewölbe und aus der Ferne war es, als kämen uns mehrere Lichter entgegen. Die immer wunderlich verschobenen Wände waren teils in glatten Tafeln, teils in Säulenvorsprüngen, teils in Riesenmuscheln, und überall schimmerte es grün und blau, als leuchte hinter den nächsten Wänden schon der Tag. Aber der Tag leuchtete nicht. Das ging hin und her, auf und nieder, durch Engen und durch Hallen dahin, an gespenstischen Gestalten vorüber, aus denen es manchmal wie Blitze zuckte. Mein Jäger sagte kein Wort, ich auch keins. Unsere Schritte hatten keinen Widerhall, manchmal aber krachte es über unseren Köpfen, als würden Pistolen losgeschossen, und das fuhr mir allemal durch Mark und Bein, daß meine Knie zitternd einknicken wollten.

Vor einer Nische stand mein Begleiter still. In der Nische ragte eine schlanke Gestalt, an deren Zacken Farbenlichter zuckten. Auf den ersten Blick war es wie ein verschleiertes Marienbild. Mein Jäger stellte das Laternlein auf ein Stück Eis und sagte leise, wie um seinen Aufenthalt zu rechtfertigen: »Hier bete ich allemal ein Vaterunser.« Er nahm den Hut vom Kopf und stand so ein kleines Weilchen vor dem Bilde unbeweglich, als wäre er selber erstarrt. – Dann weiter. Der Paß wurde niedriger und nach und nach so niedrig, daß wir kriechen mußten. Endlich war vor uns nur mehr eine Spalte. Der Jäger legte sich hin, band an den Gewehrlauf das Laternlein, schob es vorsichtig durch die Spalte, dann kroch er mit Anstrengung selber nach. Ich war einen Augenblick allein in dem erdrückend niedrigen lichtlosen Raum, aber schon faßte mich die kräftige Hand am Arm und ich preßte mich durch den eiskalten Rachen. Als wir durch waren, schlug an mein Auge Tageslicht und nach wenigen Minuten hatten wir das grause Grab hinter uns. Vor uns war eiskrustiger Boden, und weiterhin die blendende Alpenwelt.

»So, mein junger Mann«, sagte der Jäger mit einiger Selbstbefriedigung. Ich faßte seine Hand, um sie zu drücken, er zog sie zurück.

»Gar lang wird's nimmer dauern mit dieser fürnehmen Straßen«, sprach er dann, »der Hals wird von Jahr zu Jahr enger. Im vorigen Herbst hab' ich zwei Wildschützen erwischt da drinnen, die haben durchwollen und sind im Hals steckengeblieben. Die haben mir ein bissel gute Worte gegeben, bis ich ihnen zu Hilf gekommen bin!«

In der Nachmittagssonne – Gott, wie hat sie wohlgetan! – sind wir weiter gestiegen über Schnee und Eis, endlich empor an einem nackten braunen Felskegel – und dann waren wir oben. Die Felskanten waren hier durch Eis und Wasser stumpf und glatt geschliffen, und in den Spalten kein Halmlein, kein Blättlein, keine einzige Moosfaser, kein einziges Würmlein, alles starr und leblos. – Das war die Riffel. Nach der Mitternachtsseite zu verdeckten uns höhere Eisberge alle Aussicht, nach der Abendseite hin waren viele Berge zu erblicken, unförmige Wuchten, senkrecht stürzende Wände, spitze Kegel und in weiter Ferne scharfe Zacken, die mit weißblinkenden Sternlein besetzt waren.

»Das muß man am Vormittag sehen!« sagte mein Jäger. »Wenn die Sonne hinscheint. Weinend wird man, so schön!«

Gegen Morgen hin flachte sich blauendes Waldland, aus welchem von Ferne her die silbergraue Tafel eines Sees schimmerte. Wie lag dieser See tief unten! – Gegen Mittag hin waren sehr steile spitze Berge, hinter denen in weichen ätherblauen Wellen das italienische Land lag. Mit kurzen, gleichsam durstigen Blicken sog ich das Bild ein, aber es war nicht lange Zeit. Ein Mark und Bein durchdringender Wind jagte uns bald hinab. Erst unten in einer geschützten Wandnische, in welche die niedersinkende Sonne lau hinleuchtete, setzten wir uns auf einen Stein und schauten hinaus ins gottgesegnete Italien.

»Dorthin wollte ich in diesem Herbst«, sagte ich, »dort muß es wunderbar sein.«

»Und warum sind Sie denn nicht hingegangen?« fragte mein Begleiter. »Warum sind Sie denn auf die Riffel gestiegen, wo es so beschwerlich und so ungut ist? Sie haben aber recht. Der junge Mann muß durch. Er muß die Berge nehmen. Für den Alten ist das flache Welschland immer noch gut.«

Derlei Bemerkungen des Gemsjägers haben mir gefallen, und recht gerne nahm ich's an, als er mich nun einlud, mit ihm bis zum Jägerhause hinabzugehen und dort zu übernachten. Denn die Klause in den Schrick-Schluchten war nicht sein Heim, war nur ein Unterstandshüttlein für den Jäger. Das Jagdhaus stand unten, wo das felsige Gelände in Waldbestand überging. Es lag in seinem Alpenstile schmuck und stattlich da, es hatte auch mehrere Stuben für die hohen Herrschaften, wenn sie des Jahres einmal kamen zur Gemsjagd. Schon dunkelte es, als wir eintraten. Ein kleines, dickes Frauchen machte sich emsig daran, dem Jäger Gewehr, Tasche und Mantel abzunehmen, nahm auch mir die Sachen aus der Hand, um sie zu bergen, sagte aber kaum ein Wort. Auch war ein schlankes Mädel da, welches viel buntes Gewand an sich hängen hatte, aber das hing wie an einer Stange zu allen Seiten schlapp nieder und wurde teilweise nachgezerrt wie eine Schleppe. Das Haar, welches aus dem Kopftuche hervorstand, war gelblichrot und über die Stirn künstlich herabgekraust. Die Augen dieser Almerin schauten etwas schläferig aus, und während sie uns das Nachtmahl auf den kleinen Tisch setzte, gähnte sie uns ohne Umstände eins vor.

Ich war müde und ließ mich bald vom Jäger ins Dachgelaß führen, wo auf frischem Stroh ein göttlicher, zehn Stunden langer Schlaf gemacht wurde.

Am nächsten Tage ging's talwärts. Der Jäger begleitete mich eine Strecke auf seinem Gang ins Gewände.

»Am meisten freut mich«, sagte ich zu ihm unterwegs, »daß ich gestern durchs Eis bin.«

»Freilich«, antwortete er. »Wir haben heute nicht mehr und nichts Besseres als gestern, aber der Mensch muß durch. – Es ist sonst auch so«, fuhr er fort, »mancher Mensch hat, vergleichsweise, eine ganz schöne handebene Lebensstraßen, aber einmal kommt die Stelle, wo er durch muß. Bleibt er stehen oder kehrt er gar um, so ist's gefehlt. Durch muß er, und wenn er schon sonst gar nichts davon hat, so ist er nachher wenigstens durch, und das ist auch was, das macht den

Menschen herzfrisch.« – Hierauf stand er still, schaute mir ins Gesicht und sagte: »Ich habe auch nicht durch wollen. Bin's aber doch, und jetzt ist's gut.«

Wir kamen zu einer Quelle, daneben war Brunnenkresse.

Der Jäger tat aus seiner Tasche Brot und Speck und den Plutzer. Vor uns standen etliche verknorrte Wetterfichten. Die Aussicht ging nur auf eine steile Wand, die zwischen den Baumwipfeln niederleuchtete. Es war eine fast trautsame Rast. Wir kamen in ein ernsthaftes Gespräch, und dann hat der Gemsjäger eine Geschichte erzählt, die mir die Jahre her immer wieder zu Sinn kam, wenn ich zagend vor einem »Durch« stand.

* * *

Der Mann hieß, wie es in meinem Notizbüchl steht, Anton Ruster. Er war der Sohn eines Großbauers im oberen Kärntnerland. Das einzige Kind. Seine Mutter war früh verstorben, da sein Vater aber noch sehr rüstig war, so mußte der Anton als einundzwanzigjähriger Bursche zu den Soldaten, bei denen er drei Jahre lang blieb. Als er dann nach Hause kam, fand er den Vater nicht mehr. Der war im Eisenhammerbach verunglückt. Den Hof bewirtschaftete der Vormund des Anton, der Vetter Wend genannt, ein weitläufiger Verwandter. Der empfing den heimkehrenden Burschen mit großer Zärtlichkeit und sagte, daß er ihm das Leid nicht habe antun wollen, den Tod des guten Vaters zu schreiben, da der Soldat nur viel überflüssiges Herzweh gehabt hätte in einer Sache, die denn einmal nicht zu ändern wäre. Der Hof sei gut versorgt. Der Vater habe selbst im Testamente ihn, den Vetter, gebeten, die Wirtschaft zu führen und dem Anton immer ein treuer Ratgeber und Beistand zu sein. Das habe sich der Vetter auch geschworen, erstens dem Verstorbenen zuliebe und zweitens des guten Anton halber, der unerfahren und wie ein schwankendes Rohr dastehe auf der Welt. Und da habe er, der Vetter, sich gedacht, der Anton könne nun das schönste Leben haben, wenn er sich's anzuschicken wisse. Im Ausgedinghäusel, wo sonst die Alten sind, könne doch einmal ein Junger sich's bequem machen, sein Leben genießen und vom Vetter sich jährlich eine Summe auszahlen lassen. Denn – fuhr er fort – es gebe so dumme Vettern, die von früh bis abends jahrein, jahraus auf dem Bauerngute arbeiten und sorgen, nur der Sache wegen, und bereit sind, das Erträgnis dem Haussohne abzuliefern.

Der Anton war sehr gerührt über den braven Vormund und guten Vetter Wend. Der Vorschlag gefiel ihm, denn das Soldatenleben hatte ihn dem Bauernstande entfremdet, zu dem er nie übermäßig viel Freude und Geschick gehabt. Er entschied sich also für das Ausgedinghäusel und nahm die erste Summe des Wirtschaftsertrages. Der Vetter sagte, es wäre etwas mehr, als das Jahr abgeworfen, aber zwischen Verwandten halte er es nicht so streng geschäftsmäßig. Der Anton pachtete sich das Wasser, welches an seinem Häuslein vorbeifloß, dazu im Tale noch zwei lange Bäche, weil er ein Liebhaber der Fischerei war. Er verfertigte sich die Netze, die Angeln, die Behälter selbst, tat immer mit dergleichen herum und so lebte er recht angenehm dahin. Vor seinem Häusl am Bach hatte er sich einen Wassertümpel herrichten lassen, in dem er Fischzucht trieb. Schöne Hechte, Asche und Forellen hatte er, in einem Nebenbehälter auch Krebse. Zum Verkaufe kamen diese Tierchen zwar nicht, denn die meisten wurden gestohlen und etliche aß er stets selber. Das machte ihm nichts, das Vergnügen war doch vorhanden, weiter stellte der Anton keine großen Ansprüche.

Oft kam der Vetter vom Hofe herab, trocknete sich mit dem roten Sacktuch den Schweiß vom runden Gesicht und sagte: »Anton, wie du es gut hast! Du kannst dir's halt anschicken. Während dein armer Vetter sich unermüdlich in der Wirtschaft plagen muß, lebst du vom Erträgnisse sorglos und in Freuden. Nun, du hast recht. Wenn ich wieder auf die Welt komme, werd' ich mir's auch so einrichten.«

Mittlerweile hörte der Anton allerdings von anderen, daß der Vetter Wend auf der großen Besitzung wenigstens das Dreifache gewinne von dem, was er dem rechtmäßigen Eigentümer abliefere.

»Meinetwegen«, sagte da der Anton, »er hat ja auch seine Mühe und Kümmernisse und ich bekomme, was ich brauche.«

Im dritten Jahr aber kam eines Tages der Vetter sehr mißmutig zum Anton und rief: »Jetzt werde ich's aber nicht mehr lange aushalten! Welche Sorgen! Schlechtes Jahr! Schlechte Viehpreise! Schlechte Holzpreise! Hohe Steuern! Und diesen Ärger mit den Dienstboten! Es wird mir angenehm sein, wenn endlich du das Zeug übernimmst. – Allerdings«, setzte er bei, »wie du fürs gute Leben bist und nicht fürs Arbeiten, und wie du um und um keinen Schick hast zur Wirtschaft, du wirst noch tiefer hineinkommen. Vielleicht auch nicht. Überleg dir's halt.«

Der Bursche überlegte nicht viel, sondern bat den Vetter Wend, die Wirtschaft doch noch weiterzuführen, da er selbst sich nicht für geeignet halte, dem großen Hauswesen vorzustehen.

»Wenn ich's noch tue«, sagte der Vetter, »so geschieht es nur deinem verstorbenen Vater zuliebe, der es so angeordnet hat. Aber von jetzt an kann ich dir nicht mehr so viel Jahrgeld geben als bisher.«

»Nun, was halt sein kann«, meinte der Anton, und die Sache war wieder abgetan.

Amtlich war der Bursche längst schon als Besitzer auf den Hof geschrieben, aber es war so bequem, den Amtsboten mit seinen Vorladungen, Zahlungsaufträgen usw. zum Vetter zu schicken, bis der Bote schließlich schon selber zu ihm fand, ohne sich beim Anton anzumelden.

Beim Straßenwirt unten war ein bildsauberes Dirndl aufgetaucht. Der Wirt hatte das frische Ding armen Leuten im Gebirge abgenommen und in sein Geschäft gestellt, wo er es als Kellnerin zu verwenden gedachte. Der Anton hatte sich bisher um die Weibsbilder nicht gar viel gekümmert und war fast geneigt, dem Ausspruche des Spielmann-Friedels, daß sie ein notwendiges Übel wären, beizustimmen. Doch seit er eines Tages nach einem ziemlich unfruchtbaren Fischgang beim Straßenwirt zugekehrt war, dachte er anders. Wenige Wochen später hatte er ihr das Heiraten versprochen. Sie lachte ihm ins Gesicht: »Heiraten! Aufs Alteleut-Häusel etwa?«

Das machte ihn denken, das erstemal wirklich denken nach manchem Jahre. Er ging zum Vetter und teilte ihm die Absicht mit, den Hof endlich übernehmen zu wollen.

Der Vetter antwortete ruhig, aber entschieden: »Anton! Wer dir diesen Rat gegeben hat, das ist kein guter Freund gewesen. Bei *dieser* Zeit du den Hof übernehmen! In zwei Jahren wärest am Bettelstab. Du bist zwar großjährig, aber so viel Anrecht an dir glaube ich mir durch mein unermüdliches Sorgen und Arbeiten für dich erworben zu haben, daß ich dich mit starker Hand zurückhalte, wenn du in dein Verderben rennen willst. Nein, in so kritischer Zeit verlasse ich dich nicht, ich hab's deinem Vater versprochen. Du lebst in deinem Häusel wie Gott in Frankreich und ich werde für dich tun, was ich kann. – Das Straßenwirtdirndl! Nun, ich glaub' dir's ja. Wenn du es nicht im Wirtshaus lassen willst, was ich wohl verstehe, so will ich's auf den Hof nehmen, dir zulieb', und es soll ihr nichts fehlen. Wenn wieder bessere Zeiten kommen, dann könnt ihr ja heiraten.«

Da sah der Anton wieder, wie gut es der Vetter mit ihm meinte. Die kleine Ottel wurde auf den Hof genommen, wo ihr freilich nichts fehlte, weil der Vetter sie als zukünftige Bäuerin besonders unter seinen Schutz nahm. Der Anton sah sie jeden Tag, aber als kluger Bräutigam geizte er mit den Freuden der Jugend, damit für die heilige Ehe ein recht großer Vorrat zusammen kam. Doch währte es nicht allzulang, und der Gedanke an die Übernahme des Hofes tauchte wieder auf. Besonders in schlaflosen Nächten – und er hatte ihrer – wurmte es ihn, daß er im Ausgedinghäusel so dahindämmerte und sein Leben versäumte. Er nahm sich vor, Ernst zu machen. Aber wenn er dann bei Tage dem Vetter wieder in sein rundes gemütliches Gesicht sah und von ihm, trotz Arbeit und Sorge, lauter wohlwollende, ja väterliche Worte vernahm, sagte er nichts und ging wieder den Bächen entlang. Ei ja, ein Fischer lernt Geduld, und endlich werden doch die besseren Zeiten kommen, in denen der Vetter ihm den Hof mit gutem Gewissen überlassen kann.

Wohl, der Fischer ist freilich geduldig, aber die Liebe ist es nicht. Die Liebe wurde ungestüm. Zwar weniger die ihrige, als die seinige und eines Tages ging er zornig hinauf zum Hofe. Wie gewöhnlich würde sein kurzer Zorn nicht bis zum Hof gereicht haben, da begegnete ihm unterwegs der Vetter Wend im Feiertagsgewand.

»Wohin gehst du?« fragte ihn der Bursche.

»Ich gehe nach Villach in die Sparkasse«, antwortete der Vetter, »ja mein Lieber, es heißt Geld aufnehmen!«

Der Anton sagte: »Wenn ich dir jetzt die Säckel aussuchen wollte! Du nimmst kein Geld auf, du trägst eins hinein!«

»Und *wenn* das wäre?« rief der Vetter. »Wenn sich *ein* Mensch auf der Welt seine Sach' mit blutigen Tropfen verdient, so bin ich es. Willst du, daß ich wie ein Fronknecht für dich arbeite? Oder willst du mir nicht einmal den lumpigen Taglohn gönnen, wie dem Dienstboten, der ich für dich bin, und jahrelang gewesen bin?! Ist das der Dank?«

Der Bursche wollte ihm schon ein begütigendes Wort sagen, aber eine innere Stimme mahnte ihn fast heftig: »Jetzt red' einmal scharf!« – So sagte er: »Da braucht's kein ungutes Wort, Vetter. Ich habe dich nie gebeten, daß du für mich solche Opfer bringen sollst, mit keinem einzigen Wort. Du hast dich immer selber angetragen. Ich habe schon mehrmals meinen Hof haben und selber verwalten wollen, du bist dagegen gewesen. Heute ist die Änderung. Ich geh' jetzt hinauf in meinen Hof und von dieser Stund' bin ich der Herr.«

»Da geh' ich mit«, sagte der Vetter und kehrte um. »Da muß ich schon erst noch was mit dir reden, Anton. Ich hab' gemeint, es wird mir erspart bleiben. Ich hab' schon viel Hartes erlebt, hab' wenig gute Tage gehabt, es ist kein Spaß! Aber mein Lebtag ist mir nichts so hart angekommen als das, was ich dir jetzt mitteilen muß. Halt nur still und höre. Du bist nicht der Herr auf dem Hof, kannst es nicht sein und wirst es nie werden. Dein Vater war mir groß verschuldet und im Testament hat er mich zum Eigentümer gemacht, nur mit dem Vorbehalt, daß ich für dich tue, was ich kann. Daß ich's bisher redlich getan habe, das wirst du mir zugestehen müssen, und so werde ich's auch in Zukunft halten, gleichwohl ich nicht weiß, wie ich's hereinbringen soll.«

Der Bursche war fast sprachlos, er konnte nur zur Not durch den zugeschnürten Hals hervorbringen: »Ich bin ja angeschrieben.«

»Angeschrieben! Ich habe mir's gedacht«, sagte der Vetter Wend murrend. »Das war ja die dumme Gutmütigkeit von mir. Mir tatest du leid, ich wollte dir angenehm hinüberhelfen, dich versorgen, dir ein gutes Leben schaffen und du brauchtest weiter nichts zu wissen. Deine Unzufriedenheit hat meine wohlgemeinte Absicht vereitelt. Angeschrieben bist freilich, aber wie? Ich brauche nur das Testament vorzulegen, und das Kartenhaus purzelt zusammen.«

»Das Testament will ich sehen«, sagte der Bursche.

»Das Vergnügen sollst du haben, wenn du darauf bestehst«, sprach der Vetter. »Aber es gibt Dinge, vor denen man am besten die Augen zumacht. Wo ohnehin nichts mehr zu ändern ist. Leider Gottes. Ich wollte, dein Vater lebte noch, daß nicht mir diese schwere, undankbare Aufgabe zugefallen wäre. – Schau, dort im Garten, die Ottel! Du mußt dich aufheitern, Anton, tot ist tot, vergangen ist vergangen. Gescheiter, man hält sich ans Lebendige. Ich werde schon trachten, daß du das Mädel nehmen kannst.«

»Das Testament will ich sehen.«

Schier tonlos antwortete der Vetter: »Gut, wenn es dir schon Freude macht, und daß du wühlen willst in deinem Unglück. Komm halt mit.«

Er führte ihn dann ins Haus, in die Oberstube. Dort fand er lange den Schlüssel zum Kasten nicht und endlich fiel es ihm ein, daß das Testament beim Amte liege, in Villach. »Kannst ja hingehen und es dir vorlegen lassen.«

Nach Villach in die Stadt gehen, sich in den Kanzleien herumdrücken, sich von Amtsdienern und Schreibern anschnauzen lassen, das war nun die Sache des Burschen nicht. Er war als Soldat angeschnauzt genug geworden. Zu machen, dachte er, ist sowieso nichts, und er lebte wieder eine Weile ruhig auf seinem Altenleuthäusel dahin. Doch hatte er gelegentlich einen Nachbar ersucht, der nach Villach zum Amte ging, er möchte sich beiläufig auch erkundigen nach einem Testamente vom vor sieben Jahren verstorbenen Ruster in der Hochleut. Der Nachbar kam heim und berichtete, daß im Amte von einem solchen Testament niemand etwas wüßte, daß dort keines hinterlegt worden. Und der Nachbar sagte weiter, daß der Vetter Wend recht gut wissen werde, wo das Testament ist, daß er es gewiß nicht verloren und nicht verbrannt haben werde, sondern wohl in seinem Kasten aufbewahrt, weil in der Schrift, soweit der Nachbar sich als Zeuge noch erinnere, dem Vetter ein Legat von dreitausend Gulden zugeschrieben sei. So viel, sonst aber auch gar nichts. Alles andere dem Sohne.

So war dem Anton nun aller Frieden dahin. Das eine Mal nahm er sich vor, mit dem Wend Ernst zu machen, das andere Mal hielt er es für besser, den schlimmen Handel nicht anzufangen, die Feindschaft mit dem Vetter nicht zu schüren, die dann wohl eine ewige sein müßte. Und ohne den Vetter wisse er sich ja nicht zu helfen. Daher wollte er doch wieder alles beim alten lassen. Er tat's um so lieber, als der Wend ihm das Jahreseinkommen so weit erhöhte, daß er wirklich ans Heiraten denken konnte. Der Ottel kam das über die Maßen gelegen. Der Vetter ordnete mit geradezu väterlicher Umsicht und Güte das Versprechen, das öffentliche Verkünden, die Trauung, die Hochzeit, und auf einmal waren der Anton und die Ottel Mann und Weib. Und die Ottel sorgte für seine Kost, die bisher eine alte Magd beigestellt, sie sorgte für sein Gewand, für die Stube, sie richtete ihm das Nest nicht übel her. Und als das Nest nicht übel hergerichtet war, legte sich die Ottel ins Bett und gebar ein gesundes Mädel. Das war im siebenten Monat nach der Hochzeit. Die Mutter hatte an dem holden Siebenmonatkind eine große Freude. Der Vater ging draußen am Wasser um, fischte aber nicht. Das Wasser ging hoch und trübe, denn es hatte viel geregnet, und obschon es im Trüben gut fischen ist, so waren dem Anton die Forellen jetzt ganz gleichgültig. In den Hof wollte er hinauf. Nun hatte es aber am Bache, der am Häusl vorbeifloß und der übersetzt werden mußte, die Brücke vertragen. Das sollte kein Hindernis sein, der Anton ging dem wogenden Wasser entlang bis zum oberen Steg an den Waldwiesen. Aber auch der war weg. Das Bachbett war hier sehr tief, das Wasser reichte lange nicht bis zu den Steinplatten heran, auf welchen der aus zwei behauenen Waldbäumen gezimmerte Steg geruht hatte. Und er war doch weg. Seit Menschengedenken hatte hier das Wasser keinen Steg fortgerissen, es war, als ob Menschenhände dabei gewesen wären. – Auch recht, dachte sich der Anton, geht's drüber nicht, so geht's durch. Noch eine Strecke ging er weiter, und dort, wo der Bach etwas flacher war, brach er vom Zaun einen Stecken und sprang ins Wasser. Dieses wollte den Fischer heute nicht respektieren, suchte ihm die Beine auszuschlagen. Zur Not erhielt er sich an dem Stecken, den er ins Wasser gestemmt, und mit einem kräftigen Schwunge war er am anderen Ufer. Er ging gegen den Hof hin, der mit seinen braunen Holzgebäuden stattlich und weitläufig dalag. Die Wiese war eitel Moorgrund und von Schritt zu Schritt sank er zwischen Sumpfgras und Binsenbüscheln tiefer in den Morast. Dieser Boden war stark vernachlässigt, zur Jugendzeit des Anton wußte man hier nichts von einem Moore. Er sank bis an die Knöchel, bis an die Knie, der Rasen zitterte, und so oft er in denselben ein Loch trat, pfiff Morast und Luft heraus. Das Weiterkommen schien unmöglich zu sein, noch ein Glück, wenn er umkehren konnte. – Umkehren? Nein! sagte er sich heftig. *Durch* muß ich! Jetzt muß ich durch, und koste es, was immer. Mehr als das Leben kostet es nicht, und das ist nichts mehr. – Mit einem Knie stemmte er sich an den schnoddernden Rasen, bis er das andere Bein aus dem Sumpfe hatte, dann legte er sich der Länge nach auf den Boden und wälzte sich fort. So kam er bis hinüber zum Gestrüppe, durch dasselbe brach er mit Leichtigkeit.

Auf dem reifen Kornfeld arbeiteten die Leute. Der Vetter saß drüben unter dem Haustor und dengelte eine Sichel. Der Anton ging rasch auf ihn zu und sagte: »Mensch, gib mir das Testament von meinem Vater.«

Der Vetter tat, als überhöre er das Wort, und rief laut und lustig: »Na, Toni, wie geht's zu Hause? Alles gut vorbei, wie ich schon gehört habe. Na, gottlob! – Hau, wo willst denn hin?«

»Ich hole mir das Testament«, antwortete der Anton und trat, den Vetter mit dem Zaunstecken beiseite schiebend, rasch ins Haus. Dieser eilte nach und rief: »Was soll der Prügel in deiner Hand! Wirf ihn weg!«

»Wirf du die Sichel weg!« entgegnete jener, schritt die Stiege hinan in die obere Stube und gerade auf den Kasten zu. Der war versperrt. Der Anton faßte einen im Winkel stehenden Dreifuß, auf welchem sonst Schuster sitzen, und schlug mit einem heftigen Hiebe die Kastentür ein, daß die Splitter flogen. Der Vetter war mit einem grellen Wehgeschrei hinter ihm her, griff nun über der Achsel des andern mit langem Arm rasch in den Kasten und erfaßte ein Paket Schriften. Der Anton wollte es ihm entwinden, zwischen den beiden Männern entspann sich ein Ringen, bei welchem die Schuhnägel Funken gaben auf den Eisenklampfen am Fußboden. Mehrmals fuhren sie ineinander verschlungen durch die Stube, endlich stürzten sie zu Boden. Der Anton lag auf dem Rücken, der Vetter setzte ihm das Knie auf die Brust und klammerte seine Finger um den Hals des röchelnden Gegners.

»Das ist das Richtige, Buberl«, schnaufte der Wend hervor, »das macht – auf die beste Manier – den Prozeß aus.«

– So spricht der Mörder! konnte der Anton noch denken, in Todesangst eine übermenschliche Kraftanstrengung, und der Vetter lag hingeschleudert an die Wand. Mit dem Paket eilte der Sieger aus dem Hause und davon. – Im Walde auf einem Steinhaufen ließ er erst seine zitternden Glieder zur Ruhe kommen, dann riß er die Schnur des Pakets entzwei. Es waren allerhand Urkunden, die sich auf den Hof bezogen, dann der Ehevertrag des Vaters, der Taufschein des Sohnes und das Testament. – Ja, es war so, es war so. Ein wahres Glück, daß der Vetter Wend darin mit einem Legat bedacht gewesen, sonst hätte er das Testament sicherlich längst vernichtet. Für alle Fälle hatte er es nicht getan.

Am Abend desselben Tages kam der Vetter mit einem starken Knechte auf Umwegen zum Altleuthäusel. Der Knecht trug einen

Korb mit Weißbrot, Rauchfleisch, Eiern und anderen guten Dingen. Der Vetter hatte unter seiner rotgestreiften Zipfelmütze eine Binde um den Kopf gelegt, aber sein rundes Gesicht mit der kurzen Nase war sehr freundlich.

Dreist trat er ins kleine Haus und in die Stube, wo der Anton sinnend am Tische saß.

»Muß euch doch ein Angebinde bringen«, sagte er, »Kindel frisch, wie ich höre. Na, weil nur alles so glücklich ausgegangen ist. 's ist einem allemal ein wenig bang in solchen Umständen, ich weiß es von früher her. Meine Leute haben mich freilich schon alle verlassen, längst verlassen. Es ist traurig genug, wenn der Mensch so allein steht ...«

Plötzlich brach er ab und mit dem Ärmel fuhr er sich über das Gesicht. »In Gottes Namen!« rief er nachher mit frischer Stimme aus. »Nimm halt fürlieb, Anton, mit der Kleinigkeit, was der Knecht im Korb hat. – Und von wegen der Dummheit«, setzte er lachend bei, »der Dummheit wegen im Hof oben, vorhin! Kindereien. Wollen einander deswegen nichts nachtragen. Die Schriften hätt ich dir ja sowieso gegeben jetzt, aber daß du so mit dem Zaunstecken ins Haus gefahren bist, das hat mich wild gemacht, wie halt der Mensch schon oft ist. Sind zu weit gegangen. Ist unschicksam zwischen Blutsverwandten, so was. Soll vergessen sein. Wollen fürder verträglich weiterleben wie bisher. Du hast jetzt deine Sorgen. Daß du dich nicht auch noch mit der großen Wirtschaft abkümmern mußt. Ich verlaß dich nicht, Anton.«

Als der Vetter so gar süß gesprochen hatte, stand der Anton auf, er war heute fast größer und strammer als sonst, und sagte: »Wend! Wenn du heute den Hof nicht mehr verlassen kannst, weil's schon finster wird, so tu's morgen früh. Wenn du vormittags, Stund neun, noch darauf sitzest, so werf' ich dich hinaus. Und jetzt marsch!«

An der Achsel faßte er den Vetter und schob ihn um, so daß er der Tür zugekehrt wurde. Darauf ging der Wend mit seinem Knechte ohne weiteres wieder davon.

Am nächsten Tage rief es der Vetter klagend in der ganzen Gegend aus, daß nichts, kein Leibes- und kein Seelenleid so weh tue als erfahrener Undank. Die Nachbarschaft stand aber zum Anton, und so mußte sich der Wend anschicken, den Hof, den er längst als sein eigen betrachtet, zu verlassen.

Als über den Bach wieder die Brücke geschlagen war, nahm der Anton Ruster einen Schiebkarren, legte Mutter und Kind darauf und schob sie hinauf in den Hof. Das Gesinde war untereinander trutzig und angeberisch, kam aber den neuen Hausvaterleuten sehr demütig entgegen und wartete auf die Befehle und Anordnungen Antons. Dieser gab den Leuten heute Feiertag, denn er mußte es sich erst überlegen, was in Stall, Feld und Wiese zu geschehen habe. Ade nun, ihr schönen Fischlein im Wasser! Ade, ihr flinken Rehe und Hasen im Walde, denen er mit Verstattung des Gemeindejägers auch manchmal nachgegangen. Die sorglose Zeit, die Herrenzeit war vorbei. Fast reute es ihn, den Vetter abgedankt und sich selber in die Beschwerden eines großen spießigen Hauswesens gesetzt zu haben. Sein Weib ließ sich auch nicht danach an, als ob es eine umsichtige und resche Hausfrau würde abgeben können, und das kleine Mädel hätte ein kleiner Bub sein müssen, um der neuen Hofgesessenheit und ihrer Zukunft einen verläßlichen Grund zu geben.

Trotzdem empfand der Anton am ersten Abend, als sie sich in der guten Oberstube des Hauses bequem machten, eine ganz eigene Behaglichkeit. Nach vielen Jahren endlich wieder im Vaterhause!

»Und der Mond scheint auch schön herein beim Fenster«, bemerkte die Ottel. Da erhob sich im Hofe schon das Geschrei: »Feuer! Feuer!« An zwei Ecken des Hintergebäudes lohten hell die Flammen auf.

Nach zwei Stunden alles ein rauchender Aschenhaufen.

– Nun also, das war rasch und gründlich gegangen. Nun hatte der Anton die Wirtschaftssorgen wieder hinter sich. Weib und Kind waren wieder unten im Häusl, er selber stieg mit Nachbarsleuten an der Brandstätte herum und hörte den Ratschlägen der Gemeindegenossen nur mit halbem Ohre zu. Man konnte sagen, er war der Gleichmütigste unter allen. Am Vormittag kam auch der Vetter. In weinerlichem Tone jammerte er heran: »Nicht menschenmöglich! Nicht zu fassen, daß so ein Unglück geschehen kann über Nacht! In Taufenbach drüben beim Hager, wo ich mich jetzt aufhalt', hör' ich heut früh: Der Rusterhof ist abgebrannt! Lügen tut's! sag' ich, mach' mich aber doch auf den Weg in der Angst. Schier drei Stunden herüber. Aber Anton, so schlecht hausen! Ja, was wirst denn jetzt anheben? Und wie kann's denn ausgekommen sein, das Feuer, um Gottes Himmels willen!«

Rief ein Knecht drein: »Ja, Bauer, wenn *du* es nicht weißt!«

»Wie soll *ich* es wissen«, begehrte der Wend auf, »wenn ich in Taufenbach drüben bin!«

»Gestern abends bist hinter dem Hof herumgeschlichen!«

»Das auch noch! Das auch noch!« wimmerte der Vetter und hielt sich mit beiden Händen den Kopf. »Am End' soll *ich* es gewesen sein. Herauskommen tät's g'rad' so! Mein Gott, was es für schlechte Leut gibt auf der Welt. Oder hat sie der Schrecken um den Verstand gebracht? Kein Wunder wär's nicht! – Wenn ich dir jetzt was nutzen kann, Anton, so sag's. Ich trag' dir nichts nach. Wenn der Mensch so im Unglück ist, da kann ich ihm nichts nachtragen! Mein Gott, nein, keiner ist sicher davor.«

Der Anton wendete sich von dem Manne ab, ohne auf sein Jammern und Anerbieten auch nur ein einziges Wort geantwortet zu haben. –

Vier Wochen später waren die Gründe des Rusterhofes verkauft mitsamt dem Altenleuthäusel. Der Anton hatte in den fürstlichen Gemsrevieren eine Jägerstelle angenommen. Die Leute hatten ihm noch geraten, den Vetter Wend einsperren zu lassen, doch da rief er ganz unwillig aus: »Lasset mich mit diesem Menschen in Ruh'! Dem wird der Rusterhof brennen, solang er lebt!«

Damit glaubte er den Vetter von sich geworfen zu haben. Es war aber nicht so. Wenn der Anton allein umging in seinen steinigen Bergen, da mußte er an den Wend denken, was der ihm angetan, und ein heißer Haß wühlte manchmal in seiner Brust. Und wenn er in mancher Nacht schlaflos auf dem Moose lag, da kamen sachte all die Auftritte, Falschheiten, erfahrenen Übervorteilungen und Demütigungen geschlichen, und sie stellten sich gleichsam im Kreise um sein Bett, und inmitten ragte er selbst auf, wie eine Gestalt aus mattglosenden Kohlen – der Brandstifter, der Verführer … Und da herrschte in Antons Seele ein so tobender Zorn, daß er aufspringen mußte und etwas zertrümmern.

Nein, er war noch nicht durch! Den Hof, wie leicht hatte er ihn verschmerzt! Aber mit dem Elenden war er noch lange nicht zu Rande. Der stand wie ein böser Geist mitten in seinem sonst so frohen Weidmannsleben. Manchmal war ihm, als müsse er gehen, den Wend suchen, um ihn, wo das Zusammentreffen auch sei, auf der Straße oder auf dem Kirchplatz oder in seinem eigenen Hause, mit dem Gewehrkolben totzuschlagen. Der Anton hatte sich sonst als einen gutmütigen, zufriedenen Menschen gekannt, er war nun selbst erschrocken ob der Rachgier, die verheerend in ihm herrschte, und er war tief bekümmert darüber, daß er im Grunde eigentlich ein so schlechter Mensch sei.

So vergingen mehrere Jahre. Im Jägerhause schleppte sich's träge dahin, ohne viel Freude, ohne viel Leid. Die Ottel versah ihre häuslichen Bedürfnisse, das Mädel wuchs heran und hatte außer den Neigungen, zu essen, zu schlafen und sich mit Flitter zu schmücken, keine hervorragenden Eigenschaften. Der Anton dachte: Der Herrgott traut mir da einen besonderen Edelmut zu, er soll sich nicht getäuscht haben. Das Geschöpf ist unschuldig. Aber er! Aber er! – Es ist merkwürdig, was erlittenes Unrecht, das nicht verziehen werden kann, in einem Menschen anrichtet. Es wirkt fast wie die Sünde, es macht fast schuldig, es erweckt und es nährt den Unfrieden des Gewissens, es trübt das Gemüt wie gewalttätige Wildbäche den Alpensee.

Eines Tages, als der Jäger Anton aus dem Gewände hinabging gegen das Jägerhaus, begegnete ihm auf dem steinigen Wege eine Wallfahrerschar, wie solche alljährlich am Maria-Heimsuchungstage aus den Kärntnertälern heraufkam zu einer Gnadenkapelle, welche oben auf einem Bergkegel stand.

Unten am steilen Hange war einer der Wallfahrer plötzlich erkrankt und man hatte ihn im Jägerhause zurücklassen müssen. Die Ottel kam dem heimkehrenden Anton vor die Tür entgegen, voller Verwirrung, und was denn jetzt anzufangen wäre? Dieser Mensch sei drin, der Vetter Wend. Er sei ganz krank, blute heftig aus dem Munde und stöhne.

Auf seinem eigenen Bette hatte der Anton seinen Feind wiedergefunden. Ein verzerrtes Gesicht, alt und fahl, unstet in jeder Miene, ein unheimliches Gesicht. Die Todesangst war auf ihm. Wirr zuckte sein Aug', als der Anton vor ihm stand, die krustigen Lippen bebten. Die Hände hob er, um sie bittend zu falten, aber sie zitterten so sehr, daß sie nicht zusammenkamen.

Und das erste, was der Anton jetzt denken konnte, war: Du armer Mensch! Du armer Mensch!

»Vetter Wend«, sagte er und wischte ihm mit der flachen Hand die kalten Tropfen von der Stirn. »Dir ist schlecht. Es ist schon um den Arzt geschickt, es wird vorübergehen. Daß du nur bei uns bist und nicht unter freiem Himmel verschmachten mußt.«

Jetzt hob der Wend die Hände krampfhaft hoch empor, klammerte die Finger aneinander, und kaum verständlich stöhnte er: »Anton! Anton!«

Dieser beugte sich zu ihm nieder: »Ich weiß, was du meinst. Es ist alles vorbei, es ist alles vergessen. Ich bin ja ganz zufrieden, für mich paßt nur der Wald, der Herrgott hat's recht gemacht. Kein Mensch ist ohne Sünd', der's so eingerichtet hat, wird schon wissen, warum. Sollst nicht verzagt sein, Vetter, schau, wirst auch wieder gesund.« – Als der Jäger so gesprochen, ging er rasch hinaus in den grünen Wald, und es war ihm so leicht ums Herz, so leicht und glückselig, wie ihm bisher all sein Lebtag nicht gewesen. Ein fast leidenschaftliches Liebesgefühl war jetzt in ihm für den Vetter Wend; der arme schwache Mensch war ja nur einer bösen Macht unterworfen gewesen, von der er sich nicht hatte befreien können. Am liebsten hätte er ihm jetzt eine recht große Wohltat erwiesen zur Genugtuung dafür, daß er so unselig hatte sein müssen.

Auf das allersorgfältigste wurde der Vetter im Jägerhause gepflegt, das Mädel aber hielt der Anton vom Kranken fern, das hatte bei ihm nichts zu tun. Er selbst saß neben dem Wend und sprach zu ihm in gemütlicher Art, als sei zwischen ihnen nie etwas anderes vorgekommen. Als die Wallfahrer vom Berge herabstiegen, konnte der Kranke freilich noch nicht mit ihnen heimkehren, wenige Tage später aber ging's zuerst mit einer Tragbahre, dann im Tal mit einem Wagen dem Taufenbachtale zu. Wie ihm zumute war, als er das Jägerhaus verließ, das kann man nicht wissen. Er kam später wieder auf die Beine, und gelegentlich hat er dem Anton Grüße geschickt und dieser sie erwidert.

»Und so ist's gewesen«, schloß mein Gemsjäger am Kreßbrunnen seine Erzählung, »und seither sind wir beide erlöst. Er und ich. Aber es braucht was, bis der Mensch *durch*kommt, es braucht was. – Schau, du! Siehst du's? Dort oben im Kar! Dort äsen ihrer! Drei – vier – sechs Stuck! Siehst du's?!«

Ich sah sie wohl, die Gemslein im Gewände, das war hübsch anzusehen. Doch näher, als die flinke Antilope, ging mir das Menschenschicksal, von dem der Jäger erzählt hatte.

»Aber, Jäger«, sagte ich noch, »man kann nicht zufrieden sein!«

»Mehr als ein halbes Dutzend siehst selten auf einem Platz beisammen, da oben in der Karwand«, antwortete er und schnitt sich jetzt Brot und Speck zurecht.

»Nicht der Gemsen wegen, Jäger. Des anderen wegen. Daß er leer ausgeht! So ganz und gar straflos ausgeht.«

»Möchten Sie in seiner Haut stecken?« fragte der Jäger.

»Das just nicht.«

»Nun also«, sagte er und tat aus dem Plutzer einen herzhaften Zug.

Felix der Begehrte

Weinles'jubel im Land!

Sang und Klang, Schwänke und Späße, Springen und Eilen. Die Sonne als die Festgeberin legt Goldschein über die Gegend; der Himmel hat sein Sonntagsgewand an, den schönen blauen Mantel, der durchsichtig ist wie Glas und dennoch die Geheimnisse der Unendlichkeit verdeckt. Wer auch fragt danach, was oben ist, solang die Erde Trauben beut!

Alle Schornsteine der Höfe, der Winzerhäuser hingegen plaudern in bläulichem Atemhauch das Geheimnis des Herdes aus, und andere Umstände lassen vermuten, daß in den Kellern alle Pipen offen sind.

»Jetzt gibt's wieder was zu trinken für ein ganzes Jahr!«, so jauchzt die Welt auf, und deswegen das heitere Treiben und der Weinles'jubel im Lande.

In den Reben der Hügel und Hänge an der Seim ist's alllebendig. Weißärmelige Burschen, knappgeschürzte Mädchen mit krummen Messern, mit Körben und Kübeln schlüpfen herum, schier zu sehen wie ein gegenseitiges Verstecken und Fangen in den Büschen. Und die Dorfmusikanten versuchen in hellen Stößen ihre Trompeten oder kochen erst ihre heiser gewordenen Klarinetten in Rindsfett aus, damit diese Pfeifen für den Abend glatte, weiche Stimme kriegen. Und die Schäker der Gegend sinnen heimlich auf Possen und Schabernack, sinnen auf Vermummungen und tolles Gespiel; den Mädchen rieselt schon das leichtlebige Blut in den Füßen um; – nimmer mögen sie es von Astronomen gehört haben, daß alles in der Welt tanzt und kreist – es leuchtet ihnen selber ein, und *sie* besonders halten gerne mit bei dieser trefflichen Weltordnung.

Die Seim, die aus dem Gebirge und den dunklen Wäldern kommt, tut weit ihr dunkles Auge auf über ein so fröhliches Land. Aber dieses Völklein schert sich um das schöne klare Wasser nicht – es hat ja den Wein.

Zwei Rößlein traben die Straße von oben heran.

Zwei Rößlein und ein Wagen dran. Der Wagen ist bunt bemalt und hat einen prächtigen Polstersitz für zwei. Sitzt aber nur eines drauf. Tut nichts, der Mensch ist ein bevorzugtes Wesen, kann sich behelfen, dehnen und breiten, zumal, wenn es die genügende Anzahl gut gesteifter Röcke am Leibe hat.

Im Wagen sitzt eine wohlbehäbige und doch rührsame Frau, und ihr Angesicht blüht wie eine Pfingstrose im Juli. Wohl, auch im Juli kann eine solche Rose noch sehr schön sein; ein paar Mückenstiche in den Blütenblättern, ein paar Runzelchen, so fein wie Spinnwebfaden – ei, wer wird so genau gucken! – Goldfarbiges Haar ferner – ich meine die Frau im Wagen – und goldfarbige Brauen über den kecken Äuglein sind nicht zu verachten, und der Wohlduft – ich spreche wieder von der Rose – kann im Juli bestrickend sein. Sie hat – es handelt sich um die Frau – ein schwarzseidenes Kopftuch über, aber nicht am Nacken geknüpft, wie es die Weiber der oberen Gegend tragen, sondern unter dem runden Kinn leicht zusammengebunden, so daß über der glänzenden Stirne das Goldhaar, und am Halse die Silberkette mit der vornehm gearbeiteten Schnalle noch zu sehen ist. Ein flammend rotseidenes Schultertuch mit fliegenden Fransen geht in Form eines Herzens nieder über den ausgebreiteten Busen.

Wir würden es bei den gestauten Kleidern kaum bemerken, daß die Frau ein paar sehr feingestickte, aber fingerlose Handschuhe trägt, wenn sie mit den Händen jetzt nicht auf den Rücken des alten Kutschers zu trommeln anfinge: »Sind sie denn gar nichts nutz, deine großen Ohren! Aber Michel! Michel! Hörst! Langsam fahren sollst! Das beutelt einem ja gottswahrlich die Seel' aus dem Leib!«

»Die Seel'?!« wiederholt der Alte gedehnt. »Die Seel' meinst, Bäuerin? – Ja so, geschlachter fahren soll ich.«

Und es ging langsam.

Da konnte die Frau im Wagen die Arbeiter in den Weinbergen bequemer betrachten. Mancher heiteren Gruppe von Winzern, die nahe der Straße war, grüßte sie mit leutseligem Kopfnicken zu, und wenn einer seine Mütze schwang, winkte sie sogar mit den Händen.

Jetzt kam glatt neben dem Weg und nahe dem schönen Flusse ein Häuschen mit weißer Mauer und grünen Fensterbalken. Durch die enge Tür eilte groß und klein geschäftig aus und ein, wie Bienen bei ihrem Korb. Mit Butten und Plutzern gingen die Erwachsenen die Kellerstiege auf und ab, und die Kinder nippten und naschten aus kleinen Töpfchen den trüben, süßen Most der Traube. Unter einem Dachvorsprung des Hauses ächzte der Preßbaum, und man hörte das Rieseln des Saftes. Daneben in einer weiten Kufe sprang und hüpfte ein Bursche um. Es war ein hübscher Junge voll Leben und Lust. Das dunkle Gelocke seines munter gehobenen Hauptes, der helle Blick – die Farbe des Auges kann fürs erstemal nicht so genau besehen werden – die frischen Wangen, der zarte Flaum an der Oberlippe und die milchweißen Zähne spielten gut zusammen. Nur mit Hemd und Linnenhose war er bekleidet; das Hemd war bis über die Ellbogen, das Beinkleid bis über die Knie aufgeschlagen.

Die schlanke Gestalt paarte Kraft und Geschmeidigkeit in sich, man sah's an den Bewegungen, die der Bursche tanzend und schwingend in der Kufe ausführte. – 's hat aber auch nicht jeder den Tanzboden so wie dieser Jüngling – er tanzte auf schwellenden Trauben, und hochauf spritzte bisweilen ein Tropfen zu dem behendigen Körper.

Aus dem Hause kam ein betagter Mann mit gebeugtem Nacken. »Felix«, brummte er, »das darf nicht sein!«

Das Hupfen und Springen verwies er dem Burschen. Bedachtsam und vorsichtig müssen die Trauben zertreten, zerquetscht werden, ehe sie in die Presse kommen. Das war aber nicht die Sache des lustigen Jungen, der sich lieber in eitel Wein gebadet hätte, als mit den Zehen träge die vollen Beeren zu zerdrücken.

An diesem Winzerhäuschen war's, wo die aus oberen Gegenden heranfahrende Frau ihre ganze, gar nicht schwache Stimme zusammennahm, um dem Kutscher zu bedeuten, er möge die Pferde anhalten. Erst hatte sie dem Keltern und besonders dem Traubentreter mit Wohlgefallen zugesehen, war dann mit Hilfe des alten Michel aus dem Wagen gestiegen, hatte freundliche Worte an die Kinder gerichtet und war hernach rauschend in das Haus getreten.

»Wie heißt's bei euch?« hatte sie gefragt.

»Im unteren Viertel.«

»Das weiß ich gleichwohl«, sagte sie, »das ist die Gegend; wie es da bei euerem Hause heißt, möchte ich wissen.«

»Beim Froschreiter«, war die Antwort.

»Beim Froschreiter? Aber na, das ist schon gar!« lachte sie. »Na, macht nichts. Ich höre, der Froschreiter hätt' Wein zu verkaufen.«

»So«, versetzte der Alte mit dem gebeugten Nacken, »da hört die Frau nicht gut. Ich kann keinen Wein verkaufen.«

»Warum denn nicht?«

»Weil ich keinen habe.«

»Ich höre aber doch dort unter der Presse den Brunnen rinnen.«

»Den höre ich auch«, sagte der Alte, »'s ist der Wein meines Herrn in Zollau.«

»Wer ist denn Euer Herr?«

»Der Herr Baron, der auf dem Schloß wohnt.«

»Ist schön«, sagte die Frau, »und da am Flusse habt Ihr für den Most das Wasser nicht weit zu holen.«

»Diesen Spaß haben mir schon viele gesagt«, entgegnete der Winzer, »natürlich braucht man zum Keltern auch Wasser.«

»Aber schade, daß der Wein nicht Euer ist«, sagte sie.

»Gehört halt dem Herrn Baron«, antwortete der Alte.

»Ei, und die vielen herzigen Kinder hier?«

»Gehören mir.«

»Gehören Euch; wieviel sind ihrer denn?«

»Du, Franz«, rief der Winzer hin, »bring der Frau einen Stuhl zum Sitzen. Guido, schieb dieweilen die Kellertür vor, daß die Kleine nicht hinabrutscht. Und du, Bärbel, sag's der Hanne, sie soll gehen, das Fritzel locken, es schreit ja wie ein Zahnbrecher; der Anton hat's wachgejohlt mit seinem lauten Maul. – Wieviel ihrer sind?« – Er zählte die Namen an den Fingern ab. »Daheim hab' ich bislang nur achte. Die anderen sind im Dienst herum.«

»Segen Gottes!« lachte die fremde Frau.

»Und jedes hat ein Schock gesunder Zähne! Das muß man nehmen. Und der Zahn will was zu beißen haben.«

»Der da draußen«, fuhr die Frau fort und ließ sich knisternd auf den gebotenen Sitz nieder, »der da in der Kufe, ist das auch Euer Sohn?«

»Denk wohl«, antwortete der Winzer.

»Ein netter Bursch'.«

»Insoweit just nit übel. Werden ihn bald einspannen jetzt.«

»Einspannen? Wieso?«

»Aufs Jahr ist er bei der Stellung (Assentierung).« Und nach einer Weile setzte er bei: »Den räumen sie mir.«

Die Frau verstand wohl den Ausdruck, entgegnete aber nichts darauf, sondern sagte zu einem der kleinen Mädchen: »Wie heißest du? Bärbel heißt – schau, da hast einen Groschen. Und willst mir dem Fuhrmann da draußen sagen gehen, er sollt' die Rösser in den Schatten führen und ihnen Heu geben. Mußt ihm's aber recht ins Ohr schreien – verstehst!« Dann zum alten Froschreiter: »Na, ich hätt' doch gemeint, Ihr gebet der Ländhoferin vom oberen Viertel ein Fäßl Heurigen.«

Jetzt lugte der Alte die Frau an, kraute dann in seinen dünnen Haaren: »Und das wäre die Ländhoferin? Die Großbäuerin von der grünen Länd'? Ist mir eine rechte Ehr', das.«

»Freilich«, sagte die Frau und fühlte sich behaglich im Stübchen, »bin die Bäuerin von der Länd', fahr' Wein kaufen aus; wisset, im Haus braucht man fürs Jahr so sein Tröpfel. Seit mein Alter – Gott tröst' seine Seel' – tot ist, muß ich halt selber fahren, 's ist viel Gescheer' für eine Frau.«

Von der Küche kam die Winzerin herein, sie breitete für das Mittagsmahl eine blaue Schürze über den Tisch, »'s ist gar zum Schämen«, murmelte sie für sich, aber so laut, daß es die Fremde wohl hören konnte, »hell zum Schämen – das Tischtuch liegt im Waschtrog.«

Da erinnerte der kleine Anton treuherzig: »Mutter, ins Tischtuch hast du ja den Fritzel eingewickelt!«

Eine große Schüssel mit dampfenden Erdäpfeln kam auf den Tisch; da polterte schon zu allen Löchern der Kinderschwarm herein. Unter diesem in Holzschuhen jetzt, aber immer noch mit auf gestrecktem Beinkleid, der lustige Traubentreter, der Felix. Er bot der Frau kurz einen guten Tag und wollte sich des weiteren nicht um sie kümmern, aber der Alte sagte: »Du, das ist die Ländhoferin. Dem Bärbel hat sie schon Geld gegeben.«

Da schaute der Bursche ein wenig gegen die Frau hin, und das war die ganze Ehrenbezeigung.

»Meinetweg', Leutl, setzet euch nur zusamm', wie's bei euch der Brauch ist, und esset!« rief leutselig die Großbäuerin und blickte mit wachsendem Wohlgefallen auf den jungen Mann, Felix geheißen, der jetzt in seiner geraden und kecken Gestalt mitten unter den Kleinen stand und das Tischgebet sprach. War ihm leicht anzusehen, daß er dabei an alles andere eher denken mochte als an das Gebet. Auch schnitt er während des Gemurmels Schwarzbrot auf, verteilte die Beinlöffel und zog einigen Erdäpfeln die Haut ab.

»Wart nur, du!« verwies ihn nachher seine Mutter, die Winzerin. »Hast zum Beten nicht Zeit, so wird der Herrgott auch nicht Zeit haben, wenn du ihn brauchst!«

Felix saß schon am Tische und schlug seine Erdäpfel mit der Faust zu Trümmern, daß sie gehörig ausdampfen konnten.

»Wenn wir halt unsere Einladung machen dürften!« sagte der alte Winzer und schob auf dem Tisch einen Löffel gegen die Großbäuerin, »viel haben wir nicht aufzuwarten, aber ein warmer Bissen ist gut für einen Reisenden.«

Die Ländhoferin nahm die Einladung an.

»Ruck, Felix, daß sie Platz hat«, gebot der Alte.

Da rückte der Bursche in den Tischwinkel hinein, die Bäuerin setzte sich an seine Stelle und lachte: »Das ist mir schon recht, ist die Bank noch warm, krieg' ich deine Kraft.«

Auf dieses Sprichwort lachten sie alle, und die Kinder wurden bald bekannt mit den Seidenfransen der Gastin.

Nach den Erdäpfeln und einem Suppengerichte kam gebratenes Fleisch mit Krenmus. Da machten sie einmal Augen und Mund auf; und selbst dem Alten zuckten die dürren Finger nach der Gabel, doch war er so höflich, der Großbäuerin den Vorgriff zu lassen.

Als dann jedes sein Stück Braten auf dem Teller kleinschneiden wollte, war nur ein einzig Messer bei Tisch; dieses – das Brotschneidemesser – machte die Runde. Den Kindern wurde beim Zuwarten die Zeit zu lang, und sie zerrissen ihre Stücke mit den Zähnen. Der Felix klappte sein Taschenmesser auf und machte des weiteren nicht viel Umstände mit dem Schweinernen, das heute vom Zollauer Schloß gekommen war.

»Na, schmeckt's?« fragte die Ländhoferin ihren Beisitzer.

Dieser gab Antwort durch die Tat; 's ist nicht Schwätzenszeit, 's ist Essenszeit – so aß er.

»Alle Jahre vier- oder fünfmal, daß wir Fleisch essen«, bemerkte der Alte.

»Wirst jeden Tag dein Stück haben, bei den Soldaten«, meinte die große Bäuerin und sah auf den Burschen hin.

»Brauch' es nicht«, war die Antwort.

»Das glaub' ich schon«, sagte sie, »Soldatenfleisch wär' auch mein letztes.«

»'s wird keinem darnach lusten.«

»Eine harte Sach', Soldatenleben«, sagte die Großbäuerin, »auskaufen!«

»Ja – ha – ha!« lachte der Alte auf, »mit Haselnüssen.«

»Oder auf Haus und Hof heiraten«, schlug die Ländhoferin vor.

Diese Geschichte trug sich nämlich noch zur Zeit der alten Einrichtung zu, unter welcher der Bursche durch Erlegung einer gewissen Geldsumme oder durch den Besitz eines steuerbaren Hofes vom Wehrdienste entpflichtet werden konnte.

Als vom Heiraten die Rede war, nagte Felix mit seinen frischen Zähnen an einem Knochen, daß es scharrte.

»Schade«, sagte die Großbäuerin fröhlich lachend, »wär' ich um so viel älter, tat' dich gleich zum Sohn annehmen, Felix, und dir den Ländhof verschreiben. Hab' eh kein Kind.«

»Na, wär' gut gemeint«, sagte der alte Froschreiter.

»Bedank dich, Bub«, mahnte die Mutter.

»Was bedanken, wenn die Ländhoferin noch zu jung ist«, redete der Bursche in seinen Knochen hinein.

Dieses Wort schien auf die Großbäuerin einen durchaus angenehmen Eindruck zu machen.

»Freilich«, sagte sie, »was ich zu jung bin zur Mutter, bist du zu alt zum Kind. Da wollt' 'leicht der Sohn heiraten, und die Mutter möcht' etwan auch noch Hausfrau sein – wie das schon geht.«

Der kleine Anton, der bisher mit hellen Augen lugend, ernsthaft dem Gespräche zugehört hatte, machte nun plötzlich den noch von Schweinsfett glänzenden Mund auf und tat den Vorschlag: »So sollen die Ländhoferin und der Felix zusammenheiraten.«

Ein überlauter Auflacher, ein Rippenstoß von Seite der Mutter dem kleinen Antragsteller – dann alles still.

Der kleine Anton war jetzt rot geworden. Seinem älteren Bruder, dem Felix, ging's nicht besser; der saugte mit aller Macht seinem Knochen das Mark aus. Dann wischte er die Finger an dem Schürzentischtuch, den Mund am Hemdärmel ab und noch vor dem Dankgebet ging er hinaus zu seinen Trauben.

Er war ärgerlich. Er hatte sich so lange schon auf den heutigen Braten gefreut – und nun ist es sehr ungemütlich dabei zugegangen.

Die Kinder waren auch bald davon. Die Großbäuerin jedoch war, da sie gerade so bequem saß, bei dem alten Froschreiter noch am Tische sitzengeblieben.

»Na, wahrlich, ich bin sonst nicht so«, sprach sie, »aber da bei Euch ist mir schon ganz heimisch geworden. Ihr lebt recht zufrieden miteinander – gelt?«

»Dasselb' wohl, dasselb'«, sagte der Alte, »aber halt die Sorgen, die Sorgen. Alleweil schickt mir der Herr Baron keinen Braten, Ländhoferin, das ist nur zur Weinles'. Sind froh bei unseren Erdäpfeln und beim Maisbrot, ei jawohl. Wär' nur *das* fort genug, Ländhoferin, wär' nur das genug!«

»Na, im Spaß und im Ernst«, sagte jetzt die Bäuerin, »Winzer, gebt mir den Felix auf meinen Hof. Mit dem Dienstvolk ist's ein Kreuz; man braucht einen, auf den man sich verlassen kann.«

»Wär' schon recht«, wendete der Alte ein, »aber die Ländhoferin kann ja nicht wissen, ob auf meinen Buben auch ein Verlaß ist.«

»Ei ja«, rief sie lebhaft, »das merkt man einem gleich an.«

»Und nachher –« sagte der Froschreiter kleinlaut, »nachher hätt' ich noch erst den Großen weg, der mir ohnehin auch daheim sein Essen verdient. Und aufs Jahr zur Stellung müßt' ihn die Ländhoferin doch wieder fortlassen.«

»Davon red' ich ja«, rief sie, »und deswegen geht er auf den Hof, daß er nicht zu den Soldaten müßt', das bring' ich zuweg; wisset, Froschreiter, unsereins weiß da schon aus.«

»Ja«, seufzte der Winzer wie erleichtert auf, »da tät' der Bub' freilich sein Glück machen!«

»Tut Euch's überlegen«, sagte die Großbäuerin, »ich fahr' heut nach Zollau hinaus und vielleicht noch weiter ins untere Viertel hinein, bin von dort her gebürtig und will was Rechtes suchen. Wisset, Froschreiter, in meinem Hause muß fort ein guter Tropfen sein. Ah nah, abgehen lassen wir uns nichts auf der Land', das hat's bei mir nicht not. – Na, in ein paar Tagen mag ich von unten zurück sein, da frag' ich bei Euch zu, und der Felix kunnt gleich mitfahren. Tut Euch's überlegen.«

Als sie dann ging, reichte sie jedem von den Kleinen, die sich herandrängten, um ihr nach der Eltern Weisung die Hand zu küssen, eine Kupfermünze. Nur der kleine Anton nahm wahr, daß sein Geschenk ein glänzendes Silbergröschl war.

»Der Felix, der kriegt nichts, weil er so stolz ist!« rief sie gegen die Kufe hin. Das Lächeln aber, mit dem sie die Worte sprach, schätzt der Erzähler dieser Ereignisse gut über einen Silbergroschen.

Der alte Michel hatte sich, nachdem er den Pferden das ihre gegeben, unter einem Birnbaum an drei großen Äpfeln und einer Traube geatzt, die ihm vom Felix zugekommen waren.

Als er mit seiner Herrin wieder im Wagen saß und die Pferde fröhlich hintrabten, wendete er sich auf dem Bock nach rückwärts und sagte:

»Das ist ein recht kamods Bürschel, der Traubentreter.«

»Gelt, Michel«, rief die Großbäuerin leuchtenden Auges, »was meinst, wenn wir statt jungem Wein einen jungen Winzer auf den Ländhof brächten!«

»Jungen, sagst?« entgegnete der Kutscher unsicher. »Ist damit um diese Zeit noch nichts anzufangen; zersprengt die Fässer.«

Die Bäuerin lachte; der schwerhörige Fuhrmann hatte sie wieder einmal mißverstanden.

* *
*

Wagen und Weib eilen davon,
Mit ihnen der Sohn.

Unter dem Birnbaum, auf dem Rasen, wo zur Mittagszeit der alte Michel geruht hatte, saß am Abend der hohe Rat des Froschreiterhauses.

Der Felix hatte sich schon einen gewaltigen, schafwollenen Schnurrbart zubereitet gehabt, gesinnt, denselben an diesem Abend an seine Oberlippe zu kleben, sich dergestalt bei den Weinlesefesten der Nachbarschaft einzufinden und den schönsten Mädchen der Gegend beim Tanze das Ding an die Wangen zu reiben. Nun überließ er den bereits fein gewichsten Bart dem kleinen Anton, der sich damit sofort auch ein ganz martialisches Aussehen beilegte.

Felix hatte an anderes zu denken. Lag er denn unter dem Birnbaum auf dem Bauch, stützte die Ellbogen in den Erdboden und sein Haupt auf die Fäuste und starrte ins Gras hinein.

»Sollten es uns überlegen«, meinte der Alte, welcher ebenfalls auf dem Rasen lag und seinen krummen Nacken streckte, »sollten es uns überlegen, hat sie gesagt.«

»Hab' nichts zu überlegen«, antwortete Felix, »ich fahr' mit auf die Länd'!«

Da brach die Mutter in Klagen aus. »Jetzt verlangst auf einmal weg. Sag es, Felix, was dir daheim nicht recht ist.«

Auf dieses Wort kugelte sich der Bursche über und sagte: »So nicht, Mutter, so müßt Ihr's Euch nicht denken, 's ist mir ja alleweil recht gewesen daheim, aber wenn man sich's besser machen kann – jeder tut's.«

»Und wenn sie ihn vom Soldatenleben losmacht«, sprach der Froschreiter, »das wär' ja ein ewiges Glück!«

»Ja freilich wär' das ein Glück«, gab die Mutter bei und trocknete mit der Schürze die Augen. »Freilich, daß er nicht tät so weit fortmüssen.«

»Mutter«, rief der kleine Anton jetzt, »das ist so ein Rätsel: geht er fort, so bleibt er daheim, und bleibt er daheim, so muß er fort, was ist das? Das ist der Felix.«

»Du Schlingel, du kleiner«, schmunzelte der Vater. »Du mußt schon ein Doktor werden. Dann muß aber der Schnurrbart weg. Den Schnurrbart lassen sich nur die Starken stehen, die Gescheiten den Backenbart.«

»Und wie weit wird's denn sein bis auf die grüne Länd'?« warf Felix ein. »In einem Tag kommt ein guter Geher leicht hin und zurück.«

»Du nicht, du kommst mir nicht in einem Tag zurück!« schluchzte die Mutter.

»Aber zu den heiligen Zeiten kann ich doch heimgehen. Das will ich mir ausdingen.«

Und als der Vollmond aufging über den Weinbergen und als in der Seim das Zickzack seines Widerscheins zitterte, war es beschlossen unter dem Birnbaum: der Felix geht mit der Großbäuerin auf die grüne Länd'.

Der kleine Anton drehte zur Feier dieses Beschlusses den schafwollenen Schnurrbart auf.

»Wenn's nur nicht gefehlt ist!« sagte des anderen Tages die Froschreiterin. »Mich deucht allerweil, es soll nicht sein.«

»Geh, geh«, rief der Alte, »ihr Weiber habt fortweg so Flausen. Auch mir geschieht nicht leicht, daß ich den Buben weggeb'; ja, wenn sich eins immer nachgeben wollt! – Junge Leute müssen hinaus in die Welt, müssen was probieren. Das Soldatenleben nehm' ich aus, aber das muß ich sagen: wär' ich weiter gekommen, als vom Tisch bis zum Ofen, 'leicht ging's mir besser. – Und die Ländhoferin«, setzte er bei, »die Großbäuerin, scheint mir, ist eine respektierliche Frau.«

Einen Tag später trabten die zwei Rößlein wieder heran und – einen Stich im Herzen gab's dem Burschen – er glaubte schon, der Wagen wolle nicht halten. Der Wagen hielt aber. Die Großbäuerin stieg aus und tat noch freundlicher gegen alle und sie war in ihrer Rührsamkeit und Heiterkeit fast jung.

An den rotgeweinten Augen der Mutter sah sie's gleich: der Felix geht mit. Sofort machte sich die Ländhoferin an das betrübte Weib und sprach über die Kinder, über den Garten, über die Hühner und alles, woran eine rechte Hauswirtin Freude hat. Da wurde die Froschreiterin ganz zutraulich und band unter neuerlichem Schluchzen ihren Ältesten, ihren liebsten Buben, der Großbäuerin recht ans Herz ...

Und nach einer Weile kam der Felix aus seiner Dachkammer herabgestiegen. Der Felix im Staate! Die Tuchkleider waren just nicht zu fein, aber nett und nach gutem Geschmack geformt. Alles hübsch schlicht, nur das hellrote Halstuch flatterte vor dem breitübergeschlagenen Hemdkragen wie ein keckes Kirchweih-Doppelfähnchen. Der Hut war etwas in die Stirne gedrückt, nur ließ er noch die beiden Haarbüschel sehen, die an den Schläfen herunterstanden.

Eines der kleinen Mädchen brachte einen Strauß von Rosmarin und Vergißmeinnicht: »Felix, den Wanderbuschen geb' ich dir mit!« Jedes will dem scheidenden Bruder etwas geben; der kleine Anton nur sagt: »Felix, ich habe gar nichts als das schwarze Lämmel, aber das gehört dem Vater.«

Die Mutter hatte das Bündel gebunden – es war nicht groß.

»Das macht nichts«, sagte die Ländhoferin, »auf meinem Hof wird ihm nichts abgehen. – Kannst das auch noch daheim lassen, Felix, meinetweg' gar deinen Rock. Der liebe Gott – hat mein Vater fort gesagt – schaut nicht auf die Kleider, schaut nur aufs Herz. Der Ländhof macht's auch so.«

Wird rechtschaffen gut auszukommen sein mit der Bäuerin, dachte sich der alte Froschreiter.

»Bleib mir nur brav, Bub'«, sagte er, »und mach uns und deiner Dienstfrau keine Schand'. Tu fleißig arbeiten, und kriegst was, so sei dankbar und allerweil sparsam. Denk auf den Bettelstab, Felix!«

»Was nicht noch!« rief die Bäuerin. »Bettelstäbe wachsen nicht auf der grünen Länd'.«

»Und vergiß nicht aufs Beten«, mahnte die Mutter.

Dann setzten sie sich zu einem kleinen Mahle. Aber es wurde nicht viel gegessen.

Der eigentliche Abschied war kurz. Die Ländhoferin hatte fast jäh anspannen lassen, und die Pferde waren ungeduldig. Noch hatte die Bäuerin der Winzerin ein Papier in die Hand gedrückt: »Seh, seh, nicht fallen lassen!« – noch hatte sie dem Froschreiter versichert: »Wird Euch nicht reuen, daß er mitgeht, wird Euch nicht reuen!«, dann saß sie mit Felix schon auf dem Wagen.

Einen Händedruck dem Sohne, noch ein väterliches Wort – und das Zeug rasselte davon.

Der Bursche winkte mit der Hand, mit dem Hut noch zurück, die Eltern und Geschwister winkten ihm nach. Da war der Wagen auch schon um die Reide, und sie sahen von dem Gefährte nichts mehr als den aufgewirbelten Staub.

Nach einer Weile, da es im Winzerhause wieder still geworden und jegliches bei seiner Beschäftigung war, nur die eine Lücke, wo der älteste Sohn gewaltet, unausgefüllt – stand die Winzerin am Herd, um die Pfanne auszuscheuern, in der sie vorher das Abschiedsmahl gekocht hatte. Sie hielt noch das Papier in der Hand, welches ihr die Ländhoferin zugesteckt. Sie entfaltete es – eine Geldnote. Da war ihr zumut, als hätte sie das Kind verkauft. Rüstige Arbeit half ihr über den argen Gedanken hinweg. Plötzlich hielt sie ein und sagte laut zu sich selber: »Jesu Christi, vergessen hab' ich doch was. Eins hätt' ich ihm noch sagen sollen. – – Es ist ein gutherziger Bub'. Mein Gott, das Kinderweggeben tut weh. Und man kennt die Leut' nicht –«

»Mutter«, sagte der kleine Anton, der ihr heute fortweg an der Kittelfalte hing, »Mutter, der Felix wehrt sich schon, wenn es gilt, der ist stark!«

Sie küßte den Knaben – ei ja, sie hatte noch Kinder daheim.

* *
*

      Wie traben so lustig die Rösselein,
      Mein Junge, mußt nicht so blöde sein!

Und wie ging's auf dem Wagen zu?

»So, mein lieber Unterviertler«, sagte die Ländhoferin zu Felix, »jetzt sitzen wir zwei beisammen. Mach dich nur bequem. Wir haben ja noch gar nichts miteinander gesprochen.«

»Ich schwätz' nicht gern viel«, gab der Bursche zur Antwort, »mir wird die Zeit lang werden, bis wir auf die Länd' kommen.«

»Geh«, rief die Großbäuerin, »das ist nicht fein. So ein properer junger Mann muß sich die Zeit überall zu vertreiben wissen.«

»Wenn ich's grad' sagen wollt'«, sprach Felix nach einer Weile, »am liebsten wär' mir's schon, ich dürft' da vorn beim Kutscher sitzen.«

»Auf des Michels Schoß 'leicht, du Lapp«, lachte das Weib ärgerlich, »siehst doch, daß sonst kein Platz ist.«

»So kann sich der Michel zur Ländhoferin setzen, und ich kutschier'. Versteh auch was bei den Rössern.«

»So! Dann will ich dich auf dem Hofe zu den Pferden stellen, Felix – ei, der Kuckuck hinein, jetzt muß ich dir gleich was sagen. *Felix*, der gefällt mir, ist ein schöner Name, aber den Froschreiter laß im Unterviertel. Auf der grünen Länd' gibt's keine Frösche, da reitet man auf hohem Roß – verstehst?«

Fürs erste ist ihr mein Name nicht recht, dachte sich der Bursche, es mag ein schwerer Dienst werden.

»Na, so strecke doch einmal die Beine ordentlich aus, Felix«, rief die Bäuerin, »du hockst ja da wie eine Eichkatz'.«

Da dehnte sich der Bursche und rieb dabei unversehens an ihren bauschigen Kleidern.

»Das macht nichts«, bedeutete die Bäuerin, »das wird alles wieder gebügelt.«

Gar nicht zu bestreiten, die Ländhoferin ist eine leutselige Frau. Haben bislang noch lauter Schönes von ihr vernommen. Sie ist in den besten Jahren, hat eine große Wirtschaft auf der Länd' und will dem jungen kerngesunden Burschen über das Soldatenleben hinweghelfen. Felix, da magst du dir bisweilen schon einiges gefallen lassen. Und deine Herrin ist sie jetzt! Darum, sooft sie's haben wollte, rückte er, streckte sich und gab nicht acht auf ihr Kleid.

»Und meinst, ich bin nicht auch von unten herauf?« sagte die Bäuerin. »Felix, so wie ich dich heute auf dieser Straße ins obere Viertel fahre, so hat mich vor elf Jahren – was sag' ich denn, es ist nicht solang' – der alte Ländhofer auf dieser Straßen heimgeführt. Ist

Witwer gewesen – ein rechter Hascher. In Weißenbach unten, da bin ich daheim, und da ist er einmal im Pferdehandel hingekommen und hat mich kennengelernt. Bin nicht reich gewesen von heim aus, Felix, hätt' aber der Liebhaber genug gefunden. Aus reiner Barmherzigkeit, das kann ich wohl sagen, bin ich mit dem Großbauer gefahren und hab' ihn geheiratet. Wenn's dich zu stark schüttelt, so halt' dich mit der Hand an dem eisernen Ring; der ist dazu da.«

Fand's nicht praktisch, der Bursche; der eiserne Ring war so, daß er, um denselben zu fassen, seinen Arm über die Schultern der Beisitzerin hätte legen müssen.

»Ich finde es«, fuhr sie fort, »bei einer Heirat gar nicht einmal nötig, daß der Mann älter ist als die Frau; ich weiß Fälle, wo es gerade umgekehrt war und doch die beste Ehe ist gewesen. Ja – und daß ich's erzähl', mein Mann ist dir um vierunddreißig Jahr' älter gewesen als ich; wie ich's gesagt: aus reiner Barmherzigkeit hab' ich ihn gepflegt. Vor etlichen Monaten erst ist er gestorben – tröst' Gott sein' Seel'. Ich hab' groß' Haus und Hof am Hals, und dazu ist sich oft die tüchtigste Frau zuwenig. Was hast denn du für eine Schramme an deinem Finger?« Sie faßte prüfend seine Hand.

»Im Auswärts beim Rebenschneiden ist das Messer hineingesprungen«, berichtete der Winzerssohn. Sie ließ aber die Hand nicht mehr los, tändelte mit derselben und fuhr fort zu reden: »Mein Gott, man wehrt sich lang', aber das Haus muß einen Herrn haben, man kann's wenden wie man will. Die Mannsleut' im oberen Viertel, das kannst mir glauben, ich hab' meine Not, wie sie sich bei mir einspinnen wollen. Aber ich hab' kein Zusammensehen mit ihnen; sind lauter so ungeschlachte, ödweilige Gesellen und hätten bei den Nachbarleuten auch nicht den Respekt, den ein Ländhofer wohl haben muß. Ich will einen aus dem Weinland, von wo ich selber bin. Rauchst du nicht Tabak, Felix?«

»Wüßt' nicht, warum«, antwortete der Bursche.

»Sonst hätt' ich dir gern eine silberbeschlagene Pfeife von meinem Seligen spendiert zum Andenken. Lieber Gott, ich kann ihn hart vergessen; ist ein gutes altes Kind gewesen. Das aber sag' ich, nach einem Reichen und Vornehmen lug' ich nicht; grad' zu alt darf er mir nicht sein, und frisches Blut muß er haben, daß eine Schneid ins Haus kommt.«

Jetzt machte Felix große Augen. – Die heiratet mich! – Just, daß er's nicht laut hinausrief in den Herbstnachmittag. Und daran spann er folgende Gedanken: Wenn sie mich heiratet, dann ist's freilich aus mit dem Soldatenleben, dann bin ich der Ländhofer, der reiche Ländhofer, und kann mir gut geschehen lassen und kann meine Eltern ins Haus nehmen und die Geschwister versorgen und den kleinen Anton studieren lassen. Das macht sich ja fein – »juch!«

Er jauchzte wirklich laut auf, der gute Junge, und er glaubte, nun wäre er mit sich und allem in Richtigkeit.

»Das ist recht«, rief die Bäuerin nach seinem Juchschrei, »nur lustig wohlauf und keck dran, mein lieber Landsmann! Jungen Männern gehört die Weltkugel und der Sack dazu. Ich bitt' dich, Felix, jetzt ist mir die Haarnadel hinters Kleid gerutscht!«

Das war nun eine heikle Sache; je mehr der Bursche ihr seidenes Halstuch lockerte, je tiefer rollte das Drathäkchen hinab, und schließlich verschwand es in den Tiefen. Blieb demnach diese Aufgabe einstweilen ungelöst, und deß schämte sich Felix insgeheim. Er, dem die Weltkugel gehört, soll einer Haarnadel nicht Herr sein?

Zwecklos ist nichts auf der Welt; zwecklos war auch dieser kleine Zwischenfall nicht gewesen. Als Felix' Finger den Nacken der Bäuerin berührten, hatte sie ein Gefühl, das sie höher anschlug als die hinabgeglittene Nadel.

Für die Gegend, die sie durchfuhren, können wir unter solchen Umständen kein Auge haben. Im allgemeinen nahm die Landschaft allmählich einen ernsteren Charakter an; das Hügelgelände wurde zum Bergland, die Wein- und Obstgärten verschwanden, die Nadelwälder begannen. Zur Linken hatten die Reisenden ein sich allgemach höher bauendes Gebirge, über dessen Häuptern schon die Abendnebel des Herbstes lagen. Zur Rechten war stets der schöne Fluß mit den grünen oder felsigen Ufern. Hier und da stand ein Dorf; die Einzelnhöfe wurden immer seltener.

»Schau, dort ist wieder einmal ein Wirtshaus«, sagte Felix plötzlich.

»Da im Wagen auch«, entgegnete die Großbäuerin und zog einen gutgeräucherten Schinken und einen erdenen Plutzer hervor. Sie aßen vom Geräucherten, und sie tranken beide aus dem Plutzer. Trank sie, so hielt er ihr das Gefäß zurecht; sie erwies ihm denselben Dienst, nur hielt sie den Krug stets so, daß dem Burschen jedesmal viel mehr durch die Gurgel rann, als er eigentlich beansprucht hätte. Es wäre ihm aber ein Trunk auf bequemer Wirtsbank lieber gewesen. Trotzdem fand er sich aufgelegt zum Singen, und jetzt hielt er sich auch, wacker am Eisenring, der jenseits seiner Genossin an der Wagenwand angebracht war. Das Weib hinwiederum war genötigt, sich an dem Burschen festzuhalten, denn das Schütteln des Wagens wurde auf der Bergstraße immer ärger.

Soweit kam's, daß der gutmütige Winzerssohn die Worte sagte: »Ich krieg' keinen Atem mehr, Bäuerin!«

Als ob es ihr viel besser ergangen wäre! Ein Fieber war in ihr, ein Pochen im Herzen.

Zum Glücke waren sie, als die Sonne unterging, auf der letzten Anhöhe. Da rief die Großbäuerin dem alten Michel »Halt!« zu und raffte sich zusammen.

»So, Felix«, sagte sie, »jetzt schau einmal hinab in dieses Tal, das ist die grüne Länd'.«

»Wie heißt denn das Dorf dort mitten in den Bäumen?« fragte der Bursche.

»Ein Dorf, meinst du?« lächelte die Bäuerin. »Mein Lieber, das ist kein Dorf. Die Gebäude gehören alle zusammen, es ist der Ländhof!«

»So groß?!« rief Felix aus.

»Ich denk', wir werden Platz darin haben. Nicht wahr? Na, gelt!«

»Der ist groß!« wiederholte Felix. »Da kenn' ich mich rein gar nicht aus.«

»Na, paß einmal auf, Junge«, sagte sie selbstgefällig, »dort das weiße Gebäude mit den zwei Fensterreihen ist das Wohnhaus. Unter den Bäumen hin rechts sind die Stallungen und Scheunen. Weiter rückwärts – man sieht ja die Funken aus dem Schornstein – ist die Schmiede und daneben mit dem Schindeldach die Mühle; sind drei Laufer; ich mahl' für das halbe Oberviertel. Links vom Wohnhaus siehst du die Dächer von einem zweiten Hause; in demselben sind die Vorratskammern und die Gesindestuben. Das untermauerte Gebäude dahinter ist der Pferdestall; stehen fortweg sechs Rösser drin. Dann fangen die Obstgärten an, bis zum großen Anger hin, wo die Leinwandbleiche ist, das Häusel daneben ist die Flachsbrechstube.«

Felix staunte und schwieg.

»Die grünen Wiesen«, fuhr die Bäuerin fort, »die dort bis zum Wasser hingehen, geben dem Tal den Namen: die grüne Länd'. Sie gehören alle zum Hof. Und dort der Birkenschachen – die Schafweide

– und die Felder bis hinauf zum Wald und die ganze Waldung, die dorthin liegt – und hinter ihr sind wieder Wiesen und Felder und Viehweiden und weiter hinauf die Alm – alles gehört zum Ländhof. Ich hab' achtzig Stück Rindvieh und über hundert Schafe, die Pferde und das Kleinvieh – im ganzen wieviel – aufrichtig muß ich's sagen – ich weiß es selber nicht. Auf der anderen Seite hinter dem Hof ist die Überfuhr über die Seim – kannst du den gespannten Strang noch sehen? – Hast gute Augen. Und wenn du mit dem Kahn hinüberfährst ans andere Ufer, so bist immer noch auf meinem Grund. Bis über den Bergschlag hin – alles gehört zum Ländhof!«

Felix tat einen Pfiff; das war ein Zeichen seines großen Staunens.

»Und dort«, sagte er hierauf, »neben dem Schachen, das kleine Haus, das wird wohl nimmer dazu gehören?«

»Gehört alles dazu!« rief die Bäuerin. »Ist aber nicht der Müh' wert, ist das Aufnahmsstübel für die alten Leut'.«

»So wie in Zollau das Spital?«

»Auf ein gleiches. Die alten Leut', das sind die alten Besitzerleut' vom Hof, welche die Wirtschaft den Jungen übergeben haben. Na, die haben im Häusel dort ihr Ableben!«

»Nachher kommt die Ländhoferin auch einmal hinein«, sagte der Winzerssohn, um zu beweisen, daß er die Sache begriff.

Darauf schwieg sie eine Weile.

Die Pferde trabten weiter.

Ein paar Bauersleute kamen des Weges und grüßten die Großbäuerin.

»Ja, ist schon recht«, gab diese als Gegengruß, des weiteren blickte sie gar nicht seitab.

Die Ländhoferin war überhaupt, je näher sie dem Gehöfte gekommen, je gemessener, ernsthafter, ja fast herrisch geworden. Der Hirt, der eben die große Herde vom Felde trieb und gerade noch lustig seine Schalmei geblasen hatte, machte ein mißmutiges Gesicht, als er Roß und Wagen der heimkehrenden Bäuerin sah.

Felix grüßte ihm freundlich zu, als wollte er sagen: Ich komm' zu Euch, und wir werden jetzt mitsammen leben und uns schon vertragen; ich bin ein lustiger Bursch!

Als sie hernach in die Hofgasse einbogen und an der Leinwandbleiche vorüberrasselten, wo an einer Stange Garnsträhne zum Trocknen hingen, kam ein erwachsenes, aber zart gebautes, blasses Mädchen auf den Wagen zu und sagte in bescheidenem Tone: »Grüß Gott, Mutter!«

Die Bäuerin zerrte am Rockschoß des Kutschers: »Halten!« Dann wendete sie sich verwundert gegen das Mädchen und rief: »Was, du bist schon aus dem Nest, du dalkete Dirn'! Und laufst um die Zeit auf der Gassen um? Du fragst einen Klenkas darnach, was mir der Doktor kostet, wenn dich wieder dein Schönheitsfieber überkommt, du unbesinntes Ding, du! Und bist schon wieder wohl und toll, so arbeit' was! Siehst nicht, daß die Garnsträhne noch auf der Stang' hängen? Sollen sie verfaulen?«

Errötend und niedergesenkten Hauptes wendete sich das Mädchen und ging den Strähnen zu. Der Wagen rasselte in den Hof.

Da Felix nach solchem Auftritte die Bäuerin fragend angesehen hatte, so murmelte diese: »Ein einfältig Wesen das. Na ja, just, daß man sie nicht fortschaffen will, weil sie das Kind von meinem ersten Mann ist.«

Von meinem ersten Mann – so rutschte es ihr von der Zunge.

Als der Wagen auf dem Sandplatze vor dem großen Wohnhause stillstand, kamen ein paar Weiber herangerannt, um die Herrin zu bedienen.

Einige Knechte, die abseits am Scheunentor standen, glotzten nur so herüber und waren baß verwundert über den jungen Menschen, der mit der Bäuerin aus dem Wagen stieg.

Ein alter, einäugiger Kerl war unter ihnen, der knackte mit der Zunge, blinzelte mit dem einen Aug' und schnürfelte: »Hab' ich's nicht gesagt! Hab' ich's nicht oft gesagt, der Alte dazumal hat die Birn' nicht vom Baum 'brockt, sie ist schon auf der Erden gelegen. Heut bringt sie ihren ältesten Sohn; 'leicht hat sie noch etlich im unteren Viertel.«

»Mag wohl sein, das«, gab ein anderer bei.

»Wieviel Röck' wird sie heut wieder am Leib tragen?« warf der Einäugige aus, als die Bäuerin mit dem Burschen gegen den Eingang rauschte.

»Mag's ein anderer zählen.«

»Ist ein ganz prächtiger Kerl, der Junge. Schau, wie fein! Jetzt läßt sie ihm gar den Vortritt ins Haus.«

»Du, ihr Sohn, der kommt erst nach!« bemerkte ein anderer.

Da sahen sie vor dem Scheunentor einander groß an, und darauf murmelte der Einäugige: »Unsere Bäuerin ist gescheit! – Das heißt Wein kaufen gehen!«

Es war gut, daß die Glocke zum Abendessen rief, da wurden die losen Mäuler mit Klößen gestopft.

* *
 *

    Sie erglüht in Liebespein,
    Er ist kalt wie Marmelstein.

Und erst das Weibervolk! Das war heute nachgerade verwirrt.

»Für mich und den Herrn das Essen aufs Zimmer!« hatte die Bäuerin befohlen.

»Der da«, sagten sie in der Küche zueinander, »der mit den geflickten Spenser-Ellbogen soll ein Herr sein? *Zerrissen* ist herrisch, geht das Sprichwort, aber geflickt ist bäuerisch.«

»Laß Zeit, laß Zeit«, sagte eine andere, »vielleicht hat er zerrissene Socken.«

»Ihr redet alle wie verschlafen«, so eine dritte, »das muß man schon anders nehmen. Das ist nicht ein Herr, das ist *der Herr*! Versteht's mich?«

Es wurde im Hofe die Suppe versalzen am selbigen Abend – so sehr war das Küchengesinde in Gedanken.

»Mir hat er gefallen«, vertraute die Abwaschdirn' der Köchin und rieb mit aller Macht an dem Milchzuber; – der Zuber wurde blank, aber das Wort war nicht mehr wegzulöschen.

Mittlerweile saß Felix, der junge Winzer, in der Stube der Bäuerin auf einem Ding, das wie eine gepolsterte Lehnbank war. Er saß sehr unbehaglich, denn der Polster gab keine Ruh', schwoll auf und sank ein, schnellte hin und schnellte her, sooft sich der Bursche bewegte.

Die Stube war hübsch ausgetäfelt, hatte einige Schränke mit alten Verzierungen, mehrere Heiligenbilder und einen großen Spiegel mit vergoldetem Rahmen. Verschiedene andere Gegenstände zierten das geräumige Gemach. Der Bursche hatte noch selten eine so vornehme Wohnung gesehen.

Die Bäuerin kommandierte mit der Stubenmagd und allen, die sie ansichtig wurde, wie ein Wachtmeister herum; tat dazwischen gefällige

Blicke gegen Felix: ob er's wohl merke, wer sie ist und wie ihr alles hier dienet!

Auf dem Tische wurden zwei Kerzen angezündet; aufgetragen Braten mit Salat und Wein.

»Und jetzt troll dich in dein Nest; morgen heißt's beizeiten aufs Rübenfeld!« Das war der letzte Befehl, den die Herrin der Aufwärterin gab.

Rübenfeld statt Weingarten! – Felix merkte, daß er nicht daheim war. War es ihm aber im Weingarten jemals so gut geschehen als hier? Daheim zum Trank nur Apfelmost, den Wein verkaufen die Leute zumeist ins obere Viertel. Im oberen Viertel wird er getrunken zum Braten. Zum Braten, der gemacht wird aus den Erdäpfeln und Rüben, die man den Schweinen in den Trog schüttet. Es kommt nicht darauf an, wie es der Boden gibt, sondern wie es der Mensch nimmt. – Das waren jetzt die Gedanken des jungen Winzers.

»So, mein Freund«, sagte nun die Bäuerin zum Burschen. »So, jetzt pack an, da deine Messer und Gabel. Nur allerweil flink und frisch, das mag ich leiden. Bist jetzt daheim. Aber so wirf doch deine Joppe weg!«

Ist wahr, dachte sich Felix, wenn sie mir's schon so gut meint, warum soll ich's nicht vorwärtsgehen lassen!

Den Braten aß er ohne Salat, für den Durst vermißte er den Obstmost. Die Bäuerin, die an seiner Seite saß, schenkte ihm das Weinglas voll.

»Siehst du«, rief sie heiter, »ich selber trink' aus deinem Glas, wir wollen recht gut Freund werden!«

›Werden?‹ Dachte der Bursche doch, sie *wären* es schon; viel dicker läßt sich's nicht mehr auftragen. Sie machte einen langen Zug – bewies es gründlich, daß ihr an seiner großen Freundschaft gelegen sei.

Des weiteren – sie war ja auch daheim – lockerte sie die Kleider und löste ihr Haar, das schön und reich war, und strich mit zarter Hand seine Locken zurück.

»Ihr seid aber recht verschwenderische Leut' im oberen Viertel«, bemerkte Felix, »zwei Kerzen auf einmal brennen lassen – grad' wie beim Altar.«

»Ist auch wahr«, rief die Bäuerin und blies ein Licht aus.

Vielleicht war die Stube geheizt – im oberen Viertel ist das niemals sehr überflüssig –, dem Burschen wurde warm, er knöpfte seine Weste auf, es macht nichts, er hat heute ja ein weißes Hemd am Leibe.

Die Bäuerin hatte in der Stube einiges zu ordnen; 's ist doch der Brauch, daß zur Nacht die Fenstertücher vorgezogen sind. Sie strich am Ofen, strich an der sittig verhüllten Bettstatt, strich an der Tür vorüber. Mit dem Ellbogen schob sie unvermerkt den Riegel vor.

Dann strich sie am Kasten hin und betastete ein erst kürzlich in der Webstube fertig gewordenes Leinwandfach. »Nein«, sagte sie ärgerlich, »gar schad! Nicht einmal webern können sie im oberen Viertel! Da habt *ihr* daheim eine andere Leinwand! Jetzt schau einmal den Unterschied an!« – Sie betrachtete das Fach und wollte dann auch den Brustlatz am Hemde des Burschen befühlen.

»Oha!« lachte Felix abwehrend.

»Warum denn, du närrischer Bub, wenn ich wissen will, was du für eine Leinwand trägst!«

Je nun, wenn sie's wissen will, was ich für eine Leinwand trage ... warum soll sie's nicht wissen?

»So trink was, Felix, du nippest ja wie eine schwindsüchtige Jungfrau!« Sie schenkte ihm aber das Glas schon zum drittenmal voll.

»Oho, Ländhoferin«, sagte der junge Winzer, »zwischen mir und einer Jungfrau ist ein Unterschied im Trinken.«

»Das möcht' ich doch wissen, ob du's zuweg' bringst und das Glas auf einen Zug leerst!«

Dabei trat sie ihm neckisch auf die Schuhspitze. Er faßte frisch das Glas und führte es zum Munde. – In demselben Augenblicke klang unten im Hofe ein Glöckl.

»Was ist denn das?« fragte Felix mit gehobenem Glase.

»Du Narrl, wirst dich doch vor dem Abendläuten nicht schrecken?«

»Ist das Abendläuten, so muß man beten«, sagte der Bursche und stellte das volle Glas auf den Tisch zurück.

»Geh, du langweiliger Klosterbruder!« flüsterte das Weib.

Er stand auf, trat an ein Fenster, zog den Vorhang ein wenig beiseite, sah ins Freie hinaus und betete still, so wie er es von daheim gewohnt war.

Der Mond schien ihm ins Gesicht.

Die Ländhoferin blickte hin und erschrak wirklich.

Vor Jahren, etliche Tage nach der Hochzeit, hatte sie ihr Mann in die Residenz geführt. Sie hatten alles besucht, was ihnen als merkwürdig bezeichnet worden war. Die Bäuerin erinnerte sich besonders noch an jenen hüllenlosen Jüngling aus schneeweißem Stein gehauen – eine einzig schöne Gestalt. Man hatte ihr gesagt, es sei das Bild von Gott Apollo. Sie hatte darnach viele Nächte lang von diesem Bilde geträumt. Und nun, da sie gegen das mondhelle Fenster hinblickte, wo der Jüngling stand, sah sie dasselbe weiße, einzig schöne Antlitz.

Wie ein kühler Lufthauch wehte es jetzt durch die Stube. Die Bäuerin erhob sich langsam vom Sofa, stand still und sann: Es kommen der Tage noch mehrere. – Auch gibt es Leute, denen der erjagte Hase besser schmeckt als der geschenkte. – Wollen es darnach einrichten ...

»Na, Junge!« rief die Bäuerin in entschiedenem Tone. »Ich denk', 's ist Schlafenszeit!«

Da kehrte sich der junge Unterviertler um und sagte: »Mir ist's recht, Bäuerin. Und morgen – was hab' ich denn zu tun?«

»Der Altknecht wird dich weisen«, beschied sie kurz.

Hierauf brannte sie die zweite Kerze wieder an und öffnete eine Seitentür. Diese führte in eine Stube, die fast so schön und bequem eingerichtet war und auch ein so hochgeschichtetes Bett enthielt als das Zimmer der Bäuerin.

»Die heutige Nacht schläfst im Zimmer von meinem seligen Mann«, sagte sie, »in der Knechtestube ist noch kein Bett gerichtet.«

»Ja, gute Nacht, Bäuerin«, sagte Felix und trat in sein Gemach.

Sie blickte ihn noch einmal an. »Und gib acht, was dir die erste Nacht träumt. Gute Nacht, Froschreiter.«

Sie zog die Türe zu, er war allein in der Stube.

Eine Weile stand er völlig unbeweglich da und starrte d'rein. »Ist seltsam, das!«

Es ist nicht sein Dachkämmerl im Winzerhause. Das ist die Wohnung des Großbauers auf dem weit berühmten Hof, genannt die grüne Länd'. Wie oft hatte Felix davon gehört. Im Ländhof dienen, das war eine Ehr'. Im Ländhof werden die Taler mit Scheffeln gezählt! ging der Spruch. Vor einem Ländhofer wird sogar der Amtmann höflich. Einen Rinderschlag gibt's im Land: mattbraun, mit kurzen Hörnern und gar feinfleischig – er wird die Ländhofer-Rasse geheißen.

Der Schullehrer in Zollau hat eine Landkarte, darauf ist auch die grüne Länd' verzeichnet.

Und nun, der Felix, der arme Winzerssohn – er stand mitten in der Herrnstube des Ländhofes, er sollte im Bette des Großbauers schlafen und im Hofe verbleiben und –

– Und –?

Und sie wollt' ihm über das Soldatenleben hinaushelfen. Und anstatt ein gemeiner Soldat der Ländhofer sein … Sapperlot! – Na, für heut legen wir uns schlafen.

Flink warf er seine Kleider von sich, löschte das Licht aus und sprang in das Bett. Schier einen Hilferuf ließ er fahren, denn er meinte, er versinke in den hochgeblähten Polstern.

* * *

    Ein stiller Gang in kühler Nacht,
    Hat manchen schon ums Herz gebracht.

Ein feines Bett ist nicht immer ein gutes Bett. Daheim im Winzerhause legte sich Felix aufs Maisstroh und schlief. Hier nach diesem vielbewegten Tage sank er in die Federn und wachte; wälzte sich hin, wälzte sich her, zog die weiche Decke über die Achseln, warf sie wieder zurück – und wachte.

Wohl wahr, das sanfte Ruhekissen eines guten Gewissens lag ihm unter dem Haupte – aber wenn allerlei Gedanken tanzen im Kopf – Gedanken von Macht, von Reichtum –, so ist's mit dem Schlafe vorbei. Der Gedanke daran allein schon kann das Glück eines süßen Schlummers zerstören.

Zum Überflusse fing auch das Herz zu sprechen an; doch hatte es keinen anderen Wunsch als den: wäre ich lieber daheim! – Wie es nur so öde sein kann in einem großen Hof! – Sonst hörte er vom Schlafkammerl aus das Rauschen der Seim, das Schnarchen des Vaters und dann wieder das Wimmern der kleinen Geschwister. Hier alles so still – auch die Stockuhr rastet, wer weiß, wie lange schon. Und nur die Begierden und hochmütigen Wünsche sollen ruhlos sein in diesem Hause?

Fast unheimlich wurde dem Burschen. Er richtete sich im Bette auf und sah nichts als die mondhellen Fenster, und hörte nichts als das Pochen in seinen Schläfen. Endlich stand er auf, ging ans Fenster und blickte hinaus in den Baumgarten, auf dessen Büschen der Reif des Mondlichtes lag. Dann schlich er in der Stube umher und suchte ein Wassergefäß; ihn dürstete. Doch fand er keinen Krug. In einem Hause mit solchem Überfluß vergessen sie auf das liebe Wasser, nicht bedenkend, daß alles, was der Wein entzündet, nur das Wasser wieder löschen kann.

Was blieb ihm übrig, als in den Hof hinabzugehen, wo er bei seiner Ankunft den sprudelnden Brunnen gesehen. Leise - mit großer Vorsicht, daß er die in der nachbarlichen Stube ruhende Bäuerin nicht wecke - kleidete er sich an. Als er nun aber das Zimmer verlassen wollte, fand er die Tür, die in den Vorgang zu führen schien, verschlossen.

Er versuchte den Eisenriegel mit der freien Hand zurückzuschieben - nicht möglich, das starre Federschloß hatte einen Blechmantel über.

Felix machte vor Überraschung einen gedämpften Pfiff, dann murmelte er: »Jetzt hat sie mich eingesperrt.«

Er suchte lange nach einem Schlüssel und fand keinen. Ratlos stand er da. Der Durst wäre schließlich noch zu verwinden, aber eingesperrt will er nicht sein. - Was hat sie ihn einzusperren!

Die Fenster sind groß genug, um hinauszusteigen, haben aber Gitter. Es ist ja begreiflich, daß sich der Ländhof gegen außen hin absperrt, doch, die redlichen Bewohner einschließen? Das ist keine Mode. - Traut man ihm nicht, dem Unterviertler? Oder will man ihm zeigen, daß er unter Herrschaft ist? Seine Herrschaft ist der Kaiser.

Dem Burschen kam der Trotz. »Weiß noch einen anderen Weg ins Freie«, sagte er zu sich, »und ehvor ich mich gefangen halten laß', wie ein erhaschter Vogel -! Wenn nur nicht etwa auch *diese* Tür -«

Er legte die Hand an die Klinke der Tür, durch die er gekommen war. Sie gab nach - Felix stand im Schlafgemache der Ländhoferin. - Der Mond schien auf die weißen Linnen ihres Bettes. Sie ruhte in einer anmutigen Stellung. Nur einen kurzen, aber befangenen Blick warf Felix auf sie hin, um dann auf Zehenspitzen der gegenüberliegenden Türe zuzueilen. Diese öffnete er mit leichter Mühe und schlüpfte in den finsteren Vorgang.

Es dauerte lange, bis er sich über die Stiege hinabgriff. Das Haustor war von innen zu öffnen.

Vor dem Brunnen kniete er hin und trank. Die Nacht war so schön und mild. Er schritt weiter hinaus zwischen den Stallungen, hörte hier ein Rind blöken, dort eine Ziege meckern, oder ein Pferd wiehern, oder einen alten, noch wachen Knecht poltern. Vielleicht schritt der gute Junge auch an Geheimnissen vorüber. Ein solcher Hof ist reich an nächtlichen Begebenheiten; denn nur die Nacht gehört dem Gesinde für sein eigen Leben, am Tage muß es dienen. In der Nacht hat manche Magd die Pfaid ihres Freundes auszubessern; in der Nacht muß der Knecht die schadhaften Schuhe seiner Liebsten besohlen; denn das Nähen versteht sie und das Schuhflicken er, und so ist auch im Bauernhofe die Teilung der Arbeit eingeführt.

Auf die grüne Länd' schien derselbe Mond, wie daheim über die Weinberge – so ging Felix zur stillen nächtlichen Weile ein wenig spazieren. Er wendete um den Hof und ging am Ufer der Seim entlang. Der Fluß war auch hier nicht viel kleiner als im unteren Viertel. – Die Wellen, in welchen der Mond schimmert, wann können sie am Winzerhause vorbeifließen? Ja, bishin wird die Sonne schon am Himmel sein, und da steht vielleicht der kleine Anton am Ufer und wirft Steinchen in das Wasser. »Warum gehen keine Schiffe auf dir, du liebe Seim?«

Auf dem Rückweg schritt Felix durch den Baumgarten. Manch schwarzen Balken, wie sie auf dem taunassen Boden umherlagen, überstieg er mit vorsichtigem Fuße, und lachte sich selbst aus, wenn es schließlich kein Balken war, sondern bloß der Schatten eines Baumstammes. Über den Laden der Kugelbahn, den er für einen Schatten gehalten hatte, stolperte er. Eine Kugelbahn und daneben in der Rinne die Kugel! Besser könnte sich doch gar nichts schicken, um die Grillen zu vertreiben. »Wenn's auch Nacht ist, probieren wir's einmal! Stehen Kegel auf dem Kreuz, so werden sie wohl fallen.«

Mit frischem Knabenmut hob er die Kugel, wog sie in der Hand, schupfte sie kunstgerecht mehrmals aus der Lage, um sie sicher zu fassen, stellte sich an, schwang etliche Male den Arm – auf dem schmalen Laden glatt und scharf rollte die Kugel hinaus, und in der Laube stürzten Kegel.

In demselben Augenblicke huschte eine Gestalt aus der Kegellaube und wollte abseitseilen.

»Oho«, rief Felix munter, »hat sich ein Schelm versteckt gehalten?« Er verfolgte das Wesen und erjagte es.

»Laß mich weg!« hauchte die Gestalt und brach in Schluchzen aus. Er sah ihr ins Angesicht; jenes blasse Mädchen war's, das bei der Heimkehr der Bäuerin das treuherzige: »Grüß Gott, Mutter!« gerufen hatte.

»Du Närrle, du, was ist dir denn geschehen?« fragte der Bursche teilnehmend. Sie weinte noch mehr, und ihr Bestreben, aus seinem Arm zu entkommen, war fruchtlos.

»Jetzt will ich's just wissen«, drang er ein, »und jetzt komm und setze dich da mit mir in die Laube. – Wie? Ich glaube gar, alle acht hab' ich getroffen – nur einer steht noch. Sollte dich die Kugel verletzt haben? So sag doch, was dir geschehen ist.«

»'leicht hast es selber gesehen«, antwortete sie leise, »gelt, du bist ja der junge Unterviertler, den die Mutter mitgebracht hat?«

»Aufs Haar derselbe.«

»Und gerade deinetweg – daß sie es so vor einem fremden Menschen sagt – hat's mir noch zu allermeist weh getan.«

»Ich bin kein fremder Mensch, Dirndl, ich gehör' jetzt auch zum Ländhof, Felix heiß' ich, und wie heißest denn du?«

»Seit mein Vater tot ist«, sprach das Mädchen schier vertraulich, »hat mich kein Mensch noch so gutherzig gefragt, was mir weh tut. Und weil du die grobe Red' von der Mutter schon gehört hast, und du dich nach mir umschaust. – Ich heiße Konstanze und bin das Kind vom Hause.«

»Von diesem Hause da! Vom Ländhof?«

»Das einzige Kind.«

»Und die Bäuerin, die ist halt deine Stiefmutter, Konstanze?«

»Als meine Mutter gestorben ist«, sagte das Mädchen, »bin ich sechs, und als mein Vater die Unterviertlerin geheiratet hat, bin ich kaum sieben Jahr alt gewesen.«

»I, dann freilich«, sprach der Bursche, »eine Stiefmutter ist des Teufels Unterfutter.«

»Das darfst nicht sagen«, verwies sie, »die Mutter hat auch ihr Gutes. Ich könnte sie gewiß liebhaben – ich mag keinem Menschen böse sein – aber sie peinigt mich.«

Die letzten Worte wollten fast ersticken. »Und jetzt«, fuhr sie unter Schluchzen mühsam fort zu sprechen, »jetzt, da ich vom Kranksein aufgestanden bin, wird es 'leicht noch ärger.«

»Bist krank gewesen, Konstanze?« fragte der Bursche freundlich und legte seine Hand auf ihre Achsel.

»Es hat mich wer in den Keller eingesperrt«, sagte das Mädchen, »sie hat mich hinausgeschickt ins Kellerhaus, daß ich von den Sauerkrautkübeln das Wasser abschöpfe. Wie ich damit fertig bin und davon will, ist die Tür im Schloß. – Wenn du einmal in den Keller gehst, so wirst es sehen, selber kann die Tür nicht zufallen. – Gerufen hab' ich, bis mir die Stimm' ist gebrochen. Kein Mensch hat mich gehört; das Kellerhaus steht ja oben beim Schachen. Die ganze Nacht bin ich im Gefängnis gewesen, erst am Morgen haben sie mich erlöst. Die Mutter ist am selben Tag nach Breitenschlag gefahren; die Leut' haben gemeint, ich wär' mit ihr. Ganz zufällig haben sie mich gefunden. Da habe ich mich erkältet. Dann die Krankheit.«

»Jetzt, wer hat dich eingesperrt?« rief der Winzer.

»Ja, dasselb' wollt' ich –« sie unterbrach sich: »Ich kann gar nichts sagen.«

»Du«, sagte Felix, »vielleicht ergründ' ich's, wer im Ländhofe die Leut' einsperrt. Und jetzt, Konstanze, bist wohl wieder gesund?«

»Wie vor etlichen Tagen die Mutter ins Weinland gefahren ist«, erzählte das Mädchen, »da bin ich noch im Bette gelegen. Ist darauf aber besser geworden; und jetzt, wie die Mutter heimkommt – denk' ich mir –, da will ich ihr eine Freud' machen, und daß sie gleich sieht, ich bin schon wohlauf, laufe ich ihr entgegen. – Wie groß ihre Freude über mein Gesundwerden gewesen ist, hast du selber gesehen.«

»Tät' man ihr's ansehen?« entgegnete Felix nach einem Weilchen. »Gewiß nicht. – So möcht' ich doch wissen, Konstanze, was hat sie denn gegen dich?«

Das Mädchen neigte traurig das Haupt.

»Und von dir ist's auch nicht recht«, sagte der Bursche, »daß du, kaum erst aus dem Krankenbett, in der kühlen Nacht da auf der Kugelbahn hockst!«

Felix selber war überrascht, daß er jetzt so gescheit gesprochen hatte. Sein Vater und seine Mutter zusammen konnten kaum vernünftiger reden, als er es heute vor diesem Mädchen tat. Und dabei fühlte er sich so gesetzt und bereit zum Beistand, er hatte selbst nicht gewußt, daß er so sein konnte.

»Das ist freilich wahr«, entgegnete Konstanze auf obigen Vorwurf, »aber ich hab' mir nicht zu helfen gewußt, 's ist mir so ums Weinen gewesen, und da habe ich mich aus der Mägdekammer davon gemacht. In der Kammer spotten sie mich aus, wenn ich traurig bin. Sie haben es besser als ich, sie können davongehen, wenn das Jahr aus ist, ich muß bleiben.«

»Ruck nur recht glatt an mich, daß dir nicht kalt wird«, sagte der Bursche. – »Aber die Bäuerin! So möcht' ich doch wissen, was sie gegen dich hat.« – Völlig aufbrauste er.

Konstanze schwieg. Sie hätte gern gesprochen, ihr schweres Herz ausgesprochen vor diesem guten Menschen. Aber die Klugheit gebot ihr Zurückhaltung; bislang wußte sie doch nicht, wer er eigentlich war und in welchem Verhältnisse er zur Bäuerin stand.

»Jetzt muß ich wohl ins Haus«, flüsterte sie und machte sich allmählich los von seinen Armen, die sie – sie wußte nicht wie – gehalten hatten.

Felix hatte nicht mehr Lust weiterzukegeln. Er ging mit dem Mädchen bis zum Hause. Am Tore, wo sie sich trennten, gab er ihr das Wort: »Wenn ich eine Zeitlang im Ländhof verbleibe, Konstanze, an mir sollst einen guten Freund haben.«

Dann schlich er die Stiege hinan, den Vorgang entlang, drückte alle möglichen Türklinken nieder, bis endlich eine nachgab.

Unabwendbar durch das Gemach der Bäuerin ging sein Weg; behend huschte er an aller Anmut vorbei und in seine Stube.

Er mußte sich gestehen, die Ländhoferin war ihm nun nicht mehr ganz gleichgültig.

Bald schnarchte er in seinen Federn – und sie?

Sie seufzte im Traume.

* * *

    Du sitzest auf weichen Loden,
    Der Hof ist dir bereit;
    Du springest auf harten Boden,
    O Junge, du bist nicht gescheit.

Am nächsten Morgen sprach die Bäuerin zum Altknecht: »Jetzt will ich dir eins sagen, wenn ich dir nicht zwei sag'.«

»Ja«, antwortete der Knecht.

»Der Bub, den ich vom Unterviertel mitgebracht hab', ist ein Geschwisterkind von mir. Der wird dableiben, und wenn er sich heut die Wirtschaft ansehen will, so geh ihm zu Händen. – Jetzt weißt es, und jetzt rühr dich wieder vom Fleck, du alter Scherben.«

Der Knecht aber blieb vor ihr noch stehen, blies mit der Nase und sagte dann mit ganz gutmütiger Stimme die Worte:

»Bäuerin, zu Neujahr hab' ich gesagt, wenn ich mir die Grobheiten gefallen lassen muß, die seit des Bauers Tod im Hof herumfliegen wie die Gelsen, so verlang' ich um zehn Gulden mehr Jahrlohn. Heut sag' ich, um zehn Gulden tu' ich's nicht und die Bäuerin soll sich für nächst Jahr um einen anderen Altknecht schauen.«

Dann ging er langsam davon und war schier um ein paar Zoll länger als sonst.

Die Ländhoferin war nicht einmal erbost. Sie dachte an einen jungen Altknecht.

Felix ging am selben Tag zu seiner eigenen Überraschung auf der grünen Länd' um, wie der Gutsherr selber. Die Arbeiter grüßten ihn höflich, munkelten aber allerlei Ungereimtes, sobald er wieder davon war.

Er ging in den Wald, sah dem Baumfällen, Brennholzbereiten und Streusammeln zu. Er ging auf die Wiesen, wo Herbstmahd war; er ging auf die Felder, in die Gärten, wo die Spätfrüchte eingetan wurden. Er ließ sich über den Fluß führen, um die jenseitigen Flachsarbeiten zu sehen. Dort wurde der auf freier Au gebleichte Flachs gehoben und in Büschel zusammengebunden.

Felix verstand von allem nichts – er verstand nur, wie man die Reben zieht und die Trauben preßt. Eine Magd aber war doch so dienstbar, ihn zu fragen: »Bauer, wird der Haar (Flachs) auch heuer wieder mit Strohbändern gebunden?«

»Ja freilich«, gab der Winzerssohn zur Antwort; er sah nicht ein, warum gerade heuer die Regel unterbrochen werden sollte.

Das Mißliche war, daß – wenn man ihn so hoch hielt – er den Würdevollen spielen mußte und nicht in seiner kecken, lustigen Weise jauchzen und singen durfte. Er ließ es gar so hart. Die Lustigkeit steckte in seinem Blute wie der Geist im Weine. Aber wenn es schon ist oder werden wird, wie es aussieht, so –

Kurz, der Ländhofer muß ein gesetzter, ernsthafter Mann sein. Beim hellen Tag sah ja alles anders aus als in der Nacht – wer wollt' nicht Großbauer sein!

Als Felix von seinen Besichtigungsgängen in den Hof zurückkehrte, harrte seiner der Schneider. Für den jungen Mann war ein neuer Anzug bestellt. Die Bäuerin stand dabei und leitete das Beginnen, als der Meister das Maß nahm. Das Maß um den Oberkörper des Burschen, die Breite der Brust, der Achseln; dann die Länge der Arme; dann die Weite der Hüfte, die Höhe vom Stiefelabsatz bis zur ersten Rippe und die Höhe der Beine.

»Ist mir nicht bald einer vorgekommen, so bildsauber gewachsen wie der da!« murmelte der Schneider in den Maßfaden hinein, den er zwischen die Zähne genommen hatte. Die schönheitssinnige Ländhoferin nickte.

Am Nachmittage nahm die Bäuerin den jungen Günstling in die Vorratskammer mit. Korn und Obst, Gemüse und Fleisch, Speck und Fett in unerhörter Fülle, der Sohn des armen Winzers tat den Mund auf – aber nicht vor Hunger heute, sondern vor Staunen. Die Bäuerin hielt ihn fest am Arm und zerrte ihn weiter und jener Kammer zu, wo Ballen von Flachs und Leinwand, Wolle und Lodentuch aufgeschichtet waren.

»Da such' dir einmal eins aus«, sagte die Ländhoferin, »'s ist lauter Winterstoff; ich denk', du nimmst dunkelgrau, das wird mit grün fein ausgeschlagen und steht gut! – Ei, setzen wir uns ein wenig nieder, da können wir's bequemer überlegen.«

Sie setzten sich auf ein braunes Lodenbündel.

»Nun«, fragte sie hierauf, »Felix, was sagst du zum Ländhof?«

»Da kann man gar nichts sagen als: den möcht' ich haben«, antwortete der Bursche.

Die Bäuerin wartete eine Weile auf ein weiteres Wort, aber Felix befühlte das grobe Schafwollentuch, wie dick es sei und wie weich und dachte: Das wär' mir schon recht für den Winter.

»Mit dem Ländhofe wärst zufrieden?« fragte die Bäuerin lauernd.

»Wollt' schier mit ihm zufrieden sein.«

»Und – die Ländhoferin, meinst, wär' nicht vonnöten?«

»Gehört freilich auch dazu«, sagte der Bursche und zupfte am Lodentuch.

Dann schwiegen beide – schwiegen so lange, daß sich ein Mäuschen versucht fand, aus seinem Versteck zu lugen. Hastig schreckte das Tier zurück, denn es hatte plötzlich die glühenden Augen des Weibes gesehen.

»Felix«, sagte nun die Ländhoferin unter einem seltsam schweren Atem, »Felix – *Felix*, weißt du, daß ich dich unbändig gern hab'?«

Der Unterviertler sah sie an mit großem, klarem Auge. Ohne ein Lächeln und ohne ein Erröten sah er ihr ins Antlitz und – schwieg.

Da haschte sie nach seinen Händen, zog dieselben hastig an sich: »Herzensbub! Du bist mir angetan, und bei meiner Seel', ich mach' dich zum Ländhofer! Du *lieber* Bub, du Herzensbub!«

Beide Arme schlang sie um seinen Nacken, mit Leidenschaft küßte sie seine Stirne, seine Locken, seine Augen, seinen Mund.

Er ließ es geschehen, bis sie vor Liebkosung wie erschöpft war. Dann zog er sein rotes Sacktuch hervor und wischte sich damit das Angesicht ab. Sie meinte, es wäre ihm so heiß.

Wieder ein Weilchen verstrich.

»So rede doch was!« rief plötzlich die Bäuerin fast zu laut. »Du sitzest da wie ein hölzerner Heiliger, gerade, daß du noch keinen Schein hast. Weißt denn nicht, daß ich dich um was gefragt hab'?«

»Gefragt hat mich die Bäuerin um was?« entgegnete verwundert der junge Unterviertler.

»Magst denn nicht der Ländhofer sein?«

»Wohl, wohl«, sagte er, »wenn's Euer Ernst ist, Bäuerin.«

»So sag doch du zu mir, du langweiliger Mensch. Und muß ich denn geradeaus *fragen*, Felix: *magst mich*?«

»Ei – wohl, wohl, Bäuerin«, entgegnete der Bursche zerstreut, »aber schau doch, wie sie sich plagen muß.«

Er blickte durch das nahe Fenster hinab in den Hof, wo Konstanze bei einem Obstwagen bemüht war, einen vollen Apfelsack abzuladen. Die Kraftanstrengung des Mädchens schien vergeblich. Da sprang Felix vom Lodenballen auf, schrie: »Wart, ich helf dir!« schwang sich zum Fenster hinaus und sprang auf die Erde hinab. Mit einem kräftigen Ruck warf er den Sack auf seine Schulter: »Wohin damit?«

Konstanze ging voraus auf die Obstschütte; Felix folgte ihr mit den Äpfeln.

Und die Bäuerin in der Kammer schleuderte wütend die Wollen- und Leinwandbündel durcheinander.

* * *

Herrschaft – Knechtschaft.

Mit in die Seiten gespreizten Armen stand die Ländhoferin vor Konstanze: »Dirn', es ist aus der Weis' mit dir, du gehst vom Hof!«

»Warum soll ich denn vom Hof gehen, Mutter?«

»Weißt dich nicht schuldig? Natürlich nicht«, höhnte die Herrin, »bist allerweil die brave, fromme, folgsame Dirn', du – schau, wie du dich verstellen kannst, du Schlange! Heimtückisch bist! Stiftest die Leut' auf! Der Altknecht geht! Weißt es schon, daß er geht? Deinetweg' geht er! Den anderen ist die Kost zu schlecht. Bist 'leicht du die erst', die ihnen in die Ohren pfeift, früherer Zeit wär' sie besser gewesen? Beim Tisch flink und bei der Arbeit faul, das ist dein Gaul! Und andere Leut' ziehst damit von ihren Geschäften und Pflichten weg!«

»Ich, Mutter?« wagte Konstanze einzuwenden.

»Wer *denn* statzt (stolziert) leer voraus wie eine Prinzessin und läßt sich die etlichen Äpfel nach in den Schüttboden tragen? – Und nachher *noch* ein Wörtel, meine Gnädige!« Die Bäuerin tat einen Schritt vor und stemmte die Arme noch fester in die Seiten: »Wer stiehlt sich denn des Nachts aus dem Hause und läßt den Dieben das Tor offen und streicht in den Büschen um und macht Zusammverlaß mit liederlichen Lottern –?«

»Mutter!« schrie Konstanze auf.

»Leugnen willst!« rief die Bäuerin. »Bist gesehen worden, du Saubere, mit dem Liebsten in der Kugelbahnlauben. Möcht' ihn gern kennen, den Lumpen!«

Der Felix, der zufällig des Weges gekommen – es war in dem Hausflur – und ein wenig abseits stehengeblieben war, um nicht durch sein Erscheinen die Verlegenheit des Mädchens noch zu steigern, trat jetzt, da der »Lump« aufmarschiert kam, vor und sagte:

»Bäuerin, da red' ich auch was mit.«

»Du?! – Weißt was? Geht dir heut einmal der Mund auf?«

»Auf der Kugelbahn – Unrechtes ist nichts geschehen.«

»Wer kann's denn sagen, bist etwa dabeigestanden, Felix?«

»Freilich, Bäuerin«, lachte der Bursche, »ich bin ja der Lump selber gewesen! – Na, Bäuerin, meinetweg' macht's nichts. Mag nur über die Konstanze nichts aufkommen lassen.«

»Was kümmert denn dich die Dirn'?« fuhr ihn die Ländhoferin an, »du sei still! – und die Dirn' geht!«

Konstanze schlich weinend davon. Felix ging seiner Wege.

Er ging dem Schachen zu und sang ein Vierzeiliges:

>»Schatzerl klein,
> Mußt nit traurig sein,
> Eh' das Jahr vergeht,
> Bist du mein.
>
> Eh' das Jahr vergeht,
> Grünt der Rosmarin,
> Sagt der Pfarrer laut:
> Nehmt's euch hin.
>
> Grünt der Rosmarin,
> Grünt der Myrtenstrauß
> Und der Negerlstock
> Blüht im Haus.«

Und bald darauf folgendes:

>»Ih hab' a liab Dirndl,
> Just reich is 's nit:
> Was brauch' ih a Reiche?
> 's Geld hals' ih nit.
>
> 's Geld hals' ih nit,
> 'is mir all's z'kalt;
> Will ih eine, nimm ih eine,
> Die mir g'fallt!«

Und lebendig, lebendig war's in ihm. Es war ihm heiß – und doch war der Sommer schon vorbei; es war ihm kalt – und doch der Winter noch nicht da. Wo kommt das Fieber her?

Jetzt wußte er's gewiß, der Unterviertler, die Ländhoferin war ihm nicht gleichgültig. Sein Puls ging rascher, wenn er an sie dachte. Er haßte sie. – Und sie will ihn in die Schürze fangen wie einen jungen Gimpel, der aus dem Nest gefallen ist?

»Oho, vornehme Ländhofbäuerin«, trillerte er vor sich hin, »so gut soll's dir nicht gehen – dir schon lange nicht. Du hast einen großen Hof, aber ich bin dafür nicht feil. Deinen Hof, den mag ich nicht. Und bei dir bleib' ich nicht. Mit der Konstanz' geh' ich weg, und die lass' ich nicht.«

Der Schneidermeister trippelte des Weges: »Je, schönen Tag, Bauer, morgen bring' ich Hosen und Rock.«

»Brauch' sie nicht!« sagte Felix trotzig und schritt weiter und pfiff und sang und brummte und lachte laut mit sich selber.

Das Lachen verging ihm bald.

Vom Walde heran schleppten zwei Landwächter einen gefesselten Bauernburschen. Dieser wehrte sich nach allen Kräften, stemmte sich, stieß und biß – und er war schon blutig geschlagen.

»Na, mit Verlaub schön, der hat sicher wen umgebracht?« fragte Felix einen am Feldraine stehenden Knecht.

»Beileib' nicht«, antwortete dieser, »umbringen tut der keinen, das weiß ich. Ich kenn' ihn. Ein Soldatenflüchtling ist es, hat Vater und Mutter daheim und 'leicht auch sein Mädel nicht vergessen mögen; ist dem Regiment durchgegangen. Nun, jetzt haben ihn die Sakra wieder in den Krallen. Ist verteufelt, so was! Dem geht's nicht gut. Dem hängt übermorgen das Fleisch vom Rücken. – Ist verteufelt, so was!«

Kein Wörtel sagte Felix. Er blickte noch lange der widerlichen Gruppe nach, dann schritt er weiter und hatte schwere Gedanken.

Winzerssohn, so wie diesem kann's dir auch ergehen.

»Meinetweg' geht's wie's will!« rief der Bursche laut. »Die Ländhoferin mag ich nicht.«

Mag ich nicht! stimmte der Wald bei.

* *
*

Wie wollt' ich gern ein Lied euch singen,
Von holder Minne süßen Dingen!

Hinter dem Hofe, wo die weißen Steine lagen und die weißen Birken standen, war die Schaftränke. Konstanze saß auf dem Kopf des Wassertroges und sprach in menschlichen Worten zu den Lämmern.

Nicht in allen Fällen ist es Einfalt, wenn der Mensch menschlich mit den Tieren redet. Dichter tun es in ihrer Art; Jäger unterhalten sich mit ihren Hunden; alte, oft sehr geistreiche Jungfrauen mit ihren Katzen. – Ah, hast angebissen, Kerlchen! ruft selbst der Angler der gefangenen Forelle zu, und er muß es doch wissen, daß sie stocktaub ist.

Um wieviel erklärlicher ist es, wenn ein armes, einsames Menschenkind seine Zuflucht nimmt zu irgendeinem Wesen, das ihm nie etwas Böses zugefügt hat, das es – wenn auch durch kein Menschenauge – treuherzig anblickt zu jeder Stunde – recht ergeben und recht vertrauend! Was Wunder, wenn das von seinem Geschlechte verlassene Menschenkind, das Mitteilsame, sein Herz auftut und sich ausspricht, ausweint vor dem Tiere, das so teilnehmend, so verständnisvoll zuzuhören scheint. Gut zuhören können, das ist auch ein Trost.

Konstanze saß am Troge, hielt ein fünf Wochen altes, schwarzes Lämmchen auf dem Schoße und sagte zu diesem: »Heut und morgen kann ich dich noch liebhaben – heut und morgen noch.« Sie küßte das Tier auf das Schnäuzchen. »Übermorgen geh' ich weg. – Es schmerzt mich hart, daß ich vom Heimathaus muß fort. Aber denk' dir selber, was hilft mir das Heimathaus, wenn keine Mutter und kein Vater darin ist, und kein Bruder und keine Schwester. – Die Obermagd gibt mir den Rat, ich sollt' streiten um meine Sach'. Das mag ich nicht. Ehvor ich streit', eh' lass' ich alles. Wie geht's mit dir? Du hast keinen Groschen und wirst dein Lebtag keinen kriegen; und wächst dir eine Wolle, so scheren sie dir die Leute ab. Und schau, ich hab' noch keines so lustig herumhüpfen gesehen auf der grünen Länd', als gerade dich. Das will ich mir fort bedenken und zufrieden sein. Das Wünschen hab' ich schon lang verlernt auf dem Ländhof. – Dich möcht' ich wohl gern mitnehmen, mein feines, gutes Lämmel.« Wieder küßte sie das traute Tier, und dieses leckte ihre zarten, rosig angehauchten Lippen. – »Dich, Lämmel, und den jungen Buben auch; der ist gar lieb mit mir und kennt mich doch erst seit ein paar Tagen. Ja du, den hab' ich gern – wollt' ihn halsen wie dich.« Und zärtlich schmiegte sie den Kopf des Lämmchens an ihre erglühenden Wangen und herzte und küßte es mit solcher Hast, daß ihr die Locken über die Stirne glitten und sie den Mann nicht sah, der ganz nahe am Brunnentroge stand.

Schon drei- oder viermal während der wenigen Tage auf der grünen Länd' ist unser Felix ganz verdächtig genau zu rechter Zeit am Platze gestanden. Aber die Bäuerin hatte dem Burschen doch förmlich aufgetragen, er solle fleißig Umschau halten in allen Weiten und Winkeln des Hofes und unter den Leuten, daß er die Dinge und Zustände baldigst kennenlerne. Und so war Felix denn auch hinter dem Hofe, wo die weißen Steine lagen und die weißen Birken standen, und wo das Mädchen am Troge das schwarze Lämmchen koste.

Er hatte die letzten Worte vom »jungen Buben« gehört. Nicht weiter überlegte er – über ihre Achsel neigte er sachte sein Lockenhaupt vor, und Konstanze schmiegte und koste und herzte – und jählings, aber zu spät wurde sie gewahr, es war nicht mehr das Lämmel allein, das sie geherzt – es war auch der schöne, lächelnde Kopf des »jungen Buben« mit dabei gewesen.

Sofort wollte sie sich in den Wassertrog stürzen, aber Felix hielt sie fest umschlungen und sagte: »Konstanze, jetzt ist alle Rederei nicht mehr vonnöten, wir haben uns gern, und wir gehören zusammen.«

Es brauchte aber Zeit, bis sie sich von ihrem Schreck erholt hatte. Es war gut, daß die Schaftränke so dicht mit Erlen und Birken umgeben war.

Schließlich – das Lämmel war längst aus dem Arm gesprungen – ließ Konstanze es gelten: sie hätten sich gern und gehörten zusammen.

»Und jetzt merk wohl, Mädel«, sprach Felix mit Nachdruck, »jetzt wird dir im Hof kein ungeschaffen Wörtel mehr gesagt, oder die Leut' kriegen es mit mir zu tun! Auch die Bäuerin schreckt mich nicht! – Ich möcht' nur wissen, was sie gegen dich hat!«

»Das kann ich dir jetzt wohl sagen, Felix«, antwortete sie. »Da hab' ich eine Schrift, die ist an allem schuld.«

»Das muß ein höllischer Wisch sein!« rief der Bursche. »Verbrennst ihn denn nicht?«

»Ja«, entgegnete Konstanze, »gottswahrhaftig, das tät' ich am liebsten. Aber das Papier hat mein Vormund, und mein Vormund ist in Breitenschlag drüben.«

»Jetzt möcht' ich doch beim Himmelherrgottskreuz wissen, was auf dem Papier Sauberes steht!«

»Es ist das Testament von meinem seligen Vater«, sprach das Mädchen, »mein Vormund hat es mir einmal vorlesen wollen; ich kann's nicht hören, 's tut mir mein Herz weh, denk' ich an den armen Vater.«

An Felix' Brust weinte sie jetzt.

»Konstanze, mein lieb Dirndl«, sagte der junge Mann, »du bist allzu weichherzig. Schau, das soll man nicht sein auf der Welt.«

»Den Vater hat sie so hart behandelt, auf dem Todbette noch, 's ist nicht zu sagen, was er neben ihr hat leiden müssen.«

»Kann mir's jetzt wohl denken, aber schau, Konstanze, so weinen mußt nicht. Wenn eins das auch noch einmal leiden wollt', was andere schon gelitten haben – Dirndl, wohin mit der Welt! – Fest auf die Füß' stellen muß man sich und die Zähn' zeigen! – Mußt mit dem Vormund *reden*, Konstanze.«

»Das will ich tun; in der Sonntagsfrüh will ich nach Breitenschlag hinübergehen.«

»Warum erst in der Sonntagsfrüh, warum nicht morgen?«

»Ja, der Vormund ist Waldmeister und werktags selten daheim. Und morgen möcht' ich noch den Flachs einbringen helfen.«

»Daß sie dich vom Haus jagen kann, steht gewiß nicht im Testament!« sagte der Unterviertler.

»Ganz was anderes soll darin zu lesen sein, wie mir der Vormund zu verstehen gegeben hat«, entgegnete das Mädchen, »was auch der Will', es bleibt eine böse Sach', weil so viel Unfried' daraus wird. – Nur den lieben Frieden wünsch' ich mir, und ein wenig gern haben sollten mich die braveren Leut' – sonst brauch' ich nichts.«

»Gern haben«, sagte hierauf der Winzerssohn in frischer Schalkheit, »gern haben, Konstanze, will ich dich schon sakrisch; doch ob ich dich immer in Fried' lass', das kann ich dir nicht versprechen.«

Hierauf wollte das Mädchen 's Lämmel wieder, da dieses aber nicht mehr zu erwischen war, so mußte es sich bescheiden und den Burschen kosen.

* *
*

Um Bräutigam und Haus
Spielt sie die letzten Karten aus.

Das Bett in der Knechtestuben war immer nicht fertig. Felix schlief noch im Zimmer des seligen Ländhofers.

Heute am Samstagmorgen klopfte der Winzerssohn höflich an die Tür der Bäuerin.

»Na, freilich, die läppischen Geschichten wirst auch noch treiben«, rief die Ländhoferin von innen, »weißt ja, daß es aufgeht, sei nur kein solcher Blödling.«

Drückte der Bursche keck an und stand in der Stube.

Die Bäuerin saß auf ihrem Bette und war mit dem Ankleiden nur zum geringen Teil fertig.

»Tut nichts«, sagte sie in ihrer Leutseligkeit, »wird nicht so heikel sein zwischen uns.«

Felix blieb in einer dem Knecht anständigen Entfernung stehen und sprach: »Hätt' mit der Bäuerin nur ein Wörtel zu reden.«

»Was hättest?« fragte sie, obwohl sie die Worte recht gut verstanden hatte. »Wenn du's nur so in den Bart hineinmurmeln willst – hast gar keinen –, so mußt näher kommen.«

Er trat um einen Schritt näher und sprach um einen Ton höher: »Bäuerin, ich hab' keinen Leihkauf (Angeld) auf einen Dienst im Ländhof angenommen, hab' auch noch nichts gearbeitet und könnt' mich 'leicht nicht schicken in die große Wirtschaft. Bäuerin, ich möcht' wieder weggehen.«

Auf die Mitteilung befliß sich die Ländhoferin, eine sehr gleichgültige Miene zu machen, die ihr annähernd auch gelang, und dann entgegnete sie: »So, weggehen willst wieder? Ist auch recht. Ich häng' niemanden an, und wer sich's anderswo besser zu machen weiß, als er's auf dem Ländhof hat, dem steht die Haustür offen.« Mittlerweile jedoch wurde der innere Sturm so mächtig, daß sie ausbrach: »Ist das der Dank, du Hungerleiderbub, der Dank dafür, daß man's dir so gut meinen wollt'? – Ich denk' mir's wohl, du Stromer, mit der liederlichen Dirn' willst fort!«

»Dasselb' ist fehlgeraten, Ländhoferin«, sagte Felix gelassen, »mit der liederlichen Dirn' nicht, die kenn' ich nicht; aber – daß ich's recht sag', mit der Konstanze will ich morgen nach Breitenschlag hinüber.«

Jetzt war's offen. Die Ländhoferin tastete mit einer Hand nach der Bettwand; sie empfand plötzlich Schwindel, sie meinte, es treffe sie der Schlag. Doch sammelte sie sich bald wieder insoweit, daß sie den Rock überwerfen und aus dem Bette springen konnte.

Da war Felix schon davon.

Die Ländhoferin trank viel kaltes Wasser an demselbigen Morgen. Drei Brände hatte sie zu dämpfen: die Liebe, den Haß und die Angst.

Gegen Mittag hin wurde sie der Überlegung fähig. – Er will mit der Dirn' fort? – Nimmermehr. – Wer kann ihn halten? – Niemand. – Aber die Dirn' bleibt im Hause. Dafür ist noch ein Herr da. Man ist verantwortlich für die Dirn'. Unter die Zuchtrute gehört sie. Sie bleibt im Hause. – Aber dann wird auch er bleiben. Er muß weg von dieser Schlange. Sie müssen auseinandergebracht werden. Er muß fort.

Er fort?

Nein! So weit ist's nicht gekommen. Er *kann* nicht vernarrt sein in dieses blöde Schulmädchen – vor mir, *mir*, dem mannbaren Weibe. – Sie blickte in den Spiegel. Wie vorteilhaft sah sie aus im Vergleiche zu diesem bleichsüchtigen Geschöpfe! – Und war sie nicht die Hausfrau, die Befreierin aus dem Soldatenjoch – hatte sie nicht gleichsam eine Krone zu vergeben? – Der Bursche ist schlauer, als er aussehen mag; er will sie, die Bäuerin, wohl nur versuchen, auf daß er rascher zum Ziele komme. – Gut, zu Martini soll die Hochzeit sein. – Die Froschreiterleut' im Unterviertel, das sind arme Schlucker, denen schickt sie für Allerheiligen einen Wagen mit Lebensmitteln. Und ausgemacht wird's heute abend noch – dann ist er festgebunden und die Dirn' muß fort. Sie ist die Unheilstifterin im Hof – um Haus und Bräutigam geht der Streit. Diese unselige Kreatur – weit muß sie weg – auf immer muß sie fort, und das heute besser wie morgen! –

An diesem Samstage wurde der vor kurzem am jenseitigen Ufer der Seim aus der Bleiche gehobene Flachs eingeheimt. Der Strang der Überfuhr ächzte, der Endring des Seiles rollte hin und her, und das Schiff – ein schmaler Kahn – glitt über das Wasser bis ans andere Ufer und stets mit voller Flachsladung wieder zurück. Die Arbeitsleute waren in guter Laune, beim Flachs gibt es ein lustiges Hantieren – jetzt kommt er in den Dörrofen, und nach wenigen Tagen ist das lustige Brecheln. Da *muß* sie gerngebig sein, die Bäuerin, sonst fährt ihr Name schlecht von Mund zu Mund um. Und der hübsche Unterviertler, da wird er wohl auch beim Haarbrecheltanz mittun, wird gewiß fein tanzen – so manches Mägdlein im Hofe denkt daran.

Auch die Bäuerin denkt an das Brechelfest. Da wird sie das erstemal mit Felix in den Reigen treten, und das soll die öffentliche Kundgebung sein: die Ländhoferin heiratet den jungen Unterviertler!

Nur achthaben, daß der Flachs trocken unter Dach kommt! – Es will – scheint es – grob Wetter werden. Im Gebirg' drin hat's tagelang schon gestürmt und geregnet, das merkt man am Wasser. Wird auch auf der Länd' nicht lange warten lassen, der Himmel sticht ins Bleigraue. Windstöße rütteln an den Bäumen, und die gelben Blätter flattern hin über den Hof, über die Wiesen und in den Fluß. Das sind die Schwalben des Spätherbstes.

Felix ging in den Wirtschaftsgebäuden um und war heiter. Heute war er noch der junge Herr auf dem großen Hof; heute konnte er noch – die Hände am Rücken – spazieren, in die Vorratskammern und in die Keller gehen und mit den Leuten schaffen. Und er schaffte wirklich mit ihnen und ordnete an, wie man dies und das zu machen habe. Er wußte es gut genug, daß er von den Dingen bislang noch nichts verstehen konnte, aber die Leute taten nach seinen Worten – das war *ihre* Schuld, und dem Burschen machte es Spaß.

Die Bäuerin kam an ihm vorbei. Er grüßte sie besonders frisch und artig. Sie lächelte, klopfte ihm auf die Achsel: »Bist ja gescheit, Felix!« und eilte davon. Sie hatte ein großes Küchenmesser in der Hand und ging damit dem Krautgarten zu, um den Kohlbeeten die letzten Köpfe abzuschlagen.

Hinter dem Gebäude begegnete ihr Konstanze, welche, als die einzige zu dieser Arbeit, emsig beschäftigt war, die letzte Ladung Flachs vom Kahne in die Dörrstube zu schaffen.

»Stanze«, rief ihr die Bäuerin zu, »bleib stehen! – Hab' gehört, du wolltest morgen nach Breitenschlag hinübergehen?«

»Die Mutter hat ja gesagt, daß ich fort soll.«

»Du bleibst!« rief die Ländhoferin scharf.

»Vielleicht kann ich wieder zurückkommen«, sagte Konstanze gutmütig, »aber zum Vormund will ich doch hinübergehen.«

»Dirn', du bleibst daheim!«

»Den Sonntag hab' ich für mich, Mutter!«

»Freilich, 'leicht zum Umflankieren mit dem Lotter?«

»Daß ich zu meinem Vormund geh', laß ich mir nicht wehren!«

»Und zerrst den Jungen mit!«

»Wenn der Felix morgen auch nach Breitenschlag gehen will, ich kann nichts dagegen haben.«

Konstanze eilte dem Kahne zu. Sie erschrak selbst über das trotzige Wort, das sie gesagt hatte. Es war das erste in ihrem Leben. Sie hatte eben an den Ausspruch des Unterviertlers gedacht: »Fest auf die Füß' stellen muß man sich und die Zähne weisen.« Aber sie bangte jetzt; ein Lamm hatte dem Wolfe die Zähne gewiesen. Sie stieg mit ihren Tragbändern hastig in den Kahn hinab, der angestrengt auf den bewegten Wellen schaukelte.

Die Bäuerin stand ganz sprachlos da, und zum erstenmal ohnmächtig fühlte sie sich diesem Geschöpfe gegenüber. – Mit dem Burschen zum Vormund will die Dirn'? Dabei schaut für die Ländhoferin nichts Gutes heraus. – Die Bäuerin stand da. Haß und Wut wogten in ihrer Brust mit voller Gewalt. Sie fieberte, sie klapperte mit den Zähnen. – Was soll sie der Dirn' antun?

In den Bäumen brauste der Sturmwind, und die Wellen des Flusses wogten hoch und schlugen gischtend an die Ufer und an den schaukelnden Kahn, daß hoch an die Flachshaufen das Wasser spritzte.

Hinter den Schichten kauerte, schwindelig durch das mächtige Schaukeln, Konstanze. Der Strang der Überfuhr dröhnte, das Seil, an dem das Fahrzeug hing, spannte sich stramm, dehnte sich und klang im Sturme wie eine Saite. – Die Bäuerin sah es, und in diesem Augenblicke zuckte der wilde Gedanke auf. – Einen kurzen, funkelnden Blick in die Runde warf sie. Kein Mensch zugegen. – Mit glühender Kraft schwang sie das lange Messer, das sie in der Hand hielt, und schleuderte es gegen das gespannte Seil. Knallend riß dieses entzwei, hochauf wallte der Kahn und schoß davon.

Nun kauerte die Bäuerin im Gebüsche; von diesem aus starrte sie auf die hochgehende, trübe Seim, starrte dem rasch hinwogenden Fahrzeuge nach. – »Wirst morgen nicht mit ihm zum Vormund gehen ...«

Sie hatte, als das Seil gerissen war, hinter den Flachsschichten den Schrei gehört. – Nun war ihr kühl und wohl. Das Seil zerrissen – wer kann dafür! Der Kahn zerschellt am Felsen – die Dirn' ist hin. Der Streit um Hof und Bräutigam ist aus ...

Nach einer Weile, als unten an der Biegung, wo die Klamm angeht, das schwimmende Schifflein verschwunden war, atmete die Ländhoferin noch einmal auf, ging dann in den Hof zurück und schaffte wie gewöhnlich, nur daß sie mit den Leuten freundlicher tat als sonst. –

Nach und nach hieß es: »Wo steckt denn die Dirn', die Konstanze so lang?«

Da kam eine Magd herangeschossen: »Jesus Maria! Der Kahn, der Kahn ist weg!«

»Jesus Maria!« schrie die Bäuerin noch viel lauter und schlug die Hände zusammen.

»Das Seil ist ab! Der Kahn ist fort! Die Dirn' ist hin!«

»So geht doch, so eilt doch um tausend Gottes willen!« jammerte die Bäuerin und lief scheinbar in großer Aufregung im Hofe herum. »So läutet um Hilfe! So spannt doch die Pferde ein! Kann denn keiner schwimmen? O Heiland; mein Kind, das liebe Kind! – Wo ist denn der Felix?«

»Der Felix nicht da?« riefen sie in alle Stuben hinein.

»Der Felix nicht da?« schrien sie in den Scheunen um.

»Wo ist denn der Felix?« lärmten sie durch das ganze Gehöfte.

»Felix!«

Nicht im Hause, nicht in den Wirtschaftsräumen, nicht im Baumgarten war der Felix. Da kam der Halterbub und berichtete, den Felix hätte er voreh auf den Kahn steigen gesehen.

Jetzt war die Ländhoferin still und blaß geworden. Jetzt wankten ihre Knie, und am Antrittstein der Haustür sank sie nieder.

Verspielt. Der Felix ist bei der Dirn'!

* *
*

In Graus und Todesbann
Steht fest und treu der Mann.

Ja, der Felix ist bei der Dirn'. Und wie ist er zu ihr gekommen?

Felix, lange genug umhergeschlendert im Hofe, war gegangen, um dem Mädchen den Flachs abladen zu helfen. Konstanze war dabei ja völlig allein und sollte noch vor dem Dunkeln fertig werden.

Doch ging die Arbeit auch zu zweien nicht sonderlich vonstatten. Das Mädchen war gewiß fleißig und eilte mit den Bündeln flink in die Dörrstube und war ums Handumdrehen auch wieder zurück auf dem Kahne. Der Felix aber, das war heute ein fauler Schlingel, er legte sich hin zwischen die Flachsschichten und reckte alle viere von sich. Dieses Bett schaukelte ja so prächtig, und Konstanze hüpfte neben ihm hin und her. Und ihr waren die Flachsbündel so leicht, und ihr war so frisch zumute, wie nie noch zuvor, und es tat ihr jetzt fast wohl, der Stiefmutter einmal ein selbstbewußtes Gesicht gezeigt zu haben.

Konstanze sprang jetzt wieder auf das Schifflein; Felix wollte sich aus dem Flachse erheben.

»Bleib liegen«, flüsterte ihm das Mädchen zu, »dort hinten steht die Bäuerin.«

»Was frag' ich nach der Bäuerin«, sagte er, »von der lass' ich mir das Aufstehen schon lang nicht verbieten.«

In demselben Augenblicke schwirrte das Seil, der Kahn schnellte empor und schoß davon.

»Heiliger Gott!« schrie Konstanze und taumelte zu Boden.

»Der vermaledeite Strick ist gerissen!« sagte Felix, setzte aber sofort bei: »Macht nichts, jetzt fahren wir lustig ins untere Viertel hinab.«

»Und ist es nicht gefährlich, Felix?« fragte das Mädchen zitternd und hörte im Sausen und Brausen das eigene Wort kaum.

»Wie kann denn das gefährlich sein!« rief er laut. »Wenn man über das Meer mit Schiffen fahren kann, so wird sich's wohl auf der Seim auch tun. Höchstens, daß dieses Wasser zu klein wäre, dann trägt's uns ohnehin ans Land.«

»So will ich ganz ruhig sein«, sprach Konstanze.

»Setz dich nur da an den Flachs und halte dich fest an mich, Konstanze, es kann uns nichts geschehen.«

Mittlerweile zogen die Auen, Büsche und Bäume der grünen Länd' rasch zurück, und die Wogen umbrandeten mit Gischten und Brausen das Schifflein, das auf den Wellen dahinglitt.

Felix tat sich nach einem Ruder um, es gelang ihm nur, ein paar schwache Bretter vom Kahne loszumachen. Konstanze schlang ihre beiden Arme um den Nacken des jungen Mannes und barg ihr Angesicht an seiner Brust. Da die Ruderarbeit mit den nichtigen Holzstücken zu nichts dienen konnte, so saß Felix lehnend am Flachshaufen, von welchem das Wasser ganze Teile fortspülte. Fest stemmte er seine Beine, seine Arme an die Planken des Kahnes; mit trotzig geschlossenen Lippen starrte er hinaus auf den brausenden Fluß, auf die Ufer, die immer steiler und wilder wurden, bis endlich an beiden

Seiten die schroffen Wände dräuten. Zum Glücke war das Gefälle hier geringer, und das Wasser floß langsamer. Felix aber wußte nicht, welche Stellen noch kommen würden, er ahnte auch nicht, wie groß die Gefahr war, in der sie schwebten. Und so hub er, als ihm die Lage vertraulicher war, in seinem Übermute an, hi! und hott! zu rufen, als wären ein Paar Rößlein gespannt an das Fahrzeug, und als habe er dieser Rößlein Leitriemen in den Händen.

Da richtete auch das Mädchen allmählich das Auge gegen ihn auf und fragte: »Felix, was wird das werden?«

»Wenn die Schimmel so fortmachen, sind wir in zwei Stunden daheim«, sagte der Bursche, »die werden schauen, wenn wir angefahren kommen!«

»Und können wir halten?«

»Vor dem Haus steht immer eins am Wasser, das wird uns schon sehen, und wenn wir nur wollen, überall kommen wir leicht ans Land hinaus.«

»Ich bitte dich, Felix«, sagte Konstanze, »wenn's geht, fahren wir gleich ans Land!«

»Was fällt dir ein, Dirndl«, rief er, »hier ans Land! Ist ja kein Haus weit und breit; wie kämest denn heut noch ins Unterviertel? Hier auf dem Wasser geht's am geradesten. Hi, Schimmel!«

Und es ging am geradesten ...

»Wenn's nur nicht Nacht wird!« wendete Konstanze ein.

»Nacht wird's schon!« sagte der Bursche.

Und wirklich begann es unter dem trüben Himmel bereits zu dämmern. Der Wind stieß von verschiedenen Richtungen her, bald schob er im Bunde mit den Wellen den Kahn nach vorwärts, bald prallte er von den Seiten an, dann wieder stemmte er sich dem Flusse und dem Fahrzeuge entgegen. Das drehte und wendete sich, ging im Kreise um sich selbst, kam nicht von der Stelle, und dann wieder schwamm es sausend voran und bohrte – was immer noch das gefährlichste war – die Spitze in das zischende Wasser.

Felix mußte häufig seinen Platz wechseln, um möglichst das Gleichgewicht zu schaffen. Konstanze zitterte und betete und sah in der Gefahr eine Strafe für die Unehrerbietung, die sie heute der Mutter entgegengesetzt hatte. In welcher Weise jedoch ihr kühnes Benehmen gegen die Bäuerin mit dem Losreißen des Schiffleins zusammenhing, konnte sie freilich nicht ahnen.

»Du sollst dich in den Flachs hinein vergraben, Konstanze«, schlug der Bursche vor, »du wirst sonst allzu naß.«

Es wäre ihm angenehm gewesen, ihr so die Gefahr zu verhüllen, die er wachsen sah. Das Mädchen aber richtete sich plötzlich auf und sagte gefaßt: »Bist du so mannbar, Felix, so will auch ich nicht verzagt sein ...«

Felix hatte, um dem Nahen seiner Gegend gewärtig zu sein, den Wechsel der Landschaften beobachtet. Waldberge, Felspartien, Wildnis zumeist. Nur einmal hatte er hoch an einem Hange die Straße gesehen, auf welcher er vor wenigen Tagen mit der eroberungssüchtigen Großbäuerin gegen das obere Viertel gefahren war. Gar bald lenkten ihn von diesem Gegenstande die Klippen ab, an welche der Kahn zuweilen prallte, um sofort wieder seithin geschnellt zu werden. Die Planken hielten fest zusammen. Felix hatte mit dem dünnen Brettl wiederholt das Rudern versucht. Die Gewalten der Flut spotteten eines solchen Werkzeuges.

Allmählich war es nun finster geworden. Und so saßen die zwei jungen, lebensdurstigen Wesen im Dunkel der Nacht, mitten im brandenden Elemente.

»Das ist ein unglücklicher Samstagabend!« murmelte Konstanze, und dankte andererseits insgeheim der Heiligen Jungfrau Maria, daß nicht sie allein, oder nicht er allein auf dem Fahrzeug gewesen, als das Seil gerissen war.

Felix spähte durch die Dunkelheit in die Gegend hinaus, die sich geweitet hatte und nun schier dem unteren Viertel glich. Es wuchs sein Hoffen und sein Bangen. Ihm war, als *müsse* seine Heimat Hilfe bieten, als *könne* es gar nicht sein, daß sie an dem Häuschen der Eltern vorübertrieben, und es streckten ihnen nicht Vater und Mutter die Arme rettend entgegen.

Er tat nun manchen lauten Schrei. Aber an den Ufern blieb es stille; von der Ferne her glühten zuweilen Lichter eines Hofes, eines Dorfes.

Da das Fahrzeug nahe am Ufer trieb, so dachte Felix auch an das Herausspringen, oder an das Erfassen eines Strauches. Doch ging die Fahrt zu schnell.

Wenn nun aber kein Anker ist, und sie müssen an der lieben Gegend vorbei – dann – Konstanze soll es nicht wissen, daß eine halbe Stunde unter dem Heimathäuschen des Winzers die große Wehr ist, die den Hammerbach nach Zollau ableitet, eine hohe Wehr, an der schon mancher zugrunde gegangen und an der auch der Plan gescheitert war, den unteren Gegenden durch Floßfahrten das Waldholz des Gebirges zu vermitteln. Viele Leute aus nah und fern kamen alljährlich zur »Zollauer Wehr«, um den Wasserfall zu sehen. Nicht Menschen hatten die Wehr gebaut; hier senkte sich plötzlich die Gegend tiefer und daher der Abgrund. Von all dem braucht Konstanze nichts zu wissen.

Allmählich wurde der Lauf des Wassers sachter. Felix erkannte einzelne Hügelformen, einzelne Baumgruppen, einzelne schimmernde Häuschen – er nahte seinem Heim.

Nochmals erhob er seine Stimme. Ein ferner Widerhall antwortete ihm – aber niemand kam ans Ufer und der Kahn glitt weiter und weiter. – Plötzlich stieß der Bursche ein »Ah!« aus. Er sah das beleuchtete Fenster seines Hauses. Das rote Scheibchen rückte näher – Felix schrie nach allen Kräften seiner Lunge – gar vergebens war's, es kam niemand ans Ufer.

In Feierabendruhe stand das Winzerhäuschen da. Am beleuchteten Fensterl glitten Schatten vorüber – die Schatten der Personen, die in der Stube hin und her wandelten. Sie beteten vielleicht eben die Samstagsandacht, wobei der Vater mit der Betschnur gerne langsam in der Stube auf und ab schritt. Und die Mutter kniete wohl vor dem schlichten Hausaltare und gedachte des Sohnes, der fort von Heim in einen reichen Hof gegangen war, um dort sein Brot und Glück zu suchen. Derselbe Sohn, der jetzt in Todesnot auf dem Flusse vorbeizog.

Und der Schiffer rief vergebens. Das traute Haus blieb zurück, und das Schifflein schwamm nun ruhig auf der breiten Seim dahin. Dahin und geradeswegs den Schrecken der Zollauer Wehr zu.

* *
*

Im Haupte des Burschen flogen, schwirrten, stürzten in Verwirrung die Gedanken durcheinander. – Jetzt kommt kein Ort, kein Haus mehr bis zur Wehr – Schiffer, du bist auf dich selbst gestellt. – Die losgerissenen Planken erfaßte er und band sie mit den Strohbändern der Flachsballen aneinander. Dann zwängte er auf dem Kahne einen der langen Eisennägel locker und riß ihn in Ermanglung einer Zange mit den Zähnen aus dem Holze. Diesen Nagel schlug er mit einem losen Balken in das eine Ende der aneinandergebundenen Planken.

Konstanze verfolgte mit steigender Angst das hastige Arbeiten des Burschen.

Am Ufer ging ein Weg entlang. Auf diesem Wege flimmerte jetzt ein Licht, klang ein Glöcklein. Beim Scheine zu sehen waren zwei Gestalten, wovon die eine ein Priester im Chorrock, an der Brust das Heiligste tragend. Ein Gang in tiefer Nacht zu einem Schwerkranken.

Felix schrie nicht mehr um Hilfe; vom Ufer aus zu retten, war alle Zeit vorbei. Aber zu dem Mädchen sagte er die Worte: »Konstanze, dort tragen sie das hochwürdigste Gut. Sie gehen zu einem Sterbenden, 'leicht magst du beten ...«

Da ahnte sie, daß es sich um Leben und Sterben handle. Sie sank auf ihre Knie, und ihr blasses Antlitz matt beschienen von dem am Ufer vorbeizitternden Licht, betete sie ...

Felix schrie nach Hilfe noch während seiner Arbeit. Brachte er diese in den nächsten Minuten fertig, so konnte es vielleicht noch zum Guten sein – sonst alles verloren. – Schon hatte er den Eisennagel durch das Holz getrieben, da barst die Planke, der Nagel war wieder locker. Keine Kleinmut jedoch war in diesem bedeutsamen Augenblicke an dem Burschen bemerkbar. Rasch kehrte er die Planke um, schlug den Nagel am anderen Ende ein – da engte sich schon der Fluß – die letzte Enge vor der Wehr, deren Fall man bereits donnern hörte – der Kahn trieb ein wenig gegen das Strauchwerk des rechten Ufers. Der Nagel saß fest – sachte, daß er nicht breche – bog ihn Felix zu einem Haken um, und nun, mit bebender Gier, warf er diesen Anker gegen das Strauchwerk aus. Die Planke war zu kurz. Schon hub der Kahn an, sich wieder vom Ufer zu entfernen; da erfaßte Konstanze einen der kurzen Balken, stieß ihn als Ruder ins Wasser, lenkte so ein paar Fußbreit das Fahrzeug uferwärts, und Felix hatte sich mit dem Anker festgehakt im Buschwerk.

Unschwer war nun auf dem hier fast ruhigen Wasser das Fahrzeug ans Ufer zu ziehen; Konstanze und Felix sprangen oder wanden sich vielmehr durch das Gebüsche ans Land. – Der Bursche stieß einen hellen Juchschrei aus; das Mädchen sank auf die liebe feste Erde hin und weinte Freudentränen.

* * *

Die Ohren klingen, die Katzen röhren,
Als müßt' ich bald was Neues hören.

Für die Froschreiterleut' im Winzerhause war das eine seltsame Nacht.

Zuerst der geisterhafte Ruf beim Abendgebete. Dann ging der Priester mit dem Sterbesakramente vorbei. Ein alter Mann im Johannistal lag schwer krank. Man hatte vor dem Einschlafen für ihn noch ein Vaterunser gebetet Aber es war keine Ruhe. – Um Mitternacht kamen sie an.

Die Mutter hatte den Felix schon am Klopfen an die Tür erkannt. Der Vater hingegen hatte es nicht glauben wollen, daß dieser batschnasse Mensch mit dem Weibsbild sein Sohn sei.

Zuerst hatten sie bei dem schlechten Schein des Öllämpleins die weibliche Gestalt für die Ländhoferin gehalten; und jetzt war es eine ganz andere und noch dazu eine blutjunge Person; und die Leutchen – man sah's gleich – waren gut miteinander bekannt.

Der alte Froschreiter schoß in die Nebenkammer, schlug dort die Hände über den Kopf zusammen: »Sonst ein so braver Bub gewesen, und jetzt auf einmal zerrt er mir Frauenzimmer ins Haus!«

»Wir können niemand Fremden über Nacht behalten!« sagte die Mutter scharf, einen Blick auf Konstanze werfend.

Der kleine Anton war auch aufgestanden, der bot der Fremden sein eigen Bett an; die gefiel ihm viel besser als die dicke Ländhoferin.

Konstanze blickte verzagt zu Felix auf.

»Ja regnet's denn draußen?« rief die Froschreiterin. »Ihr seid bigott allzwei waschnaß!«

Und nun erzählte Felix zuerst vom Flachsabladen am Ländhofe, dann von der schönen Fahrt auf der Seim und die Rettung vor der Zollauer Wehr. Da ging es bald aus einem anderen Ton im Winzerhause. Die Mutter packte den Sohn am Halse: »Nicht umsonst hat mir die letzt' Nacht so geträumt! Allerweil bin ich auf der Hochzeit gewesen – und das ist das sicherste Zeichen, daß wer stirbt.«

»Ist ja niemand gestorben!« sagte der Felix.

»Aber sein hätt's können, du Narr! – Ach, du liebes Kind!« und fiel ihm wieder um den Hals.

»Bei der Zollauer Wehr?« fragte der alte Winzer mit vorgebeugtem Haupte, und mit unsicherer Stimme setzte er bei: »Was ist denn heut für ein Tag?«

»Heut ist gar kein Tag, heut ist die Nacht«, erklärte der kleine Anton.

»Weil ich sagen will, wir müssen alle Jahr' an diesem Tag eine Kirchfahrt auf den Schutzengelberg machen, aus Dankbarkeit für das Mirakel, das heut ist geschehen.«

»Eine warme Suppe wär' mir noch lieber«, sagte Felix; und da schrie die Mutter: »Weil eins gar nicht weiß, wo einem der Kopf steht! Ja freilich werden sie zu essen auch was haben müssen!«

Mitten in der Nacht knatterte das Feuer auf dem Herde. Ein Bund Maisstroh wurde in die Stube geschleppt und von jedem Bette des Hauses das beste Stück: vom alten Winzer das Leintuch, von seinem Weib die Decke, von der Tochter der Kopfpolster, vom kleinen Anton der Fußwärmerziegel wurde herbeigebracht, um davon der armen Dirn' aus dem Ländhofe ein gutes Bett zu bereiten.

Dann aßen sie, dann gingen sie schlafen.

Noch bevor der Felix in seine Dachkammer hinaufstieg, sagte er zum Mädchen ein so warmherziges Wort, daß dem Alten, der es unversehens hörte, der Atem stehenblieb.

Nach all der Anstrengung und Angst schliefen die Schiffbrüchigen bald ein. Der alte Froschreiter wachte noch lange und murmelte ein übers andere Mal: »Ist was dahinter bei diesen zwei Leuten! Ist was dahinter!«

Auch die Winzerin schlief nicht. Es klang ihr so in den Ohren, und hinter dem Herde spann die Hauskatze – »'s ist noch nicht richtig! ...«

Noch ehe der Tag anbrach, klopfte es am Fenster des Winzerhauses, und eine rauhe Stimme rief von außen: »He, Leute, auf, 's ist was geschehen! – Hat gestern spät abends oder in der heutigen Nacht niemand von da wahrgenommen, daß auf der Seim ein Kahn herabgefahren ist?«

Konstanze sprang von ihrem Lager auf: »Der Vormund! Das ist ja mein Vormund!«

»Was höre ich denn«, rief der von außen, »die Konstanze? Und da drin wäre sie? O du mein Gott! O du lieber Gott!«

Bald war das ganze Haus wach. Der Mann draußen führte sein Pferd unter Dach, denn es stürmte, regnete und schneite; dann schritt er in die Stube.

Es war ein rauhgestaltiger, vollbärtiger Mann – es war Konstanzens Vormund, der alte Freund des Ländhofers, der Waldmeister aus Breitenschlag.

»Mit dem bist gefahren? Mit dem da?« fragte er das Mädchen und versetzte dem Winzerssohn einen Handschlag auf die Achsel. Und hierauf mußten sie ihre Wasserreise und ihre Rettung wieder und wieder erzählen. – Der Waldmeister war froh, daß auf seinem Angesichte so viel Bart wucherte, in welchem sich ein paar unberufene Augentropfen leicht verstecken konnten.

»Jetzt aber, ihr Leute«, sagte endlich der Mann von Breitenschlag, »jetzt habe ich etwelches vom Ländhofe zu erzählen. Dort ist die Nacht nicht so glücklich abgegangen als da im unteren Viertel. – Ich darf's auch dir sagen, Konstanze – die Ländhoferin ist gestorben.«

Ein mehrstimmiger Ausruf.

»Was hab' ich nicht gesagt!« rief die Froschreiterin.

»Will's wohl erzählen«, sagte der Waldmeister. »Gestern in Breitenschlag – 's ist schon dunkel worden – ich will mich just für den Sonntag einrichten – kommt ein Bot' von der grünen Länd': groß Unglück geschehen, die Konstanz' und einen Unterviertler das Wasser vertragen – die Bäuerin auf den Tod krank. – Der Schlag hätt sie troffen in hellem Schreck, vor der Haustür wär' sie zusammengesunken, und ich sollt' eilends mitkommen. Ich frag' nicht erst, wer der Unterviertler ist, spring' auf mein Rössel, und in einer Stund' drauf bin ich im Ländhof. – Mit der Bäuerin ist's vorbei, das seh' ich gleich; blaß wie das Leintuch, liegt sie auf dem Bett, hat nimmer viel reden können.«

»O Gott, meine arme Mutter!« weinte Konstanze.

»Geh, Dirn', sei jetzt still«, sagte der Vormund, »hast Ursach' zu klagen, so ist später auch noch Zeit dazu. Jetzt hör auf meine Red'. ›Bäuerin‹, sag' ich und geb' ihr die Hand hin, ›was ist dir so jäh widerfahren?‹ – ›Ist's der Waldmeister?‹ fragt sie. ›Wenn's der Waldmeister ist, so möcht' ich ein paar Wort' allein mit ihm reden.‹ Darauf gehen die Leut' aus der Stube. ›Ländhoferin‹, sag' ich zu ihr, ›hast ein Anliegen?‹ – ›Mein Herrgott wird mich nicht verlassen‹, spricht sie, ›ich will alles sagen. Waldmeister, ich kann ja nichts dafür, daß ich den Burschen so lieb hab' gehabt. Geeifert hab' ich mich mit der Dirn', und ich hab' sie wollen aus dem Weg schaffen. Ich selber hab' das Seil abgeschnitten –‹«

Wieder ein Schrei des Schreckens, und Konstanze rief: »Nein, Vormund, das, das hat sie im Fieber gesagt.«

»Du bist eine gute Seel', Mädel«, sprach der Waldmeister, »und das hat sie in der letzten Stund' auch eingesehen. Um Verzeihung bitten läßt sie dich für alles; sollst recht glücklich sein auf dieser Welt. Das ist ihr letztes Wort gewesen.«

Konstanze schluchzte laut. Alle waren ergriffen.

»So hat sie mir's anvertraut«, fuhr der Waldmeister fort, »wie sie alles gemeint hat, das muß ich erst von euch erfahren. – Nun, und die Leut' sind an der Seim dahingeeilt, und um Mitternacht, da die Bäuerin verschieden war, bin auch ich auf mein Pferd gesprungen und dem unteren Viertel zugeritten, daß ich doch eine Spur von euch könnt' entdecken, 's ist mir gut geraten, Gott sei Lob, 's ist mir gut geraten.«

»Oh, arme Mutter!« klagte Konstanze.

»Den Toten nichts Übles, aber die Wahrheit muß ans Licht«, sagte der Vormund. »Kind, die Bäuerin hätte dich vielleicht liebgehabt, wenn nicht deines Vaters Testament vorhanden gewesen wäre. Das ist ungenau, aber sie hat es gewußt, daß du mit dem Eintritte deiner Großjährigkeit der Herr auf dem Ländhofe sein wirst.«

»Ich bitt' Euch, laßt mir jetzt diese Dinge weg!« rief das Mädchen. »Es hat uns erst der Tod die Hand gegeben.«

»Wohl, wohl, aber jetzt kommt wieder das Leben dran«, sagte der Waldmeister, »ich bin der Vormund, und mir ist darum zu tun, daß du jetzt weißt, wie es steht und was du zu tun hast. Von heut an werden alle Schriften über den Ländhof auf deinen Namen lauten. Ich bin ein betagter Mann und hab' auch auf mein Haus zu denken, aber ich werde dir in der Wirtschaft helfen, bis du einen anderen, jüngeren Vormund wirst gewählt haben.«

Felix nieste.

»Helf Gott«, sagte er für sich selber, »und wahr soll's sein, was ich mir jetzt gedacht hab'!«

Die Harfe im Walde

Die Gegend ist fremd, der Wald ist finster und abendlich, die Wege verrinnen in den Schluchten, an den Hängen, in den Dickichten – und wir haben keine Zuflucht. Über den Almen und Felswänden hängen die Wolken, die schweren, hochsommerlichen Wolken. Die Bäume wagen sich nicht zu rühren, denn in ihren Zweigen schlafen die Vögel.

In den Tiefen rauscht der Waldbach; – wenn in den Tiefen so sehr der Waldbach rauscht, sagen die Leute, dann kommt ein Sturm.

Wir wollten hinüber zum Kirchlein des heiligen Hubertus, das im Walde steht und den Waldleuten am Tage des Herrn als Versammlungsort dient. Nun ist keine Zeit dazu. Laßt jetzt auch das Suchen nach Himbeeren und Alpenrosen – es fallen schon die schweren, eiskalten Tropfen.

Ein mattes, plötzliches Hinleuchten zwischen den Stämmen – da beginnt es hoch oben zu rollen, rauh und schwer, wie das Aufatmen des Himmels, dem der Alp auf der Brust sitzt. Jetzt werden die Bäume wach. Sie schlagen mit den Ästen um sich, das Gevögel schreckt auf. Der Wald rauscht, hoch in den Wänden tost der Widerhall – über den Wipfeln kreist der Habicht, der bringt den Sturm.

An uns Eilenden huscht ein Mann vorüber, eine schwarze, verwilderte Gestalt mit einer Flinte. Plötzlich steht er wie gebannt, lauert, kauert sich zu Boden und richtet den Lauf des Gewehres in die Luft. Wie von seinem glühenden Auge entzündet, kracht der Schuß – aus den Lüften nieder stürzt der Habicht. Das Tier fällt an den Bäumen langsam von Ast zu Ast herab und bleibt endlich hängen über dem Haupte des Schützen.

Am Felshange fliegen die Wolken herab. Der Mann klettert auf den Baum wie eine Wildkatze, faßt mit den Zähnen den toten Vogel, springt zur Erde und eilt durch Wald und Wettersturm der Hütte zu.

Die Hütte steht zwischen uralten Fichten; vor derselben sind rauchende Kohlenmeiler, der Bretterbarren und der Ziegenstall; hinter ihr der brausende Bach.

Und aus dieser finsteren Hütte schimmert zu den kleinen Fenstern Licht heraus in die große, wilde Welt. Die Tür ist verschlossen, der Mann rüttelt: »Kilian! Mach auf, die Räuber und Mörder sind da!«

»Erschreck du einen andern«, sagt hierauf eine Stimme von innen, »ich kenne dich wohl, du bist der Hans.«

»Und darf der Hans in dieser Nacht bei dir sein?« fragte der Ankömmling. Die Tür ging auf, der Kohlenbrenner stand da und sagte: »Bist gern gesehen.«

»Sollst es nicht umsonst tun, ich geb' dir ein paar Pfeifen Tabak.«

»Die paar Pfeifen Tabak nehme ich«, sagte der Kilian, »aber für das Dableiben wirst nichts schuldig. In so einer ungestümen Nacht ist's kurzweiliger, wenn zwei sind. Die Brautleut' sind nach Feichtau gegangen und noch gar nicht daheim, die stecken sich bei dem Gewitter heilig unter einen Tannenbusch.«

Der Köhler, der das sagte, war eine große, derbe Gestalt, deren Gesichtszüge unter dem dichten Kohlenruß kaum zu erkennen waren. Seine Augen schauten offen und sanft. Er stak in einem weiten Lodenkittel, die Schenkel umspannte eine verschlissene und versengte Lederhose, vom Knie abwärts waren die Füße nackt bis auf die Holzschuhe. Er warf Äste und Kohlen in sein prasselndes Herdfeuer, welches den vorderen Raum der Hütte durch den Rauch mit flackerndem Rot erhellte. Zu Fuß des Herdes war ein beweglicher Holzbalken, und so oft der Mann auf denselben traf, sprühte und lohte das Feuer in heftiger, blauer Flamme auf. An der berußten Holzwand hingen unter Haus- und Küchengeräten große Hämmer, Zangen und Hacken, und neben dem Herde stand ein kleiner Amboß.

Der Köhler ist hier auch Schmied. Er schmiedet den Holzleuten im Edelwalde ihre Äxte, Beile, schärft ihre Steigeisen und Sägen – er ist der Geschicktesten, Fleißigsten und Wichtigsten einer im Walde. Auch ist ihm was dafür geworden.

Hinter seiner Werkstatt und Küche – das ist eins – hat er eine recht geräumige Stube, da drin steht ein halb Dutzend Lehnstühle um einen langen Tisch herum. An der Wand sind Reh- und Hirschgeweihe, von denen des Köhlers Töchterlein seiner Tage meinte, sie wären aus dem Holze herausgewachsen. In der Tischecke ist das übliche Heiligtum – ein rauhgeschnitztes und hellbemaltes Muttergottesbild. Darüber ist allweg ein Kranz von Tannenzweigen oder Preiselbeersträuchern gewunden, im Frühjahre auch von Eriken, im Sommer von Farnkräutern und Alpenrosen, im Herbste aus Enzianen und Edelweiß – im Winter schmiegt sich ein kunstvolles Gewebe von farbigen Moosen um des Hauses Heiligtum.

In dieser Stube treibt Kilian ein drittes Gewerbe. Dort im rauchgeschwärzten, aber reichgeschnitzten Kasten – der ist aus alten Tagen, heute schnitzt man weder in den Städten, geschweige im Walde so kunstreiche Möbel – stehen große volle Flaschen und ringsumher, wie durstige Zicklein um die Mutter, kleine Trinkgläser.

Agnes, des Köhlers Töchterlein, ist in den Herbsttagen durch Gehege und Geschläge gegangen, hat Vogelbeeren und andere Beeren und Steinobst und Gewurzel gesammelt, und der Vater hat neben den Meilern einen kleinen Ofen gebaut, einen Tonkessel mit langem Rohre darüber eingemauert und in diesen Kessel die Waldfrüchte getan, hat alles fest verklebt und verschlossen, darunter Feuer gemacht, vor das Rohr eine Flasche gestellt und gerufen: »Jetzt, wenn ein guter Geist drinnen ist, so komme er heraus, ich beschwöre ihn!« –

Also ein Geisterbeschwörer? Nein, ein Branntweinbrenner. Aus dem langen Rohre begann es vorerst zu dunsten, dann zu tropfen, und endlich floß ein helles Brünnlein in die Flasche. Das war Kilians drittes Gewerbe.

Und wenn dann die Holzer, die Pecher, die Hirten, die Wurzner und Kräuterer, die Jäger und auch die Wilderer kamen, so setzten sie sich an den Tisch und redeten von dem und dem, was da im Walde war und nicht sein sollte, oder nicht war und sein könnte, oder auch, was recht war, daß es war, oder recht war, daß es nicht war. Kam dann allemal der Kilian herbei und fragte: »Mögt's einen?« Und sie darauf: »Gib her einen.«

Dann schlugen sie für das funkelnde Gläschen auf den Tisch die Münze hin, so fest, als wollten sie dieselbe vor dem Weggeben noch in Holz abprägen. Und das Wirtsgeschäft war Kilians viertes Gewerbe.

In der Köhlerhütte, Schmiede, Branntweinbrennerei und Schenke ging's denn auch immer recht lebhaft zu. Da saßen sie stundenlang, nächte-, ja oft tagelang zusammen, die rauhen wildbärtigen Wäldler; jeder hatte sein Griesbeil neben sich lehnen und in der rechten Hosentasche ein langes, blitzendes Messer stecken. Manchem davon wäre auf entlegenem Waldweg nicht gut begegnen, sagen die Jäger. Der rechte Waldmensch mag unter allen Raubtieren den Jäger am wenigsten leiden. Der schießt ihnen den Braten vor der Nase weg und läßt, wenn er kann, die so Benachteiligten noch einsperren. Der Wäldler beichtet und betet, arbeitet und fastet, ist ein guter Kerl, aber dem Jäger trotzt er bis aufs Messer. Gegenseitig mögen sie sich aus purem Jähzorn erschlagen, aber den Jäger morden sie mit Vorsatz. Wildschützen sind sie, und ginge es um Erd' und Himmel.

Jetzt, da Kilian den Hans in die Stube führte, war sie leer. Der Köhler nahm dem Gast die Flinte ab und verbarg sie unter einer Diele des Fußbodens.

»Magst einen, Hans?«

»Hast einen rechten Beißer, so gib ihn her.«

Der Köhler steckte einen brennenden Span in den dazu bereiteten Wandhaken, brachte Schnaps und sagte: »Ich glaube schier, du hast dir heute keinen verdient.«

»Wesweg meinst das?« fragte der andere.

»Weil du nichts als wie den Wettergeier bei dir hast.«

»Glaubst du«, sagte der Hans, »man fängt die Rehböcke und Gemsen so unter den Steinen heraus als wie die Regenwürmer? Ei ja, wenn diese kreuzverfluchten Jäger nicht wären! Aber heut sind sie dir wieder den ganzen Tag im Wald herumgestreift wie wütige Füchse. Und wenn einer einmal so Jahr und Tag im Kotter sitzt wie ich, nachher fährt er nicht mehr so hitzig drein. Probier's nur selber. War' dir heute recht gut zu Schuß gekommen. Steht so etlich sechzig Schritt vor mir ein Vierzehnender, ein sakrisch Tier! Ich mich gleich hinter den Busch niederlassen und zur Wange fahren ist das erste. Paff! schnalzt es auf der anderen Seite und der Bock stürzt hin. Vermaledeit! denk' ich – grad daß ich nicht geflucht hab' –, muß ein Jäger da sein. Sehe ich auch schon den Franzinger, wie er dem Tiere zuläuft. Jetzt, Franzinger, jetzt kommst mir zurecht, denk' ich, jetzt zahl' ich, daß du mich in den Arrest hast geschickt! – und leg' den Finger an den Hahn. Weiß der Teufel, wie mir jäh sein Kathel einfällt und die Kinder, zittert mir der Finger am Hahn. – Kathel, denk' ich, dich hab' ich einmal gern gehabt, und ist dir auch der flott' Jägerbursch lieber gewest wie der arme Hans, ich trag' dir's nicht nach, ich hab' dich einmal gern gehabt. – Und schieße nicht. Bin durch den Anwachs gefahren, als hätte ich das wilde G'jaid hinter mir. Was schieß' ich heut, daß mir die Kugel im Rohr nicht faul wird? Da seh' ich den Geier und brenn' ihn herab. Sollt' eigentlich der Franzinger sein. Magst ihn haben, Kilian, nagle ihn auf deine Hauswand, wenn du willst, nur die paar Federn behalte ich mir, und noch was.«

»Ein sauberer Vogel«, meinte der Köhler und wendete das Tier über und über, »ich mag ihn schon; mein Hühnervolk wird sich freuen, wenn es den Geier einmal auf die Wand genagelt sieht. Dank dir Gott, Hans.«

Als der Köhler hinaus zu den Meilern nachsehen ging und der Hans allein in der Stube war, zog er sein Messer aus der Tasche, stach dem Habicht die Augen aus und verzehrte sie.

»Hast auch den Glauben«, sagte später Kilian, »daß gegessene Geieraugen dem Schützen einen recht scharfen Blick machen?«

»Ich habe gar keinen Glauben«, versetzte der Hans, »ich weiß es; Geieraugen sind allemal ein sicheres Mittel für so was, aber gut müssen sie sein.« Er führte die Sache nicht weiter aus, er warf den Vogel unter die Bank; dann zündete er die Pfeife an, ließ sie aber wieder ausgehen. Er starrte finster auf den Tisch. Die Spanflamme schüttelte sich hin und her, als sei sie nicht recht einverstanden mit dem, was der Wilderer denkt.

Draußen braust der Wettersturm. Man hört die Bäume rauschen und die Wipfel krachen – die Wände des Hauses ächzen; der Bach braust und bei dem Leuchten der Blitze sieht man sein wachsendes Fluten und Anprallen an die Steine und Oberquellen aus dem Ufer. Die Donnerschläge mögen bald verhallen, die Regen versiegen, die Wetter vergehen – als Herr bleibt der Wildbach. Wer hat dem Köhler erlaubt, hier seine Hütte aufzustellen? Fort damit! Ein Steinwall nimmt sich noch der armen Köhlerei an; der Rasende zerschellt an ihr und schäumt wütend dahin, hier einen Baumstrunk, dort ein Stück Erde mit sich reißend.

»Der Mensch wird rauschig, wenn er zuviel Branntwein trinkt, der Bach, wenn er zuviel Regen trinkt«, sagt der Kilian. Er weiß es, morgen ist das Bächlein wieder klar und klein und hilft ihm die Kohlen löschen und den Schnaps kühlen und leugnet alles, was es heute getan.

Der Kienspan verlosch, aber im Herzen des Hans brennt es fort.

Draußen wurden mehrere Stimmen vernehmbar. Der Kilian ging, um zu sehen, und rief: »Seid ihr endlich da, ihr verdankten Leut' ihr! Gott Lob und Dank, daß ihr da seid.«

Ein junges, heiteres, erwachsenes Mädchen und ein ebensolcher Bursche kamen in triefenden Wettermänteln hereingestolpert.

»Na, heut wohl, Agnes«, rief der Kilian, »heut hat's dir den Brautkranz wohl aufgefrischt. Was hab' ich denn gesagt zu Mittag? Hab' ich nicht gesagt, es kommt was? Es sind die Gelsen so ins Feuer geflogen. Jetzt macht euch zurecht, ihr Lotterer ihr! Die Dirn' weiß Bescheid; und du, Baldl, häng' da deinen Wettermantel über den Herd; wie deine Haut trocken wird, sieh selber zu.«

»Aber nein«, rief das Mädchen, »aber so was, da! Ich bin ganz zusammengeschlagen vor Schreck!«

»Was hast du denn wieder für einen Schreck gehabt?« fragte der Vater.

»Geistern tut's schon wieder oben bei der Hubertskapelle. Daß ich euch nur sag': 's ist die Nacht und der Regen da, wie wir vorbeigehen. Stehen wir unters Dach, sagt der Baldl. Ist mir nicht lieb, sage ich, bei der Kapelle tut's gern einschlagen. Hat der Übermut drauf noch gesagt, ein bissel Feuer wär' ihm lieber wie so viel Wasser – so eine Sündhaftigkeit sagen! Und wie wir unter das Dach springen wollen, sag' ich: bleib stehen, Baldl! Hab' ich so ein Summen und Klingen gehört in der Kapelle, gerade wie wenn von weitem Glocken täten läuten. Hab' den Baldl zu mir gerissen und sind durchs Wetter herabgefahren wie nicht gescheit. Und jetzt verspür' ich erst den Schreck.«

»Ihr seid's zwei Kinder und wollt's schon heiraten«, sagte der Köhler, »wo habt ihr aber den Pechhacker gelassen?«

»Der ist zu seinem Mardereisen nachschauen gegangen, muß bald da sein.«

Die zwei Leutchen, die hier so naß geworden waren, hatten heute einen sehr schönen Feiertag gehabt. Sie waren in Begleitung des Pechhackers drüben in der Feichtau beim Pfarrer gewesen. Der Baldl ist unter den Holzleuten im Edelwald der Meisterknecht oder Vorarbeiter. Er ist im Holz geboren und kennt sich in demselben aus wie ein Borkenkäfer. Wie er Vorarbeiter wird, fällt's ihm auf einmal ein, er will auch eine Vorarbeiterin haben, und geht in die Köhlerhütte und schürt Kohlen, und geht in die Schmiede und schmiedet das Eisen, solange es warm ist. Da ist lange hin und her geredet worden, haben etliche Gläschen Branntwein dabei getrunken, und der alte Pechhacker, des Kilian Gevatter, hat bei diesem Reden und Raten vor lauter Sinnen und Grübeln ein neues Pfeifenrohr zerbissen.

Endlich ist alles richtig worden; in einer Woche ist der Ehrentag in der Feichtau beim Wirt, da, verhoff' ich, wird der Gevatter wieder zu einem neuen Pfeifenrohr kommen.

In der Luft war es endlich wieder still geworden, nur von den Bäumen rieselte es nieder. Die Meiler draußen, die waren nach dem

Regen schwarz wie vor demselben. Nur der aufsteigende Rauch ist jetzt in der Nacht schier weißer als sonst.

Endlich kam der Pecher heim. Aber er kam nicht allein, hinter ihm humpelten ein Mann und ein Weib in fast fremdartiger Kleidung; mit den seltsamen Packen, die sie mit sich schleppten, stießen sie an die Türpfosten, daß es klirrte.

»Holla ho, Hochzeitsleut'!« rief der lange, hagere Pechhacker. »Lustig sein, ich bring' die Musikanten mit!« Damit warf er einen breiten Filzhut auf die Bank, daß es spritzte.

»Was hast denn du für zwei Fledermäuse bei dir?« fragte ihn der Hans, auf die abenteuerlich aussehenden Fremden deutend.

»Die hab' ich da oben in der Kapelle aufgestöbert – über und über naß, unter und unter schier erfroren. Haben im Gebirg den Weg verloren, sagen sie, und in der Kapelle übernachten wollen. Das geht nicht, hab' ich gesagt, ich hab' ein großes Vertrau zu dem heiligen Hubertus, aber ich glaub', bei Menschenkindern tut euch diese Nacht besser. Es geht ein eiskalter Wind, weil es auf der Scharnhöh' gehagelt hat, und das Weibel, sag' ich, schaut ohnehin schier einer kranken Henn' gleich. Der Kilian da unten, sag' ich, nimmt euch über die Nacht schon in sein Haus und kocht euch eine warme Suppe – wird keine Schwierigkeit setzen.«

»Eine warme Suppe können sie schon haben«, meinte der Kilian, »aber mit der Liegerstatt wird's heut schlecht ausschauen.«

»Nein, nein«, murmelte jetzt der Mann in fremder Kleidung – er war betagt und hatte eine heisere Stimme – »für mich ist alles gut, auch auf dem Fußboden schlaf ich; aber die Meinige da, die ist mir krank worden, für sie tat' ich wohl um ein warmes Nestlein bitten, wenn es sein könnte.«

»Wohl um Gottes willen!« flehte das Weib und faltete ihre fiebernden Hände.

Das war schon durch und durch ein nasser Abend, auch in den schönen veilchenblauen Augen der Agnes gab's jetzt Wasser. »Das ist ja leicht«, sagte hierauf das Mädchen, »die Frau schlaft oben auf dem Dachboden in meinem Bett, und den Bärenpelz drauf; dafür bleibt der Mann bei uns in der Stube und zieht dem Ding da die Pfaid ab.«

Sie hatte bemerkt, daß der Alte in seinem Sack eine Harfe stecken hatte. Der Baldl sah seinen Vorteil und unterstützte den Antrag des Mädchens. Und so wurde es. Das fröstelnde Weib trank aus der hölzernen Schale warme Ziegenmilch, dann barg es mit Sorgfalt sein Instrument, es war eine zweite Harfe, in die Ecke, sagte allen eine gute Nacht, ließ sich auf den finstern Dachboden führen und legte sich ins Bett unter den Bärenpelz. Der Alte hatte seinem Weibe noch nachgeschaut und dann gesagt: »Was ich froh bin, daß sie zum Schlafen kommt; ich tue, was ihr wollt.«

Fürs erste wollten sie, daß er sich in ein trockenes Gewand stecke, dann, daß er ein Glas Branntwein trinke. Dann zündeten sie einen frischen Span an und setzten sich um den Tisch.

»Na, Hans, was ist's mit dir?« polterte plötzlich der Pecher den finstern Gesellen an, der wortkarg in seiner Ecke kauerte. »Was meinst, wann erwürgen wir den Franzinger? Mir hat der Scherg' das Mardereisen ausgehoben. Will er einem auch das Raubtierfangen nicht mehr vergunnen. Der gibt nicht Ruh, solang er nicht die Bohn' im Leib hat.«

Der Hans ließ unter der tief in die Stirne gedrückten Hutkrempe hervor einen Blick schießen. »Ja«, murmelte er, »'s ist einem verteufelt langweilig am Abend, wenn man nichts geschossen hat.«

Mittlerweile war Agnes in Unterhaltung mit dem fremden Mann – der Harfe wegen. Es war ihr so wunderlich in den Füßen, just als hätte sie auf jeder Zehe ein loses Rädchen. Und kaum legte der Mann die Finger an die Saiten, huschte Agnes nach ihrem Baldl. Aber – die Saiten wollten nicht klingen. Der Regen hatte sie heiser gemacht.

»Sie werden schon trocken, derweil trink Branntwein«, sagte Kilian zum Fremden, »mit Verlaub, von wo seid Ihr denn her?«

»Wo wir hin wollen, meint Ihr«, versetzte der Mann, »wir sind alt, wir kommen aus der Fremde und gehen der Heimat zu. Im Böhmerland sind wir daheim, nach dort sind wir jungerweise aus Preußen eingewandert. Jetzt ziehen wir schon über vier Jahr in der Welt herum und musizieren den Leuten was vor, weil uns von heim der Jammer vertrieben hat. Wo es lustig zugeht, da bleiben wir; wollen sie tanzen, so spielen wir; tut sich aber nicht gut tanzen zum Harfenspiel. Wollen sie hören, so singen wir – die Meinige hat eine gute Stimme gehabt, letzt' Zeit freilich, da ist ihr der Stimmstock umgefallen. Jetzt geht's nicht mehr recht, und wenn wir singen, so geben uns die Leute Geld, daß wir aufhören sollten. Ist auch recht, sag' ich, so brauchen wir keine Saiten zu stimmen; aber der Meinigen hat's das Herz abdrücken wollen – das Singen ist ihr noch der Trost gewesen, seit der Junge tot ist.«

»Trinkt wacker«, sagte der Köhler, »ich füll' nach. Ihr müßt auch harte Sach' durchgemacht haben.«

»Ja, das glaube ich!« lachte der Musikant überlaut auf.

Dann schwieg er. Dem Kilian tat's leid, daß die Erzählung des Mannes verstummen wollte, er sagte denn nach einer Weile: »Böhmen soll ja ein schönes Land sein.«

»Ein schönes Land«, antwortete der Fremde.

»Was gibt's denn Neues dort?« fragte der Köhler äußerst ungeschickt.

»Ich bin schon lang nicht mehr dort gewest. Dazumal hat's Neues genug gegeben. Sind unsere Landsleut, die Preußen, gekommen, haben uns das Haus niedergebrannt und unsern Sohn totgeschossen. Drauf sind wir fort. Gehen wir vor den deutschen Leuten nicht mehr sicher, sag' ich zu der Meinigen, so müssen wir halt ins fremde Land! Und sind über das Gebirge ins Wellsche hinein.«

»Jetzt soll ja schon lang wieder alles gut sein«, sagte der Köhler.

»Das haben wir auch gehört, und so reisen wir wieder heimwärts.«

»Und was hört man sonst Neues?« fragte nun der Pecher und stopfte sich aus einem Blasenbeutel Tabak in die Pfeife.

»Die Franzosen sollen wieder anrücken«, sagte der Harfner.

Über dieses Wort richteten alle ihre Köpfe auf; auch der finstere Hans den seinen.

»Die Franzosen wieder anrücken?« meinte der Köhler. »Das ist 'leicht doch eine Lug, Vetter!«

»Wird hübsch wahr sein, der Napoleon will uns wieder haben.«

Jetzt hörte man nichts als den Wildbach draußen. Plötzlich aber schlug der Pecher mit seiner knochigen Faust auf den Tisch, daß die Gläser emporsprangen. »Sakra«, fluchte er, »wenn sie wieder kommen, so setzt's was! Sie sind schon dagewest und unsere Vatersleut' haben sich treten lassen, daß es schon ganz hündisch ist gewest. Aber wir raiten anders, wir! Mit Hacken und Messern fahren wir drein und klieben ihnen die Schädel auseinand. Edelwaldleut', wir sind keine Hundsfötter, wir sind freie Leut'. Kreuzsakerment!«

Der Mann war aufgesprungen und hatte sein langes Messer mit einem schweren Fluch in den Tisch gestoßen.

»Was hat er denn«, fragte der Baldl.

»Er wird allemal so wild, wenn von den Franzosen die Rede ist«, sagte Kilian, »sie haben seinen Großvater erwürgt.«

»So haben sie ihn erwürgt in des Teufels Namen«, rief der Pecher, »sie sind Feinde gewest. Aber daß sie hernach meinen Vater zu einem Knecht haben gemacht, zu einem Spion und Schurken, das verzeih' ich ihnen nimmer, und wenn's mir den Himmel kostet!«

So redeten und schrien sie hin und her, es war ja zur Zeit des Deutsch-Französischen Krieges, wo auch die Waldleute tief im Gebirge aufgeschreckt worden sind, wo sie alles Weh, das sie vier Jahre früher erfahren, vergessen hatten und nur vom Franzosenerschlagen die Rede war. – Zur solchen Zeit tat eine gemütliche Musik wohl. Und in diesem Augenblick, da die verwilderten Gemüter entbrannten zum Vergelten und Schlachten, legte der alte Harfner seine Finger in die Saiten ...

Sie klangen noch ein wenig trüb, aber sie klangen und spielten ein fröhlich Lied. Agnes legte den Arm um den jungen Bräutigam – es begann der Reigen.

Und als das Paar anmutsvoll und geschmeidig durch die Stube walzte, da pfiff Kilian die lustige Weise mit und schnalzte mit den Fingern den Takt dazu und trillerte in seiner bäuerlichen Art:

»Wan ma zithernschlogn,
So schlogn ma stoansteirisch,
Wan ma steirisch tonzn,
Tonzn ma stoansteirisch,
Toan ah stoansteirisch kegelscheibn.

Wan ma Dirndl liabn,
So liabn ma stoansteirisch,
Will der Feind ins Lond,
So zoagn mas stoansteirisch,
Daß ma stoansteirisch wölln bleibn!«

Die beiden anderen schlugen dazu mit ihren knochigen Fäusten auf dem Tisch die Trommel.

Der Harfner brach sein Spiel ab und sagte: »Es tut mir doch das Brautpaar leid, daß man ihm eine solche Kriegsmusik macht.«

»Möglicherweise fangt ihnen jetzt der Dreißigjährige Krieg an«, lachte Kilian.

»Hätte ich hier was dreinzureden«, versetzte der Harfner und schüttelte seinen grauen Kopf, »so wollte ich sagen: So ein Spaß gehört sich nicht. Wenn man jungen Eheleuten allemal das Schlechte voraussagt, so meinen sie nachher, es muß so sein, und suchen und finden überall Schlechtes. Wie ich vor zweiunddreißig Jahren die Meinige genommen, ist auch Gefahr gewesen, aber ihre Mutter hat frisch gesagt: Ihr mögt tun, was ihr wollt, ihr zwei gehört zusammen; ihr mögt voneinander fliehen und euch verfolgen und Leid antun, es wird vergebens sein, ihr werdet euch liebhaben. Ihr werdet auswendig Elend und Kümmernis haben, ihr werdet miteinander weinen, aber ihr werdet glücklich sein. – Schön hat sie reden können, so ist es geworden und so will ich es auch euch wünschen.«

Dieser Worte wegen schauten sie mit Wohlgefallen auf den alten Harfner; nur der Hans nicht, der lugte durch das kleine Fenster hinaus. Draußen über den finstern Tannen standen jetzt die Sterne des Himmels; ihretwegen blickte der Mann wohl nicht hinaus. Ob er nicht an das Weib des Jägers Franzinger dachte? Er möchte sie fliehen, verfolgen, möchte ihr Leid antun und muß doch an sie denken ...

Jetzt zog der Hans ein Horn aus der Tasche, ließ daraus Pulver in seine Hand rinnen, tat dasselbe in das Rohr seiner wieder aus dem Verstecke geholten Flinte, ließ dann eine Bleikugel hineinrollen und verstopfte das Rohr mit Papier, das er mit dem Ladestock hineinstieß. Dann prüfte er den Hahn und starrte wieder zum Fenster hinaus.

»Jetzt sollt Ihr uns aber auch eins singen«, sagte Kilian zum Harfner.

Der Alte schaute besorgt drein und tat hernach die Frage: »Nicht wahr, ihr guten Leute, die Meinige hat eine warme Decke?«

»Den Bärenpelz, der inwendig mit Schafspelz gefüttert ist«, antwortete der Köhler. »Unter solchen Tierhäuten kann keiner erfrieren.«

»Dann singe ich gern und sing' eins für die liebe Jugend«, sagte der Alte, griff in die Saiten und begann zu singen:

»Auf dem Bergl steht a Hüttel,
Bei dem Hüttel steht a Bam,
Und so oft ich dort vorbei geh',
Find' ich allemal nimmer ham.

In dem Hüttel ist ein Dirndl,
Ist frisch wie ein Reh,
Und so oft ich das Dirndl anschau',
Tut mir's Herzerl so weh.

Und das Dirndl hat zwei Äugerln,
Wie am Himmel die Stern',
Und je öfter ich hineinschau',
Um so mehr hab' ich's gern.

Hab' a Freud' mit dem Dirndl;
Ob ich wach oder tram,
Denk' ich alleweil ans Dirndl
Und 's Hütterl beim Barn –«

Jetzt schrillte die Harfe und war still. Was ist das? Drei Saiten auf einmal gesprungen ...

Dem Alten war die Stimme auf den Lippen erstorben. Der Pecher meinte, das hätte was zu bedeuten.

»Der Nässe wegen«, sagte Kilian, »nasserweise angespannt, dann trocknen sie zusammen und springen. Gießen wir noch zu guter Letzt eins nach!« Und er füllte das Gläschen des Harfners wieder voll.

Der Baldl, dem eigentlich noch nicht genug getanzt war, versuchte die Saiten zu knüpfen.

»Laß es sein«, sagte der Alte, »was hin ist, ist hin.«

Kilian ging zu seinen Kohlstätten, um etwaige Glutausbrüche zu dämpfen. Der Pecher meinte, für ihn wäre es Zeit, daß er seine Klause aufsuche, sie stand oben am Waldhang, wo morgen früh wieder die Pechbrennerei angehen sollte.

»Da, Vetter«, sagte er, »da habt Ihr was fürs Aufspielen«, und warf für den Musikanten ein Silbergröschlein auf den Tisch hin.

Und der Hans? Der hatte während des Gesanges sein Gewehr unter die Jacke genommen und still und finster die Hütte verlassen.

So wollte sich auch der Sänger anschicken, auf den Dachboden zu seinem Weibe zu gehen.

»Nachher wären wir doch ganz allein«, sagte das Mädchen besorgt.

»Das macht nichts«, meinte der Baldl.

»Die Kinder sollen auf dem Stroh liegen«, sagte der Köhler schalkhaft.

»Nein«, rief Agnes, »das tu' ich nicht.«

»Wo willst denn schlafen?«

»Da gehe ich lieber zur fremden Frau hinauf«, versetzte sie und war rot im Gesicht.

»Ist auch recht«, meinte Kilian, »so mag der Herr Musikant beim Baldl auf dem Stroh liegen.«

So geschah es. Der grauhaarige Harfner und der junge braunlockige Meisterknecht legten sich in der Stube auf das Stroh, und der Baldl sagte: »Ja, Vetter, wir zwei sind auch noch niemalen beisammen gelegen.«

»Und *werden* vielleicht auch niemalen mehr beisammen liegen«, entgegnete der Alte, »gute Nacht, jetzt!«

Beide rückten manierlich in sich zusammen, keiner wollte den andern drücken. Ist es das erste- und letztemal, so soll keiner über den andern zu klagen haben. Der Alte schlummerte bald ein; der Baldl dachte: nächst' Wochen lieg' ich schon bequemer.

Agnes war über die Leiter in den Dachraum hinaufgeklettert. Kilian arbeitete mit seiner Schaufel an den kohlenden Meilern. Es heißt nun wachsam sein.

Wenn die Flamme aus der schwarzen Decke des Kohlenmeilers schlägt, so brennt sie dem Köhler in den Geldbeutel hinein. Was lichterloh brennt, das wird zu Asche, was still und im Innern glüht, das ist das Rechte. Es soll ja auch beim Menschen so sein.

Nachdem die Arbeit geschlichtet ist und der weiße Rauch still zu den Wipfeln aufsteigt, stützt sich Kilian auf den Schaufelstiel und schaut vor sich hin. Es ist jetzt alles so still, selbst das Rauschen des Baches ist feierlich – dem Mann ist wie zum Einschlafen.

Da geht leise die Tür der Hütte auf. Eine weiße Gestalt huscht heraus – Agnes im puren Nachthemdchen.

»O Kind«, sagte Kilian, »was laufst du herum in der kalten Nacht?«

»Vater«, flüsterte das Mädchen, »es ist was geschehen. Ich getraue mich nicht mehr hinein.«

»Er soll dir Ruh' geben!« sagte der Vater strenge.

»Mir nicht«, schluchzte sie, »mir tut kein Mensch was, aber – das fremde Weib wird gestorben sein. Es liegt ganz kalt und starr im Bett und ist nicht aufzuwecken.«

Jesus und Maria! denkt sich der Köhler, jetzt ist diese Frau gestorben.

Er eilt mit seiner Tochter auf den Dachboden – ganz still machen sie es, so daß niemand aufwacht. Dann schlägt er mit Schwamm und Stein Feuer, und bei diesem matten Glimmen sieht er's, mit seinen zitternden Händen fühlt er's – die Harfenspielerin ist tot.

Jetzt saßen sie lange am Bett, der schwarze Köhler und sein weißes Töchterlein, und berieten, was zu machen sei.

»Wenn ich an den armen Mann denke, will mir das Herz abspringen«, sagte das Mädchen.

»Jetzt lassen wir ihn schlafen«, sagte Kilian, »er mag sich ausruhen und stärken. Wenn er des Morgens wach wird, da müssen wir ihn halt in Gottes Namen vorbereiten. Kannst mir's glauben, Agnes, ich weiß, wie das tut! Lieber einen Finger von meiner Hand, als ihm das sagen! Es ist ein hartes Kreuz!«

Sie hüllten eine Leinwanddecke über den Leichnam, wie es sonst ist, wenn der Mensch schläft. Dann stiegen sie vorsichtig über die Leiter und dann gingen sie hinaus zu den Meilern und arbeiteten. Sie sagten kein Wort und arbeiteten.

Und als allmählich ein kühlerer Lufthauch wehte, und als es nach und nach lebendig wurde in den Bäumen und der Morgenstern aufging, trat der Baldl aus dem Hause, ging zum Bach und wusch sein Gesicht. Und als dieses Gesicht recht frisch und heiter war, ging er hin zu den Arbeitenden und sagte: »Was gibt's denn da in aller Früh zu tun, daß ihr den Hahn um den Weckerlohn bringt?«

Agnes eilte zu ihm heran, als wollte sie seinen Mund verhalten: »Sei still, Baldrian, es ist heute nacht ein Unglück geschehen in unserem Haus. Da oben unter dem Dach liegt eine Leiche.«

»Die Musikantenfrau?«

»Ist gestorben. Geh jetzt hinauf auf den Steinkogel und mach ein großes Feuer, damit die Holzleute und die Almer wissen, daß wir einen Toten haben.«

Der Bursche schüttelte den Kopf, als könne er die Sache nicht so bald fassen.

»Ja, mein Sohn, so sterben sie wieder auseinander«, sagte Kilian. »Geh und bete unterwegs dein Morgengebet.«

Der Baldl ging auf den Steinkogel, wo man über die Wälder hinaussieht in das weite Tal und auf die Berge und Almen. Dort trug er

Reiser zusammen, und als die Morgenröte aufging, brannte auf der Höhe ein großes Feuer.

Die Menschen, die es von ferne sahen, sagten zueinander: »Dort brennt ein Totenlicht!« und beteten für die abgeschiedene Seele.

Agnes und ihr Vater arbeiteten noch immer auf der Kohlstätte, da gab es stets zu tun, und wäre das nicht gewesen, so hätten sie sich heute zu tun gemacht. Sie wollten nicht in das Haus gehen, damit der alte Mann nicht in seiner Ruhe gestört werde. »Er soll schlafen, solange es ihn freut«, sagte Kilian, »es kommt für ihn ein schwerer Tag.«

Aber als die Sonne aufging, steckte der Harfner sein graues Haupt zum Fenster heraus und rief: »Guten Morgen!«

»Guten Morgen«, sagte der Köhler.

»Ihr seid schon fleißig und ich faulenze in den Tag hinein. Aber es ist gut schlafen in eurem Haus.«

Sie gingen zu ihm in die Stube. Agnes machte auf dem Herd Feuer und kochte das Frühstück. Kilian nahm die Harfe in die Hand und sagte: »Das wird sich schwer machen lassen, drei Saiten auf einmal.«

»Mein Weib hat neue«, antwortete der Musikant. »Aber das gottlos lange Schlafen von ihr! Sie ist doch recht müde geworden auf dem weiten Weg.«

»Jetzt esset mit uns eine gute warme Suppe«, sagte Kilian und teilte die Holzlöffel aus.

Der Harfner blickte durch das Fenster und fragte: »Sind das die Hirten, die da oben auf dem Berg das Feuer gemacht haben?«

»Das Feuer habe ich auch schon gesehen«, meinte der Köhler, »Hirten sind es nicht, es ist ein Totenfeuer.«

»Ein Totenfeuer, wie ist denn das?« fragte der Musikant.

»Wenn in unserem Walde wer stirbt, so zündet man da oben ein großes Feuer an, damit es die Leute wissen. Es geschieht nicht selten; im Wald ist oft ein Unglück; Alte und Junge trifft's, der Mensch muß darauf gefaßt sein.«

So sagte Kilian, und jetzt erst bemerkte der Harfner das ernste Gehaben des gestern so fröhlichen Kohlenbrenners und die verweinten Augen des Mädchens.

»Wo ist der junge Mann«, fragte der Musikant, »der Bräutigam?«

Der wäre eben auf den Berg gestiegen, um das Feuer zu machen, sagten sie.

Der Harfner hatte den Löffel schon in der Hand gehabt, jetzt legte er ihn langsam weg, stand auf und tastete unsicher nach der Türklinke.

»Wo wollt Ihr hin, Vetter?« fragte Kilian, aber der Mann stolperte, ohne Antwort zu geben, über die Schwelle, und mit dem Rufe »Susanna!« kletterte er hastig die Leiter hinan.

Kilian eilte ihm nach. »Susanna!« rief der Harfner oben in der finsteren Dachkammer.

»Müßt nicht zu sehr erschrecken, es ist des lieben Gottes Willen so!« sagte Kilian, nahm den Musiker bei der Hand und führte ihn zur stillen Bettstatt.

Ein Blick ins starre, fahle Antlitz, dann sank der verwaiste Greis zu Boden.

Wenige Fuß darüber, auf dem sonnigen Dachgiebel, jubelten die Schwalben ...

* * *

O du schöner, frischer, fröhlicher Wald! O du klingender Vogelsang, du duftiges, tauiges Blumenleuchten! Du sonnige Himmelsrunde, du erquickender Schattenschoß mit deinem unendlichen Leben, wie bist du gräßlich! Gräßlich, wenn durch dich der Weg zum Totengräber führt.

Das ist der Weg, den der alte Harfenspieler wandelte.

Der Totengräber zu Feichtau saß in seiner dumpfigen Stube und klopfte mit einem Hammer verbogene und verrostete Sargnägel zurecht und nagelte dann damit für seinen Kleinen einen Kinderwagen zusammen.

»Braucht Ihr was?« fragte er murrend den eintretenden Musiker.

»Ein Grab«, antwortete dieser, »mir ist mein Weib gestorben.«

»Ist schon recht, werden es wohl machen. Seid Ihr beim Pfarrer gewest? Nicht, dann geht jetzt zu ihm. Ich krieg' nachher meinen Gulden.«

Der Harfenspieler ging zum Pfarrer, der in seinem Garten mit dem Spaten ein Blumenbeet umstach, und klagte ihm sein schweres Anliegen.

»Sie sind wohl fremd in der hiesigen Gegend?« fragte der Pfarrer.

»Freilich wohl, Hochwürden, und so wollt' ich höflich gebeten haben –«

»Es war Euer angetrautes Weib?«

»Mein Gott, ja.«

»Und katholischer Religion?«

»Ja, sonst schon«, meinte der Alte, »aber wir sind von Preußen ins Böhmerland eingewandert und sind dem Glauben unserer Eltern treu geblieben.«

»Also protestantisch?«

»Evangelisch, ja.«

»Das ist schlimm«, sagte der Priester, lehnte seinen Spaten an einen Kirschbaum und ging neben dem Alten her mit verschränkten Armen durch den Garten.

»Das ist sehr hart, mein lieber Mann«, versetzte er dann und blieb stehen, »ich als Mensch, das mögt Ihr mir glauben, mache keinen Unterschied; wenn ich Euch dienen kann, ich tue es gern. Aber – wir in Feichtau haben keinen evangelischen Friedhof, und Personen von nicht katholischer Konfession auf dem katholischen Friedhofe zu beerdigen, ist mir strenge verboten. Eben in dieser Zeit, wo der Kampf zwischen Kirche und Staat wieder heftig entbrannt ist, hat das Konsistorium die Satzung verschärft, und ich als katholischer Priester muß danach handeln.«

Der alte Mann stand ratlos da. Und fast ebenso ratlos stand der Pfarrer neben ihm.

»Wenn Ihr heute schon vom Edelwald herauskommt«, sagte jetzt der Priester, »so werdet Ihr einer kleinen Stärkung bedürfen. Ich darf Euch wohl ein Glas Wein vorsetzen?«

»Oh, vergelt's Gott!« rief der Harfner. »Wie könnt' ich trinken, wenn für mein Weib keine Raststatt ist. Weit und breit kein evangelischer Friedhof. Soll ich sie denn im Wald vergraben?«

»Und *wenn* es darauf ankäme«, versetzte der Pfarrer, »die Erde ist überall Gottes. Kann ich zu Eurem Troste kommen und beten? Ich tue es gern.«

Der alte Mann wankte wortlos davon.

Er ging durch das grüne Tal den Wäldern zu, er stieg über den Berg in die Schlucht hinab, wo das Haus des Kilian steht. Und als er dort in die Stube trat, stand er vor einem Heiligtum.

Es war nicht mehr die Zechstube wie in der vorigen Nacht, wo hier im Tisch das lange Messer stak und auf dem Fußboden die derben Schuhe des jungen Paares reigten – es war anders. An der vorderen

Wand der Stube, von zwei Öllichtlein milde bestrahlt, lag sein Weib aufgebahrt zwischen Waldblumen und wilden Rosen. Zu Haupten stand ein kleines, hölzernes Kreuzbild und ein Weihwassergefäß mit einem Sprengzweiglein. Auf der Brust der Leiche lagen papierne Heiligenbildchen und zwischen den Fingern stak ein Vergißmeinnichtsträußchen und eine Wachskerze. Die Stirne war mit einem grünen Lärchenzweig umwunden. Der Körper war bedeckt mit einem weißen Tuche und zu Füßen der Bahre lehnte die Harfe.

»Susanna«, sagte der Harfner und legte seine Hände an ihr Haupt, »wie sie es herzensgut mit dir meinen. Schau herab vom Himmel in dieses Haus. Sie haben dich zwischen Rosen gelegt – schau herab.«

Hinter dem Hause war der Köhler beschäftigt, mit Erlstrauchbändern zwei Stangen zu einer Bahrtrage aneinander zu binden.

Der Harfenspieler fiel ihm um den Hals und weinte.

»Ist recht«, sagte der Köhler, »weint Euch aus, dann wird Euch leichter.«

»Eurer Gutheit wegen«, schluchzte der Musikant, »Eure Gutheit schlägt mir so ans Herz. Aber die Tragbahre, lieber Mann, die haben wir nicht vonnöten.«

»Den Sarg wird uns der Zimmersepp morgen früh bringen.«

»Wenn ich bei Kraft wäre, wie ich einstmals bin gewesen«, sagte der Harfner, »ich wollt' mein Weib hernehmen wie ein kleines Kind und sie so weit tragen, bis ich einen evangelischen Friedhof fände.«

»Seid Ihr 'leicht evangelische Leut'?« fragte der Köhler.

»Gotteswegen, ja, und deswegen kann sie der Pfarrer auf dem Feichtauer Friedhof nicht begraben.«

Der Kilian stand eine Weile sprachlos da, dann machte er mit der Hand einen Schlag in die Luft und rief: »Das sind Dummheiten! – Nein, Vetter, laßt Euch das nicht anliegen. In unserm Wald hat Euch das Unglück getroffen, wir Waldleute verlassen Euch nicht. Bleibt jetzt da und hütet mir das Haus. Ich gehe zu meinen Nachbarn, Euer Weib wird mit Ehr' und Lieb' bestattet werden.«

Der Harfenspieler ging in die Stube, setzte sich an die Bahre und sah in das blasse, ernste Antlitz seines Weibes. Und er träumte hier bei den Rosen und Totenlichtern die liebe Lebenszeit, die er mit ihr zugebracht ...

Der Köhler ging hinan durch den Wald gegen die Hütte des Pechers, und dann ging er in den hinteren Edelwald zu den Holzarbeitern und ging auf die Alm zu den Wurzelstechern und Hirten.

Auf seiner Rückkehr unterwegs sah er hinter dem Moosstein im Gebüsch einen Mann kauern.

»Wer ist es?« rief Kilian.

Ein unverständliches Gebrumme. Er erkannte den Hans.

»Was machst du da, Stromer?« fragte ihn der Köhler.

»Ich«, murmelte der andere, »hin werde ich. Es haben mich die Jäger erschlagen wollen.«

»Und warum haben sie es nicht getan?«

»Weil ich mich zu früh totgestellt hab'.«

»Und warum hast du sie nicht niedergeschossen?«

»Schieß nur, schieß, wenn sie dir das Brennscheit (Gewehr) stehlen, während du den Rehbock ausdärmst! – Fett ist er, denk' ich, und heut hat's geraten. Stehen sie auf einmal da ihrer drei und hauen mit dem Griesbeil aufs Messer, daß es entzweispringt. Mit was wehrst dich? Kaum daß ich dem einen noch die Faust ins Gesicht werfen kann, fangen die andern zwei schon an, loszudreschen. Ein Schaft ist in Scherben gegangen – da schau dir die Trümmer an –, bis sie mich zu Boden gebracht haben. Der Franzinger ist auch dabei gewesen. Halt, denk' ich mir, für dich muß ich mich noch aufheben, und hab' die Zung' herausgereckt und mich nicht mehr gerührt. Der steht nimmer auf, haben sie gesagt, nachher sind sie fort mit meinem Gewehr und dem Tier. Aber aufsteh' ich noch! Schau mich an, Kilian, aufsteh' ich noch, und ehevor ich noch einmal auf den Erdboden fall', ehevor fällt ein anderer!«

Der Wilderer war etwas arg zugerichtet. Er bewegte sich mühsam weiter. Der Köhler wollte ihn stützen, aber er schlug es trotzig aus; er brauche keine Krücke.

»So komm in mein Haus, wir legen Hasenschmalz auf deine Wunden.«

Der Verwundete hinkte neben dem Köhler her und knirschte. Plötzlich rauschte es im Gebüsch. »Wildtauben!« zischelte der Hans, hob einen Stein auf und schleuderte ihn ins Dickicht. Etliche flogen davon, eine flatterte auf, und stürzte wieder zu Boden. Ohne Gewehr hatte der verwundete Wilderer ein Tier erlegt. Dann schlug er sich mit der Beute seitab.

Als der Köhler zurück in sein Haus kam, saß der Harfner noch an der Bahre und sah in das blasse, ernste Antlitz seines Weibes.

Langsam und still verging der Tag. Am Abende, als Agnes vom Walde heimkam, machte sie auf dem Herd ein lebhaftes Feuer, holte aus den Schränken Mehl und Fett und begann zu kochen und zu backen. Und in der Nacht kamen der Pecher und sein Weib im Sonntagsstaate, es kam der Zimmersepp mit dem Sarge und es kamen andere Leute, wilde, narbige Bursche, struppige und gutmütige Greise, Weiber und Kinder. Jedes kniete, als es in die Stube kam, vor der Bahre nieder und betete still, dann stand es auf und sprengte mit dem Tannenzweige Weihwasser auf den Leib der Toten. Dann blickten sie teilnehmend auf den fremden Mann hin, der im Winkel saß, und einer oder der andere suchte ihn mit Worten zu trösten: man müsse es nehmen, wie es Gott schicke, sterben müßten wir alle einmal, keiner bleibe übrig, und die Abgestorbene hätte es überstanden, für sie sei es so am besten, sie hätte gewiß nicht viel Gutes gehabt auf dieser Welt. Gott tröste ihre Seele.

Sie wachten die ganze Nacht, und dann kam Agnes und trug Krapfen auf den Tisch, und Kilian, der sich heute allen Ruß vom Leibe gewaschen und in seinen Sonntagsanzug gesteckt hatte, lud die Leute ein, sich an den Tisch zu setzen und zu essen, wie es Gott gesegne.

Sie setzten sich hin und aßen. Der Harfner blieb in seinem Winkel und aß nicht.

Nach dem Mahle gab der Köhler jedem eine große Wachskerze in die Hand. Dann machte er die Tür auf, und sie trugen den Sarg herein. Derselbe war aus neugeschnittenen Brettern gezimmert, und zu Haupten lagen Hobelspäne als Kopfkissen.

Nun kamen alle zum Sarge heran und besprengten ihn. Dann hoben drei Männer die Leiche und legten sie hinein. Das geschah, indem alle schwiegen. Jetzt trat ein Mütterlein zum Harfner und sagte: »Wollt Ihr sie noch einmal anschauen, so kommt. Ihr seht sie dann nicht mehr, bis zum Jüngsten Tage.«

Der Greis sank hin über den Sarg. An der Wand schellte die Harfe. Jetzt erhoben sie ihre Stimmen und sangen den Grabgesang:

»Fahr hin, o Seel', zu deinem Gott,
Der dich aus nichts gestaltet,

Zu dem, der dir durch seinen Tod
Den Himmel offen haltet.

Fahr hin zu dem, der in der Tauf'
Die Unschuld dir gegeben;
Er nehme dich barmherzig auf
In jenes beßre Leben.«

Nach diesem Liede legten sie den Deckel auf den Sarg und nagelten ihn fest. Da zitterten die Herzen. Es gibt keinen Schall auf Erden, der das Menschenherz so eigen erschüttert als der Hammerschlag auf den Sargnagel.

Agnes legte einen Kranz aus Weißdornzweigen auf den Sarg, dann wurde er gehoben. Die Menschen hatten ihre Kerzen angezündet, und so trat der Zug nun aus dem Waldhause. Er ging den Weg entlang, der am Waldbache aufwärts führt. Die Bäume säuselten, auf den kahlen Höhen glühte das Morgenrot. Voran, hochgehoben, schwankte der Sarg, hinter demselben ging Kilian, der ein hölzernes Kreuz trug. Dann gingen Agnes und ihr Baldrian, das bräutliche Paar. Dann folgten alle anderen und beteten laut.

Ganz zuletzt ging der Pecher und an seinem Arm, die Harfe schleppend, der alte Sänger.

So gingen sie aufwärts durch das Gebüsche, zwischen Wildfarn und Heidekraut. Und sie gingen am Felshange hin und kamen auf eine stille, tauige Wiese; sie gingen über graues, moosiges Gestein, sie gingen über eine lichtvolle Höhe und sie gingen durch einen schattigen Tann. Die Sonne war aufgestiegen und spann ihre goldigen Fäden durch den grünen Wald. Da war's, als zittere in der Luft der Klang eines Glöckleins.

Da sie tiefer in den Hochwald kamen, war kein Sonnenstrahl, und die Luft wehte kühl. Vernehmlicher wurde das weiche Klingen des Glöckleins. Und endlich in der Wildnis, durch welche nur ein schmaler Steig über den Berg gegen die Feichtau führt, eingefriedet von Felsen und alten Bäumen, auf einem Anger, stand das Kirchlein des heiligen Hubertus. Es war aus Holz gezimmert, rot angestrichen, und auf seinem Bretterdache wucherte das Moos. Über dem Eingange, aus welchem brennende Lichter des Altars schimmerten, erhob sich ein Türmchen, und aus diesem klang es mild und ruhevoll, als klänge es aus der Ewigkeit herüber.

Aus der Ewigkeit mit einem Gruße an die Menschen auf Erden und dann wieder in die Ewigkeit verzitternd. – Am Kirchlein wuchs der Schlehdorn und die Hagebutte und anderes Gesträuch mit roten und weißen Rosen. Daneben war braunes Erdreich aufgeworfen, und hier war das Grab.

Der Zug stand still und bildete einen weiten Kreis. Die Träger setzten die Bahre ab, lösten den Sarg von den Stangen los und ließen ihn langsam hinabgleiten in die Tiefe.

Und als er hinabrollte, sangen sie den Grabgesang:

»Dein Leib geht jetzt der Erde zu,
Woher er ist genommen,
Der Seel' wünscht man die ewige Ruh'
Bei Gott und allen Frommen.

Wann durch des letzten Tages Flamm'
Die Welt zugrund' wird gehen,
So bitte Gott, daß wir beisamm'
Zu seiner Rechten stehen.«

– – Das Lied verscholl, das Glöcklein schwieg. Der Harfenspieler saß in tiefer Traurigkeit an dem Grabe.

Die Kerzen loschen aus, und nur die blauen Bändchen des Rauches an den Dochten wehten hin wie Trauerfahnen. Die Erde rollte auf den Sarg; Kilian nahm den armen Witwer an der Hand und sagte: »Nun wißt Ihr, wo sie schläft. – Ihr werdet mit Eurem Saitenspiel wieder zu frohen Menschen gehen, Gott gibt Euch auch selber noch manchen heiteren Tag. So will ich eins sagen: Solange einer von allen, die heute hier beisammen sind, im Edelwald lebt, wird dieses Grab in Ehren gehalten werden. Hier auf den Hügel pflanze ich dieses Kreuz. Der liebe Herr Jesus sei mit ihr und mit Euch und mit uns allen.«

So hat er gesprochen, der schlichte, wackere Mann. Dann gingen sie auseinander nach verschiedenen Richtungen. Der alte Harfner gab Kilian noch einen Händedruck: »An deinen Kindern wird's vergolten

– du guter Mensch!« Noch einen kurzen Blick auf das Grab – dann ging er davon, dem Tale zu, wo die Landstraße war.

An der Kapelle war es wieder still geworden; nur ein leises Lüftchen wehte, säuselte in den Zweigen und summte in den Saiten der zerbrochenen Harfe, die an einem Baume lehnen geblieben war.

Gegen Abend desselben Tages kam der Wilderer Hans, schlich hinter die Kapelle, steckte sein Gewehr zusammen, lud, untersuchte es und lauerte. Bald darauf schritt den Fußsteig, langsam und gemächlich, der Jäger Franzinger heran. Er war in schmucker Tracht mit grünem Federhut, war ausgerüstet mit Weidtasche, Pulverhorn, dem Hirschfänger und dem Doppelstutzen, der lässig über seine Achsel hing. Jetzt stand er still und zündete sich eine Pfeife an.

Hans legte den Lauf seiner Büchse an einen Baumast, da er die linke Hand in der Binde trug, und zielte gegen den Jäger. Dieser hatte eine kleine Mühe, der Wind löschte ihm immer die Streichhölzchen aus. Nun griff er zu Schwamm und Feuerstein.

»Mein lieber Franzinger«, murmelte der Wilderer bei sich, »dein Feuermachen ist umsonst, du mußt jetzt sterben.« Er tastete mit dem Finger nach dem Hahn – da hört er ganz nahe neben sich etwas wie Harfenspiel. Hans fuhr zusammen, da fiel das Gewehr auf den Boden und entlud sich in die Luft. Der Jäger stieß einen Fluch aus, sah den Wildschützen und verfolgte ihn. Beide verloren sich in den Dickichten des Waldes.

Nach einigen Tagen, als Baldrian, der junge Meisterknecht, und seine anmutsvolle Braut auf ihrem Hochzeitsgange an der Kapelle vorüberkamen, lehnte am Baume neben dem Grabe noch die Harfe, und ein niederhängender Zweig, der im Windhauche sich bewegte, spielte sacht' in den Saiten.

Im nächsten Frühjahre wucherte es neu und üppig um die Kapelle und wob das Grab in ein reiches, dichtes Geranke von immergrünen Blättern. Die alte Harfe mit den drei zerrissenen Saiten hing im Kirchlein an der Wand und hängt noch heute dort. Über derselben hat jemand folgende Inschrift anbringen lassen:

»Unser Herz ist eine Harfe,
Eine Harfe mit zwei Saiten.
In der einen jauchzt die Freude,
Und der Schmerz weint in der zweiten.

Und des Schicksals Finger spielen
Kundig drauf die ewigen Klänge,
Heute frohe Hochzeitslieder,
Morgen dumpfe Grabgesänge.«

* * *

Drei Jahre nach dieser Begebenheit hat sich folgendes zugetragen:

Kam an einem stillen, friedlichen Herbstabende der alte Kilian spät vom Walde heim in sein Haus, nahm sein Enkelein auf den Arm, herzte es, küßte es, sah es an und immer wieder an und hatte Wasser in den Augen. Von diesem Tage an war er ernst und in sich gekehrt, aber noch milder und gütiger gegen die Seinen als sonst.

So fragte ihn Agnes einmal, warum er nicht mehr so lustig sei wie sonst, ob ihm was fehle?

»Ich weiß mich gesund«, sagte Kilian, »aber einmal wird's wohl auch für uns zum Urlaubnehmen sein.«

»Vater, wie kommt Ihr auf solche Gedanken?«

»Ich will dir's wohl sagen, Kind. Wie ich das letztemal oben an der Hubertskapelle vorbeigehe, denke ich, sollst einen Augenblick weilen und ein Vaterunser beten für deine Verstorbenen. Und wie ich in der Kapelle niederknie – es dunkelt schon, 's ist recht still und ich bin der einzige Mensch weit und breit – und wie ich bete, da hebt auf einmal ganz von selber die Harfe an zu spielen. Sie spielt ganz voll, spielt auch mit den drei zerrissenen Saiten, spielt ein Lied, wie ich' es meiner Tage nicht gehört hab'. – In Gottesnamen, denke ich, das ist mein Zeichen. Ich habe nämlich dazumal, wie wir die Harfnerin begraben, bei mir den Gedanken gehabt: Wenn ich mir für den Christendienst eins könnte wünschen, so wäre es das, es möchte mir einige Zeit vor meinem Sterben eine Weisung zukommen, daß ich nicht so unverhofft fort müßte wie die arme Frau. Das Zeichen habe ich vernommen. Jetzt, mein liebes Kind, weißt du es.«

Darauf stand es noch an sechs Wochen lang, und der gute Mann war eingegangen in das Reich, wo die Seligen den Harfenklängen des gesalbten Sängers David lauschen.

Gidel, der Verschenkte

»Klimm dich an, Balg, verdächtiger! Sonst schmeiß' ich dich in den Graben!«

Diese Worte stieß ein Mann aus, welcher der Bergschlucht entlang ging und einen etwa dreijährigen Knaben auf dem Rücken trug. Der Mann mochte noch nicht über die dreißig Jahre sein, war etwas zerfahren an der Gewandung und machte bei seinen ohnehin schwarzen Augen und Barthaaren ein finsteres Gesicht. Der Knabe war in schlechte Lappen gewickelt, er lag mit dem Bauche auf dem Rücken des Mannes, streckte die bloßen Füßchen an beiden Seiten vor, klammerte sich mit den kleinen Armen um den starren, braunen Nacken und wimmerte.

»Wenn ich einen jungen Hund hätte«, knurrte der Mann vor sich hin, »oder gar ein Spanferkel, zehn Abnehmer für einen wollt' ich mir finden. Weil's aber ein elend Menschenkind ist, so weisen sie mich ab, die einen mit christlicher Rede, die anderen sind ehrlicher und schlagen mir die Tür vor der Nase zu. Scheinheiliges Gesindel, gottverdammtes! Wenn *deine* Sünden alle zeitig wären, leicht trügest du noch um ein Stück härter als ich. Bei sechs Höfen hab' ich gebettelt; schon die Bitt', daß sie *geben* sollen, hören sie nicht gerne; die, daß sie nehmen möchten, wollen sie – scheint mir – noch viel weniger hören, diese Genügsamen, die! – Abgewiesen! Hinwerden kannst, du Wurm! Still bist!«

Das Knäblein preßte sein Weinen in sich zurück, so gut es ging. Wer dem herben Manne hätte in die Seele blicken können! Dort weinte es etwa noch bitterer. Leicht streichelte er die Füßlein, die Ärmlein – und drückte sie rauh an sich.

So kamen sie aus dem Enggraben und zu einem stattlichen Hof. Das Haus war aus Holz, hatte aber viele große Fenster und grüne Läden dran. Es schaute in seiner Behaglichkeit und Wohlhabenheit freundlich auf die Ankömmlinge. Der Mann mit dem Knaben auf dem Rücken trat in die Stube, wo die Bauersleute just beisammensaßen zum Essen.

»Uh jegerlas!« rief die Bäuerin aus. »Ist das nicht der Holzknecht Friedl vom Brunnwald? Und was er für ein sauberes Bübel mit hat! Diese schönen schwarzen Augen, wie zwei Kirschen. Und ein rechtes

Christkindelhaar, ein guldfarbiges! Ein herziges Knaberl hast, Friedel. Gehört's dein?«

»Wohl, freilich wohl, es gehört mein. Wenn's dir aber gefallt, Stammhofbäuerin, es ist zu haben.« So antwortete der Holzknecht und setzte sich auf die Bank, auf die auch der Kleine sachte hinabglitt, dann im Winkel mattschluchzend kauern blieb.

»Ich möcht' schon einen«, sagte die Bäuerin und blickte so ein klein wenig gegen ihren Mann hin.

»Die Weibsleute sind so viel ungeduldig«, entgegnete der, um auch etwas zu sagen, blickte aber weiter nicht auf, sondern machte sich tapfer mit seinen Klößen zu schaffen.

»Es wäre wohl gar mein Ernst«, sagte der Holzknecht. »Ich such' einen Platz für den Buben. Bisher ist er bei seiner Mutter gewest. Die hat jetzt geheiratet und das Kind nicht mitnehmen wollen, halt auch nicht dürfen.«

»Eine saubere Mutter!« fauchte der Bauer.

»Wie's schon geht. Hätt' mir's auch nicht gedacht, daß sie so wär', aber so Weibsbilder, das Heiraten geht ihnen über alles, schon gar, wenn sie hausgesessen werden wie die Hanna. Ist ja begreiflich. Und ist das Kind halt mir verblieben.«

»Das ist eine Vettel!« begehrte die Bäuerin auf. »Zuschicken sollst ihr's. Das Kind gehört zur Mutter – nit? Hab' ich nit recht?!«

»Als wie zu einem Weibsbild, das ihr Kind einmal verlassen kann, hab' ich mehr Vertrau' auf weltfremde Leut'«, sagte der Holzknecht. »Und desweg' geh' ich gestern und heut in der Gegend um und such' brave Leut', die sich mit dem Waisel einen Staffel in den Himmel bauen mögen. Jetzt braucht's freilich noch Pfleg', essen tut's alles, die Hauptsach' wär', daß es was hätt', und das Waschen und Putzen. Nach etlichen Jahren wird er ja Arbeit lernen können, der Gidel – Gidel heißt er – und hätt' der Bauer nachher an ihm einen wohlfeilen Knecht.«

»Recht gut gemeint«, sprach die Bäuerin, »aber 's ist halt ein Kreuz mit so einem Wesen; wenn's den Eltern nachg'rat't und in die Leichtsinnigkeit kommt, so hat unsereins die Nachred'; und wird's soweit brav und kann einmal was verdienen und fallt's nachher seinen Eltern ein und nehmen es weg – so hat man nichts als die Sorg' und Kümmernis mit ihm gehabt.«

»Stammhofbäuerin!« sagte der Holzknecht und hob die flache Hand wie zum Zuschlagen eines Geschäftes. »Wenn ich dir den Buben heute geb', so gehört er dein und will ich mich nicht mehr dreinmischen.«

»Das glaube ich!« redete jetzt auch der Bauer mit. »Kinder hersetzen, ja, das können sie, nachher wollen sie nichts davon wissen. Das sind schon die Richtigen, das!« Dabei starrte er immer in seinen Teller hinein und scharrte draufum mit Messer und Gabel. Zum Kloß einen guten Bissen Speck sticht er jetzt an, den verdient er doch für das rechtschaffene Wort!

»Will Euch nicht Unrecht geben, Bauer«, sagte der Holzknecht bescheiden, »es gibt auch solche, wie du meinst, es gibt ihrer! Aber mir kannst es glauben: Wenn ich in derselben Martininacht vor vier Jahren hätt' wissen können, daß der heutige Tag drauf kommt – dieser harte Tag, mein Stammhofbauer, wo man sein Kind muß ausbieten wie eine junge Katz', die man nicht ins Wasser werfen will! – wenn ich das hätt' wissen können, es wär' anders! Es wär' anders! – Jetzt ist's vorbei, jetzt hilft's nichts mehr. Ich muß mir selber alle Tag mein Brot verdienen. Im Brunnwald ist die Arbeit aus worden, muß mir in anderen Gegenden eine suchen. Soll ich mir das Bübel auf den Buckel binden und damit im Holzschlag arbeiten? Rate mir, Bauer, was ich tun soll!«

Der Bauer erhob sich vom Tisch: »Ich muß es aufrichtig sagen, ich wüßt' mir an deiner Stelle selber keinen Rat.«

Trat jetzt der Holzknecht Friedl vor die Bauersleute hin, hielt die Hände zusammen und flehte: »Euch hat der Herrgott gesegnet mit Gut und Anwesen, ihr seid rechtschaffene Leut' und werdet es nimmer wollen, daß ein unschuldiges Menschenkind sollt' verderben müssen. Nehmt es mir ab. Es wird euch' nicht arm essen, es wird euch nicht Unehr' stiften. – Unzucht ist's ja doch keins, für die Vaterleut' kann's nichts, in der rechten Zucht wird's ein braver Mensch, und so einer ist nicht zu verachten. – Nehmt es mir ab!«

Die Bäuerin hob den Schürzenzipf an die Augen, aber der Stammhofbauer sagte wohl mit gütigem Tone, doch gemessen: »Friedl, du verlangst viel. Leinwand will ich dir geben, daß du ihm etliche Pfaiden kannst machen lassen; um ein paar Winterschuh' ist's mir auch nicht zu tun, aber es ins Haus nehmen – nein, nein, gar keine Red' davon!«

»Ihr stoßet das Kind zurück«, sprach der Holzknecht, »morgen kommt's vielleicht wieder, aber als Bettelbub oder als noch was Ärgeres. Ihr werdet es verfluchen, werdet vergessen haben, daß Ihr es ins Elend und in die Schlechtigkeit hinausgestoßen habt.«

»*Wir* es hinausgestoßen? Das ist gut!« sagte der Bauer. »Die Unterhaltung wollen sie selber haben bei solchen Sachen, und was dabei herauskommt, sollen andere zur Verantwortung übernehmen. Spitzbuben das!«

»So spricht der Neid!« rief der Holzknecht aufgeregt.

»Was?« fragte der Stammhofbauer.

»Der gute Willen wär' schon auch bei euch da, ihr hochachtbaren Leut', aber euch macht's Umständ', das Spitzbubsein; das Bravsein vor der Leut' Augen macht euch keine Umständ', darum seid ihr's, nur darum. Ich kenne euch!«

»Ihr werdet da streiten auch noch!« begütigte die Bäuerin. »Wenn einer dem anderen schon nicht helfen kann, so sollen sie wenigstens in Güten auseinandergehen. – Schau, da sind Knödeln übriggeblieben, wenn Ihr hungrig seid?«

»Vergelt's Gott!« sagte der Holzknecht mit tonloser Stimme und packte sich den Knaben wieder auf. »In Gottes Namen, Gidel, so gehen wir halt wieder um ein Häusel weiter.«

Die Bäuerin rief ihm nach, er solle nur nicht verzagt sein, sie wolle schon beten für ihn.

»Beten, das kann ich selber«, murmelte er, »die reichen Leut' hätten nach meiner Meinung was anderes zu tun.«

In tiefer Verbitterung schleppte er den Knaben weiter. Er kam auf den Plan hinaus, wo die Felder zu Ende gehen und am Waldrain das Heidekraut wächst. Dort bettete er das vor Weinen müde gewordene, nun schlummernde Kind auf weiches Federgras. Dann trug er dürre Äste zusammen, machte ein Feuer an, sammelte Heidelbeeren in seinen Hut, holte in einem Blechkännlein, das er bei sich trug, vom nahen Bache Wasser und wollte für das Kind Beerensuppe kochen. Es hatte schon lange nichts mehr gegessen.

Als er den schlafenden Knaben nun betrachtete, da kam ihm der Gedanke: Jetzt weiß er nichts von allem Elend. Wenn man ihn für allzeit tät schlafen machen ... Ich glaube kaum, daß man ihm etwas Besseres antun könnte?« –

Durch den Waldweg heraus trat jetzt gebückten Ganges ein Mann, der ein weißrindiges Stück Birkenholz auf der Achsel trug. Den Hut hatte er in der Hand, mit den wassergrauen Äuglein guckte er klug und gemütlich in die Welt. Als er das Feuer sah, warf er das Holz zu Boden, trat heran und sagte: »Mit Verlaub schon, daß ich mir ein Pfeifel anzünde.«

»Du bist der Bichelmeier?« fragte der Holzknecht. »Was willst denn mit dem Birkenklotz?«

»Das wird ein Schlitten, man muß schon wieder für den Winter herrichten. – Ist das dein?« Der Bichelmeier deutete mit der Pfeifenspitze auf den schlafenden Knaben, den er erblickt hatte. »Geraten hat's, daß ich ihm das Trumm nicht auf den Kopf wirf!«

»Hätt' dich desweg' nicht verklagt«, antwortete der Friedl mit zuckenden Lippen, »hätt dich nicht verklagt. So ein Geschöpf ist überflüssig auf der Welt.«

Der Bauer blickte ihn unsicher an: »Das ist kein Spaß, was du sagst.«

»Soll auch keiner sein. Lauf ich jetzt zwei Tag' lang um und such' einen Kostort für das Kind. All umsonst. Jetzt bin ich schon ganz wild und weiß nicht, was geschehen kann. Teufelsg'fratz herum!« so knirschte der Holzknecht, indem er den Feuerbrand, der zum Pfeifenanzünden gut gewesen war, ins Feuer schleuderte, daß die Funken stoben.

Dem Bichelmeier kam diese Sprache etwas unheimlich vor.

»Bist nit gescheit«, sagte er und betrachtete sich das arme Wesen mit dem blassen Gesichtl, über das die Mücken hin und her schwirrten. »Wenn's dir ernst ist – ehvor du was Unrechtes anstellst, ehvor gib's her?«

Schon mit dem nächsten Worte suchte er die vorlaute Rede zurückzunehmen, aber der Friedl klammerte sich daran, er bat und bat den Bauer, sich des Knaben anzunehmen.

»Kannst mit ihm machen, was du willst«, rief er, »ich frage nimmer danach.«

»Laß mir doch Zeit, daß ich's bedenk'«, sagte der Bichelmeier.

»Gut' Sach' bedenken heißt den Teufel um Rat fragen.«

»Brauch' keinen Rat, bin mir schon selber genug. Gesund ist der Knirps?«

»Wie der Fisch im Wasser, solang er nicht verhungert.«

Nach einigem Bedenken sagte der Bichelmeier: »Es ist alles zu brauchen, so wird ein Menschenkind auch zu brauchen sein. In Gottes Namen, ich nehm' den Buben.«

Auf die Dankesworte des Holzknechtes hörte er weiter nicht. »Ich will ihn gleich selber heimtragen, den kleinen Kerl«, sagte er und hob das Kind vom Boden auf. »So. Und du nimmst den Birkenklotz und tragst mir ihn nach.«

Mit Freuden tat es der Friedl, merkte aber bald, der Klotz war bei weitem schwerer, als es das Kind gewesen. –

Beim Bichelmeier im Hof gaben sie dem Holzknecht was zu essen, und er wurde eingeladen, die Nacht über dort – das letztemal mit seinem Knaben – zu schlafen. Der Friedl aber machte sich davon, denn er fürchtete, in der Nacht könne sich der Bauer eines anderen besinnen und den Knaben wieder zurückweisen.

Der Bichelmeier hatte nun noch mit seinem Weibe den Strauß auszufechten. Auf das war er wohl vorgesehen, denn was er tat, jahraus, jahrein, von seiner Genossin ward es zum mindesten einmal erklecklich widersprochen. So fragte sie ihn jetzt, als er ihr den fremden Knaben nach Hause gebracht, was er glaube? Ob sie an ihren eigenen drei Rangen nicht schon genug hätten? Ob er Wissenschaft habe, daß nichts mehr folge?

Sagte der Bauer: »Das muß man wirtschaftlich nehmen, mein Eheweib; wenn der Jud' Kinder *kauft*, so werde ich wohl eins geschenkt mögen nehmen. Wir züchten auch Kälber auf, weil sie später was nutz sein werden. Nun also. Nur nicht allemal gleich dreinfahren, was du nicht verstehst.«

Endlich war der Knabe nach langem Schlaf und unruhigem Halbschlummer zu sich selbst gekommen. Er rieb sich mit den Fäustchen die Augen und blickte erstaunt umher. Er fand sich in einem fremden Haus auf der Bank. Er fragte mit ängstlichem Stimmchen nach dem Vater.

»Ja, ja, jetzt ist *der* dein Vater!« fuhr ihn die Bäuerin an und wies auf den Bauer, der struppig und rauh auf seinem Dreifuß saß und einen Schuh benagelte.

Das Kind starrte halbaufgerichtet eine Weile noch so drein, es konnte die Dinge nicht fassen – endlich hub es sachte zu weinen an.

»Jetzt bist zufrieden, gelt, weil du wieder das Gewinsel haben kannst«, versetzte das Weib dem Mann ein Giftiges.

»Irrt mich nicht«, antwortete er, »wenn es sich ausgeflennt hat, wird's schon still sein.« Und hämmerte auf die Schuhsohle los.

Dem kleinen Gidel ward immer unheimlicher, und schärfer stieg ihm die Ahnung auf, daß an diesem Tage mit ihm etwas Besonderes vorgegangen sei. Sein Weinen wurde kläglicher. Die Bäuerin setzte ihm murrend eine Schale Milch vor, er ließ sie unberührt. Die Rangen des Hauses kamen herbei, beguckten das fremde Kind wie ein Wunderding, grinsten es an, bespotteten sein Schluchzen und Wimmern, begannen zuletzt an seinem armen Gewandlein zu zausen, bis der Gidel den Arm ausschlug und rief: »Ich mag euch nicht, den Vater will ich haben.«

»Was das für ein Ungezücht ist«, fuhr jetzt die Bäuerin drein, »schlagen tut er! Wart, Bettelbub, das will ich dir frühzeitig vertreiben.«

Von der Bank riß sie den Kleinen, stieß ihn herb hin und her und ließ ihn liegen auf der Erde unter den gackernden Hühnern. –

So ist Gidels Leben angegangen im neuen Heim. Und so ging es gleichmäßig fort, denn nichts ist beständiger als ein böses Weib oder ein eigennütziger Mann.

Seine erste Aufgabe war, die Söhnlein des Hauses zu ergötzen. Er tat's getreulich, erfand ihnen kleine Spielzeuge, machte ihnen lustige Bewegungen, Grimassen und allerlei Schwanke vor. Anfangs hatte er die Sachen freilich für sich selber machen wollen, die Spiele aus Steinchen und Baumrinden und Tannenzapfen; aber das wurde ihm allemal weggenommen, und wenn er sich drum wehren wollte, so kriegte er Püffe, Bisse und anderlei Feindschaftliches an den Leib, und war es noch gut, wenn nicht auch die Mutter herbeikam, denn da wußte man im voraus, wer Unrecht hatte. So fügte sich der Knabe bald und war zufrieden, wenn er die »Brüder« soweit unterhalten und zerstreuen konnte, daß sie ihn nicht mißhandelten.

An Nahrung ließ ihn der Bauer nicht Mangel leiden – »daß er stark wird!« Auf das Starkwerden seines jüngsten Knechtes wartete der Bichelmeier woltern hart; und richtig, als der Gidel fünf Jahre war, mochte er zur Brachzeit schon Ochsen führen, im Heumahd Futter streuen und Schober treten, im Schnitt Garben tragen; er trieb schon die Lämmer auf die Weide, schleppte den Wasserkrug vom Brunnen herauf, schleppte auch auf den kleinen Armen ein jüngeres »Geschwister« umher, bis es ihm mitunter auf den Boden rutschte und er nachher auf seine Barfüße die Rute bekam.

Das Hausgesinde hatte ihn nicht gerade ungern, weil er gutmütig und nicht trotzig war, aber wenn man ihm eine Gunst erzeigen wollte, so mußte es heimlich geschehen, sonst hätte man Unheil über ihn heraufbeschworen. Hin und wieder gab es wohl auch unter dem Gesinde einen boshaften Knecht, eine wütige Magd, die sich des schutzlosen Knaben bedienten, um an ihm ihre Teufeleien auszulassen. Der Gidel fand es auch ganz selbstverständlich, daß jede Ungeschicklichkeit, jedes Versehen, jede Falschheit und Roheit im Hause er zu büßen hatte; er trug seine Hiebe und Stöße und Fußtritte mit Gelassenheit, und wenn sie ihm weh taten, so weinte er sich in einem verborgenen Winkel aus und war dann wieder lustig und willig für alles, was man ihm aufbürdete, und wußte nichts von Haß und nichts von Liebe.

Als der Gidel größer wurde, fielen ihm Arbeiten zu, die sonst niemand tun wollte, und Bissen, die sonst niemand essen wollte; und wurden im Hause einmal die Betten zu wenig, so hieß es: Der Gidel schläft auf der Streu. Der Junge fügte sich ohne Widerrede, es war ihm auch das wieder selbstverständlich, daß er vorankam, wo es Hartes gab, und hintenan, wo es lustig herging. Der Bichelmeier hatte ihm ein dickes graues Zwilchkleid machen lassen, das mußte halten Sommer und Winter, und wenn es endlich zerriß, wurde der Junge mit Strafen belegt. Einmal verletzte sich der Gidel bei einer Steinarbeit; sie ließen ihn liegen in der Futterkammer, bis er heil war; manchmal wand er sich nach schlechter Mahlzeit in Leibgrimmen, sie ließen ihn, bis es vorbei war. Im Winter erfror er sich Hände und Füße, im Sommer, wenn er auf den Felsen den Schafen nachkommen mußte, zerschlug er sich die Knie und die Ellbogen. Trotz alledem wurden seine Glieder kräftig, die Farbe seiner Wangen war frisch, sein schwarzes Auge blickte munter, wenn er bei den Tieren war auf freier Weide. Bei den Hausgenossen hörte er nur auf die Befehle und auf sonst nichts – er war gleichgültig, fast stumpfsinnig, wußte nichts von Haß und nichts von Liebe.

Sein Vater hielt die dem Bichelmeier gegebene Zusage getreulich, er kümmerte sich nicht um den Jungen, und seit jenem Tage, da ihm der kleine Gidel abgenommen worden war, hatte man vom Holzknecht Friedl nichts mehr gehört.

Der Bichelmeier hatte für seinen heranwachsenden Knecht kein Lob und keine Klage; die Bäuerin hatte Tadel, so oft er etwas schlecht machte, und Tadel, so oft er etwas gut machte, und noch den härtesten, wenn er gar nichts machte, sondern bisweilen rasten wollte wie die anderen. Was man bei anderen müde nennt, hieß bei ihm faul; was sonst Hunger heißt, nannte man bei ihm Gefräßigkeit. Was man bei anderen als Gutmütigkeit lobt, schmähten sie bei ihm als Dummheit. Eine Magd war im Hause, die hatte Lob für den Gidel, aber sie hielt es geheim.

»Für dich wäre es wohl auch gut«, sagte diese einmal zum Jungen, »wenn du schon zwanzig Jahre alt wärest.«

»Ich krieg' auch jetzt schon eine, wenn ich wollt'«, antwortete der Gidel.

»Nicht so, Bub, jetzt hast mich nicht verstanden«, sprach die Magd, »ich hab' gemeint, daß dich der Kaiser tät' nehmen. Beim Soldatenleben wirst es besser haben.«

Indes schien es, daß das viele Tragen von schweren Gegenständen – Säcke von der Mühle, Steine von den Feldern – seinen Körper nicht bis zum Kaisermaß emporwachsen lassen wollte. Er war nicht viel über vier Schuh hoch und doch schon fünfzehn Jahre alt. Jetzt aber fügte es sich, daß er den Sommer über außer Hause kam.

Der Bichelmeier hatte auf der Hohen Sill eine Schafweide gepachtet. Da tat er für Juli und August seine hundertundzwanzig Schafe hinauf; und wer wird sie denn bewachen gegen die Wetter und Geier und Diebe und Felsstürze, als der Gidel! Der Gidel geht mit auf die Sill. Auf dem Sonnreit gibt es Almhütten, dahin soll er abends die Herde zusammentreiben, dort soll ihm die alte Schwaigerin, die den Kuhstand versorgt, das Essen richten und das Nest im Heu. Ist weiter nicht viel Vorbereitung, der Junge rafft ein paar Kleidungsstücke zusammen – denn die Magd hatte ihm gesagt, auf der Alm sei es kalt – und treibt die Schafe auf die Hohe Sill.

Er weiß selber nicht, wie ihm ist, so auf einmal in der Freiheit! In der Nacht fehlen ihm die warmen Decken, das macht nichts, er bohrt sich um so tiefer ins Heu. In Wetterstürmen auf der Höhe fehlt ihm Obdach, das macht nichts, er verkriecht sich in die Spalten der Felsen. Des Morgens und Abends hatte er gute Milchkost, und die alte Schwaigerin versauerte sie nicht zu sehr mit Zanken – das tut sich. Tagsüber fehlt ihm die Nahrung, das macht nichts, er steigt in die Hänge, wo Beeren wachsen, oder er milkt gar ein Mutterschaf und lebt so wie ein Königssohn – heißt das, ein verwunschener.

Allerlei Spielzeug hat er. Aus den Steinen baut er Haus und Hof, in dem er der Bauer ist, Knechte und Mägde hat – dazu lassen sich die Zapflein der Legföhre brauchen, auch einen Zuchtbuben (angenommenes Kind) hat er, dem er scharf zu Leibe geht, wie es ihm selber geschieht. Seine eigenen Söhne, die schnitzt er sich aus Zirmholz und stellt sie zwischen die Steine des Hofes, wo sie geschützt sind. Wenn hernach der Widder kommt und mit seinen geringelten Hörnern die ganze Wirtschaft über den Haufen stößt, läßt er sich mit diesem behörnten, wolligen Schicksale in Händel ein, ringt mit ihm, setzt sich auf den Widder und reitet über die hohen Heiden. Der Sommer streicht dahin. Dem Bichelmeier reift die Ernte, er denkt ans Heu, ans Korn, an die Rinder, an die Schafe auf der Alm. Vom Gidel ist keine Rede. Man schaut bisweilen auf die Zinnen der Hohen Sill, die fern hinter anderen Bergen herüberblauen, man sieht von dort her die wilden Wetter fahren. Und wenn nach langen Regentagen über den Wänden auf den Hochmatten junger Schnee liegt, so heißt es: Die armen Schafe auf der Alm!

Etliche Lämmer sind zurückbehalten worden im Hof herunten, daß sich damit die Kinder ergötzen mögen. Ja so, des Bauers Söhne, wie geht's ihnen? Dank' der Nachfrag'! Denen fehlt nichts. Alle drei sind hoch aufgeschossen, haben jeden Tag andere Schmerzen und bersten vor Gesundheit. Tut man sie ein bissel schonen, daß sie des Morgens nicht zu früh aus dem Bett müssen und nicht zu angestrengt arbeiten, und daß sie warmes Gewand haben und nicht zu schlecht genährt werden – ein Kletzel Butter unter Mahlzeiten, manchmal ein Stückel Fleisch, ein Tröpfel Kaffee – mein Gott, so junge Leute im Wachsen! So viel in Übermut sind sie; laufen, ringen, hupfen, daß man sich fort ängstigen muß, sie verstauchen sich was. Auf den Zäunen klettern sie auch so viel herum – Hosen zerreißen ist das wenigste, aber wie bald haben sie einen Schürf in der Haut, einen Splitter im Fleisch: Man kann schier nicht genug achtgeben auf die Bübeln.

Im August ist's, da läßt eines Tages die alte Schwaigerin dem Bichelmeier sagen, es solle wer auf die Alm kommen, sie wisse sich nicht zu helfen. Seit zwei Tagen käme der Gidel mit den Schafen nicht heim, und sie könne sich nicht denken, was das bedeute!

»Mutter Anna!« schreit der Bauer erschrocken auf. »Es wird doch den Schäflein nichts widerfahren sein! Und daß es der Halterbub nicht etwan verschweigt und davongelaufen ist!«

Eilends rief er den alten Knecht, und sie stiegen von einem Berg zum anderen empor auf das Sonnreit. Dort erzählte die Schwaigerin, sie sei schon unzähligemal über die Almen aus und ein gegangen, habe in die Wände hinaufgeschaut, habe in die Kare hinabgerufen und habe weder Schaf noch Hirten gesehen. Hernach habe sie sich zu der lieben Mutter Gottes verlobt, auf die Meinung, daß die Herde wieder sollt' heimkommen; dann habe sie ein Antonikraut verbrannt, daß der Rauch in die Lüfte gestiegen sei und die bösen Geister verjagt haben müsse, wenn welche über das liebe Vieh gekommen wären. Allmiteinander sei es nichts gewesen. Endlich habe sie einen Fremden gefragt, der von der Hohen Sill herabgestiegen, ob er nicht irgendwo eine Herde von Schafen gesehen. Gesehen nicht, hätte er ausgesagt, aber als er in den Felsen durch die sieben Hörner herabgestiegen, da sei es gewesen, als hätte er irgendum so ein Blöken gehört, er hätte es für den Schrei einer Gemse gehalten, es könne ihn aber auch getäuscht haben.

»Was nutzt das Schwatzen!« rief der Bichelmeier. »Hinauf müssen wir!«

Und die beiden Männer gingen auf die Schafsuche. Sie stiegen über Almen und durch Steinkare und Geröllfelder empor in die wilden Felsen, wegen ihrer siebenzackigen Hochschroffen genannt die sieben Hörner. Es ist ein grauenhaftes Gebirge, wer's kennt, dieses Hochgestein der Sill. Wände, die von der Ferne fast glatt, nur leicht berinset zu sehen sind, tun sich – wenn man an sie kommt – in Klüften und Schluchten auseinander, ganze Felsentäler schließen sich auf da oben, und wilde Kessel, von denen man nicht mehr hinausschauen kann in die Waldgegenden, wo man nichts vor sich hat als zerrissene Wände, Schutthalden und Felsblöcke; von den Stürmen dürrgelecktes Gestein überall, in den Runsen versteinertes Eis, und nirgends ein Halm, nirgends ein grünes Blatt. Dem Bichelmeier wurde angst und bang, er war noch niemals da heroben gewesen. »Daß es so ausschaut dahier, das habe ich nicht gewußt.« So war seine Rede, als sie sich mit blutenden Füßen und Händen endlich über die Kare und Kessel emporgearbeitet hatten auf eine der Zinnen. Von dieser Zinne aus bot sich ihnen ein neues Bild, vor dem sie fast noch mehr erschraken. Ein weites Feld von weißem Licht schlug ihnen in die Augen. Von der höchsten Spitze des Gebirges, aus welchem eiskalter Wind herabstrich, ging ein breites Schneefeld, steil wie ein Dach, nieder ins Gestein, das sich dehnte, soweit das Auge flog. Berg und Tal bildeten ein Hochland ohne Baum und Strauch, von dem man unten keine Ahnung haben konnte.

In einer Niederung zwischen aufragenden Felsmassen lag es wie eine blaßgrüne Wiese. Der Knecht behauptete, er sähe auf derselben weiße Punkte, und der Bauer behauptete, die weißen Punkte wären Schafe.

Als sie jedoch nach einer Stunde beschwerlichen und gefährlichen Kletterns, bei welchem der Schwindel dem Bichelmeier mehrmals den Kopf verdrehen wollte, hinabkamen in das Felsental, war das Wieslein ein weites, unebenes Kar, und die weißen Schafe darauf, die hatten sich in Felsblöcke verwandelt, so von den Hängen niedergebrochen waren.

»Ob wir den Weg wieder zurückfinden werden?« gab der Knecht zu bedenken.

Da sagte der Bauer: »Rasten will ich.« Und sank auf ein Felsstück.

»Es ist die Nacht nicht mehr weit«, bemerkte der Knecht, »wenn die Nebel einfallen!«

»Meinetwegen, ich kann nicht mehr weiter.«

Sie verzehrten ihren kleinen Vorrat an Brot und aßen harten Schnee dazu.

Als der Knecht nur mehr ein Rindlein von Brot in der Hand hatte, zögerte er, es in den Mund zu tun. »Den letzten Bissen«, sagte er, »den soll man nie verzehren auf hohen Bergen. Wir wissen nicht, Bauer, was uns noch bevorsteht.«

Als sie ihrer Beklommenheit derart Luft gemacht, tat der Bichelmeier plötzlich einen heiseren Schrei und sprang von seinem Sitze empor. Dort drüben zwischen Steinen schaute der graue Kopf eines Schafes hervor. Alsogleich tat er den Lockruf, da trat das Tier heraus, es kam ein zweites, ein drittes zum Vorschein, graue, weiße, schwarze, und sie kamen zu vielen und vielen dort aus einer Tiefe heran, und sie liefen blökend herbei und versammelten sich um die beiden Menschen und beleckten ihre Hände, ihre Kleider, einige sprangen ihnen mit den Vorderfüßen an die Brust und schnupperten und blökten unaufhörlich.

»Gottlob, gottlob, daß die Schäflein wieder da sind! Schon die meisten wieder.« So rief der Bauer und streichelte die Tiere und drückte eins ums andere an seine Brust.

»Wo denn der Bub ist«, murmelte der Knecht und drehte seinen Hals hin und her.

»Wer?« fragte der Bauer.

»Der Halterbub! Der Gidel ist nicht da.«

Schaute der Bauer verwundert auf und sagte kleinlaut: »Ist er nicht da?«

Nun gingen sie langsam gegen die Stelle hin, wo die Schafe aus der Tiefe waren heraufgekommen, dort standen noch ein paar und schauten mit hochgehobenen Köpfen in den Abgrund.

Auf dem schieferigen Boden lag ein Hirtenstock, der war zernagt, und an der Handhabe das Riemchen über und über zerbissen.

»Der Stecken ist da, muß der Bub nicht weit sein«, meinte der Bauer, rief aber nicht nach ihm, schalt auch nicht, sondern schaute mit ängstlichem Blicke hin und her.

Der Knecht war am Rande des Hanges dahingegangen, nach allen Seiten ausspähend, immer von mehreren Schafen gefolgt, die ihn anschnupperten, als hätten sie ihm was zu sagen. Als der Knecht drüben mit ausgespreiteten Beinen auf einem Vorsprung stand, legte er den einen Arm über den Kopf, daß der Wind ihm den Hut nicht davontragen konnte, mit dem anderen winkte er dem Bauer, er möge zu ihm herüberkommen. Der Bichelmeier ging schwankend über das Grat, und als er zum Knecht kam, deutete dieser in den Abgrund und sagte leise: »Da unten liegt er.«

Tief unten im Gewände war eine Menschenhand. Sie ragte über einen Vorsprung hinaus. Als sich die Männer oben weiter vorbogen, der Knecht mit Mut, der Bauer mit Zagen, daß er nicht etwa auch selber stürze, sahen sie den ganzen Körper. Mit den Füßen in eine Kluft geklemmt, hing der zerschlagene Leib kopfabwärts am Gefelse.

Der Bauer trat eilig zurück. Eine Weile stand er dann still und wußte nicht, was jetzt machen. Endlich sagte er zum Knecht: »Gelt, Hans, du bist so gut und sorgst, daß er hinabkommt auf den Freidhof.«

»Wie soll man ihn denn da heraufkriegen?« fragte der Knecht. »Da braucht man Stricke und Stangen.«

Der Bichelmeier war schon mitten unter seinen Schafen, die jetzt, da sie andere Menschenwesen hatten, den von ihnen seit drei Tagen bewachten Unglücksplatz verlassen konnten. Sie waren es, die den Männern nun den Weg zeigten aus dem Gestein, an den Wänden und Schuttfeldern nieder zu grünen Almen. Spät in der Nacht und tief erschöpft kamen sie an in den Hütten des Sonnreit. Dort waren mehrere Leute aus dem Tal, teils heraufgekommen, um die vermißte Schafherde suchen zu helfen, teils um bei ihren eigenen Herden Nachschau zu halten. Denen klagte der betrübte Bichelmeier sein Unglück: Da habe er den Jungen so weit aufgeatzt, daß er endlich zur Arbeit brauchbar worden wäre, jetzt stürzt er ab in den Wänden! –

Etliche gaben ihm ihr Beileid kund, andere schwiegen und dachten sich ihr Teil über diesen Mann.

Hierauf mutmaßten sie, wieso der Junge konnte verunglückt sein, und die Wahrscheinlichkeit sprach dafür, er habe in den Hängen einen Abstieg in den Zirmgraben gesucht, wo er Beeren oder eine Quelle vermutet. Dabei sei er gestürzt. Wenn die Schafe nicht an Ort und Stelle geblieben wären, man hätte den Verunglückten bis zum Jüngsten Tage nicht gefunden. Die unvernünftigen Tiere seien halt doch wahrlich oft getreuer als die Menschen ...

Einen Tag später war's, als der Mann, der diese Geschichte aufgeschrieben hat, auf der Bank vor dem Wirtshause in der Niedersill saß. Er blickte hinauf in das hohe finsterblaue Gewände. Über die höchsten Grate hingen die Nebel herab. Da kam des Weges ein alter, weißbärtiger Bergler, gebückt und schnaufend, denn er trug auf dem Rücken einen Korb, wie man sie auf den Almen zum Futtertragen hat. Er lud diesen Korb auf einen Pferdetrog ab, setzte sich neben hin, wischte sich mit der flachen Hand den Schweiß vom Gesicht und verlangte ein Glas Bier.

Woran er so schwer trage? fragte ich den Alten. Er deutete mit der Hand gegen den Korb, ich möge nachsehen. – Im Korb lag zusammengekauert der tote Knabe. Hände und Füße hatten sich nach Belieben und Raum legen lassen, so sehr waren alle Knochen zermalmt. Der Kopf war mit Krusten von Blut überzogen, der Mund war verstopft mit einem Grasballen.

Ich habe mich schaudernd abgewendet. Der Alte hat nach kleiner Labe die Last wieder auf sich genommen und hinausgetragen durch das stundenlange Engtal gegen den Kirchhof des Ortes.

Die Häuselschnecke

Einen Juchezer zum ersten – denn heute geht's auf die Alm. Einen Juchezer zum zweiten – denn wir holen die Braut. Einen Juchezer zum dritten – warum, das wird sich zeigen.

Auf der grünen Kärntner-Alm, da ist sie und da weint sie. Auf einem moosigen Stein kniet sie und betet. Es ist da oben selten eine so steinunglücklich oder so der himmlischen Freuden voll, daß sie beim Beten weinen muß. So eine ist unser frisches Dirndel, die Toni. Über knietief steckt sie im Glück, darum muß sie so närrisch weinen, daß sie sich vor sich selber schämen möchte. Jetzt trottet die semmelfalbe Kuh daher, da tut das Dirndel mit der grauen Schürze das Nasse weg von den Wangen und sagt: »Du, Alte, jetzt hab' ich lei so viel lachen müssen, daß mir 's Wasser in die Augen ist gestiegen. Denk' dir, jetzt kommen zwei Toni zusammen, er heißt Toni und ich auch, und das wird einen schönen Wirrwarr geben, sag' ich dir!« Die Kuh gab eine etwas unverständliche Antwort, aber Bräute verstehen an solchen Tagen auch die Tiersprache. »Der Namen wegen«, sagte die Semmelfalbe, »wird's keinen Wirrwarr geben, wenn nur sonst …! Daß es dir mit dem deinigen nur nicht so geht, wie mir mit dem meinigen! Möcht' dir's nit wünschen. Die Männertreu', meine liebe Toni, die Männertreu'!« Auf das mußte das Dirndel wirklich lachen. »Die Männertreu'«, rief sie, »ach, was fällt dir ein. Die ist ja gar soviel stark, die bricht nit! Dem Toni seine, sagt er, ist aus Eichenholz und an den Eckelen noch dazu mit Eisen beschlagen.« Und sie lachte so lang', bis sie einen Schrei tat.

Von hinten her hatte sie einer mit kräftigen Armen um die Mitte gefaßt und hoch in die Lüfte geschwungen.

»Hops auf, Schneckerle«, sagte der Toni, »jetzt bin ich da um dich.«

»Geh, schlechter Toni«, sagte die Toni, »daß du mich so schrecken kannst! Auslaß!«

Hochzeitlich angetan stand er vor ihr in nagelneuer Bauerntracht.

Von den Höhen her in der Morgenfrische klangen Waldhörner und Schwegelpfeifen. Die Halter und Sennerinnen, welche von den Musikanten aufgesucht und abgeholt worden waren in ihren zerstreuten Hütten, kamen herbei, um von der Genossin Abschied zu nehmen. Sie brachten bekränzte Butter und Kuchen und in Binsenkörblein frische Brunnenkresse und Eier. Dann huben sie an zu tafeln auf der grünen Alm. Der Halter Jirgel hatte einen Plutzer bei sich. »Greift's zu«, lud er ein, »für jedes ein kuhmaulvoll Geist!« Sie tranken den Branntwein und wurden unbändig munter.

Nur die Toni, obzwar sie auch ihr »kuhmaulvoll Geist« zu sich genommen hatte, war völlig weinerlich. Denn die Kameradinnen setzten ihr jetzt das Kranzel aus Alpenblumen aufs Haar, und bei solchem Geschehnisse werden jeder Braut die Augen naß. Doch aber schaute sie der Toni forschend an und sprach: »Was weinst denn jetzt, Tonele? Des Kranzels wegen? Du wirst es doch heut wohl noch tragen dürfen, gelt!?« – Heftig nickte sie mit dem Haupte auf und ab, so daß die Kameradin sagte: »Aber so halt still den Schädel! 's ist ja noch nit festgespendelt.«

»Macht's, macht's!« drängte der Bräutigam, denn ihm war schon ums Hochzeiten.

Die Tonele war aber noch nicht fertig. Jetzt trug sie dem Almbuben strenge auf, die Hütte und die drei Kühe sorgfältig zu bewachen, bis die Sefferl heraufkomme; sie selber bleibe für das Jahr schon unten im Tal, und die Almer möchten im Herbst mit dem Vieh gesund heimkommen ins Häusel. Dann wendete sie sich an ihre Almgenossinnen: »Der heurige Sommer hat bei mir nit lang' gedauert«, sagte sie feierlich, »aber wenn halt der Rechte kommt, da verläßt man die Küh' und Kalmen und die besten Kameradinnen und geht mit ihm, wohin er will, und war's bis ans End' der Welt oder gar nach Amerika, wie die Glöckel-Kathrin mit ihrem Thomas. Ich geh' freilich nur mit ihm in mein Staudenhäusel hinab und verhoff' euch schon immer einmal noch zu sehen. Dank euch Gott für alles! Du, Theresel, daß du mir meine Küh' oft hast heimgetrieben; du, Nandel, daß du mir der krummen Kalm den Schinken (Fuß) hast einfatschen helfen; du, Stefel, daß du mir immer einmal einen Bund Futter hast zur Hütten getragen. Seid's all bedankt. Und dich, Mariedl, hab' ich einmal ein dreckigs Mensch geheißen, tu mir's heilig verzeihen. Und wem ich sonst was Leids hab' getan, tut's mir's heilig verzeihen, und in den Ehestand nachschelten, das soll mir niemand.«

»O du narrische Tonele«, riefen alle, »wir wünschen dir tausend Glück und hundert leibige Kuh' und zehn kleine Buben!«

Länger hielt's der Toni nimmer aus, rasch nahm er die Braut am Arm und fuhr mit ihr ab über die grüne Alm.

Er war ein Holzknecht, von der Murauergegend herübergekommen erst vor kurzer Zeit; gerade nicht von den schönsten einer, aber mein Gott: Jugend, Gesundheit und gerade Glieder, was braucht man denn mehr? Der Jugend wegen hätte er zwar noch um zehn Jahre früher heiraten können, aber – und das waren seine eigenen Worte – eine Weichschneck' (Waldschnecke) könnt' er nicht brauchen, und eine Häuselschneck' hätt' er bisher nicht gefunden; die Tonele ist Erbin des Staudenhäusels und der kleinen Alm, und so wagt er es mit ihr und sie mit ihm. Und just der allein steht ihr an.

Als sie jetzt durch den Wald hinabgingen, legte er den Arm um ihre Mitte: »Wir haben uns halt gern, du Schneckerl, du! Gelt?«

»Was fragst denn?« sagte sie. »Wie gern ich dich hab', das weißt du, und wie gern du mich hast, das mußt du lei auch wissen.«

»So gern wie dich hab' ich noch keine gehabt.«

»Am End' bin ich gar die erste!« rief sie und klatschte die Hände zusammen.

»Bei meiner Treue!« versicherte er. »Und ich bin ja auch dein erster, gelt, Tonele?«

»Ja, was glaubst denn, Toni?« rief das Dirndel lustig. »Daß ich alleweil auf dich gewartet hätt'? Und hab' doch gar nit gewußt, daß du auf der Welt bist! Mein letzter kannst sein, wenn du willst!«

»Geh, Tonele, tu nit so Späßle machen!« sagte er. »Wenn's ernst wär', was du jetzt gesagt hast, ich wüßt' nit, was ich tät'!«

»Na, versteht sich!« lachte sie. »Gleich da über die Wand abi! Wie du schon bist! – Du, schau, da haben sie uns abgesperrt.«

Kein Sturmwind war gegangen, nicht gestern und nicht heute, aber die Bäume lagen in kreuz und krumm über dem Hohlwege. Das hatten mutwillige Bursche den Brautleuten zu Ehren getan. Aber der Toni stieg darüber hin, und die Tonele kroch unten durch. Als sie ins Tal kamen, wo zwischen einem Waldschachen und dem Wasser das Staudenhäusel steht, ging die Tonele hinein, und den Bräutigam ließ sie heraußen stehen. Er stand da, schaute um und um und überlegte, was nun zuerst gearbeitet werden müsse am Häusel, im Garten und auf dem sonnseitigen Feldlein. Es ist alles hübsch beieinand', und es wird sich leben lassen. Das alles kriegt er zum Lohn, weil er so ein schöner Mann ist! Eine feine Häuselschneck' hat er gefunden, und die andern – die Weichschnecken –? Ah was, vom Murauerischen herüber ist's weit. Er schien die Weiber zu kennen, daher hatte er sich auf eine Stunde Wartens gefaßt gemacht, und daher begann er nun die jungen, lose gewordenen Obstbäumlein mit Weidenzweigen fester an den Stab zu binden; denn eine Stunde lang müßig stehen, das war des jungen Holzknechts Sache nicht. Aber sie kam schon nach einer halben Stunde aus dem Häusel und leuchtete wie ein Maienstrauß. Ein weißes Kittele mit blauen Sternlein und hellen Röslein, ein vergißmeinnichtfarbiges Schürzele, ein schwarzes Joppele mit rotseidenem Busentuch darüber. Das Gesicht war schon auf der Alm gewaschen, das Haar schon auf der Alm gekraust, das Kranzel schon auf der Alm angespendelt worden.

»So, jetzt bin ich's«, sagte sie lustig, »wenn man einen so sauberen Mann heiratet, muß man sich lei auch sauber herputzen. Gefall' ich dir? – Du bist mir aber ein schöner Bräut'ger, du hast ja gar keinen Buschen auf dem Hütele! Gib her, ich steck' dir einen hinauf. So, jetzt bist es.«

Nelken und Rosmarin hatte er im grünen Band, und ein Stammel davon stand hoch über den Hut hinaus, also daß seine heutige Würde wohl von weitem zu erkennen war. Die Braut trug in blaues Tuch gewickelt einen großen Laib Brot bei sich, aber nicht für den Bräutigam, falls er unterwegs zur Kirche hungrig werden sollte, sondern für die Armen, die nun anhuben, hin und hin am Wegesrand zu stehen, und an denen sie das Brot stückweise verteilte. Barmherzig sein, damit soll nach altem Brauch der heilige Ehe- und Wehestand anheben.

Neben dem Wege im Moorgrund balgten sich verwahrloste Kinder. Ihre Kleidchen waren fahl, zerfetzt, mit Morast bespritzt. Diese Rangen rief der Bräutigam, warf ihnen aber die kleinen Münzen nicht vor die Füße, sondern gab sie ihnen in die bekleckstes Hände.

»Du hast die Kinderle wohl recht gern, Toni?« fragte ihn die Braut.

»Vielleicht arme Waislein«, sagte er, »kein Mensch kümmert sich um sie. Wenn eins auch noch Eltern hat, so schauen sie sich nit um nach dem Würmel oder dürfen sich nit umschauen; 's is halt ein Kreuz. – Na, jetzt geht's nur und tut's nit raufen! Wirst ihn auslassen, du Racker, den andern beim Haar! – 's ist halt ein Kreuz!«

Je näher sie dem Dorfe und der Kirche kamen, je feierlicher ward der Braut zumute, und auf manche holde Red' des Bräut'gers gab sie kaum eine Antwort. Auf dem Kirchenplatz waren schon die Hochzeitsgäste versammelt mit den Musikanten. Die Hochzeitsmutter nahte mit einem dürren Palmkatzelzweig und verlangte nach der

Väter Sitte, daß der Bräutigam sich drei Katzeln in die Schuhe tue. Jetzt wurde der Holzknecht das erstemal rot; vor den Leuten die Stiefel auszuziehen, daß sie sahen, er hätte keine Strümpfe an? – Mit einem Silberzwanziger kaufte er sich los vom alten Brauch. Auch die Braut legte eine Münze auf den Teller, mit dem der Küster demütig umherging.

»Tut's ihn nur recht schamiern, den Himmelvater, daß er euch Glück und Segen gibt!« sagte die dicke Hochzeitsmutter sinnig, sie selber gab nichts.

Als sie zu Paar und Paar in die Kirche schritten, bemerkte der Toni, der mit einer »Kranzeldirn« hinter der Braut mit dem »Kranzelbuben« ging, daß neben dem Tore der Forstjung' stand, und daß die Tonele ihr Gesicht rasch auf die andere Seite wendete. Der Forstjung' stand am Tor, starr, finster und wüst. Sein Auge zuckte und konnte sich nicht wenden von der Braut, bis sie in der Tür verschwunden war. Der Toni knirschte mit den weißen Zähnen so stark, daß das Kranzdirndel ihn flüsternd fragte, ob er sich jetzt nicht einen Zahn ausgebissen hätte?

Eine Viertelstunde später ist das Jasagen da. Er stößt seine drei Ja scharf heraus, sie lispelt dieselben schämig und so leise, daß die Fernerstehenden schon meinen, die Tonele habe ihr Ja verweigert, aber der Geistliche hat sie recht wohl gehört – und somit ist das Schloß zugeschnappt und der Schlüssel hinausgeschleudert in die bodenlose Ewigkeit.

Der Bräutigam hatte während der Trauung mehrmals nach dem Eingange geschielt. Wenn jemand käme und Lärm schlüge! ... Das wäre so was! Es ist halt ein Kreuz! – Aber es geschah nichts, und sie gingen hernach ins Wirtshaus zum Tanz und zum Essen.

Daß in Spaß und Ernst noch manch sinniger Hochzeitsbrauch erfüllt wurde, wird man mir ohne besondere Beteuerung und Berichterstattung glauben. Als die dreifache Mahlzeit zu Ende ging, waren schon die Lichter angezündet im Saal, da stand der Hochzeitsvater (Hochzeitsleiter) auf, schrie in den lustigen Festwirrwarr hinein, er bitte um Ruhe, es sei der Engel aus dem Paradies gekommen mit einer Botschaft.

»Liebe Braut- und Hochzeitsleute!
Im heiligen Paradies, als sie fertig waren allbeide, küßte der Gottvater den Adam auf die Stirn und die Eva auf den Mund, und deswe-

gen hat der Mann seinen Verstand im Hirn und das Weib den ihren auf der Zung'. Und sintemalen und alldieweilen das Weib ihren Verstand auf der Zung' hat, so sagt sie ihre Geheimnisse frank und frei, und der Mann tut seine verschweigen. Und deswegen hat mir die schöne Braut just anvertraut, daß ihr das Herz möcht' zerspringen vor lauter Lieb' und Freud' und anderen Dingen, und daß sie einen so braven Mann hat gekriegt, und daß so viele ehrenwerte Gäste sich zu ihrem Ehrentag haben eingefunden. Und da wollt' sie gleich ihre Brieftasche aufmachen und dem Herrn Speisemeister (Hochzeitswirt) und Kellerwartel alles bezahlen, was die ehrsame Gesellschaft genossen, auf den Bescheidteller gelegt und in die Gurgel gegossen. Noch zu rechter Zeit stupft sie der Engel aus dem Paradies in die Seit' und sagt: ›Geldverschwenden willst heut? Und aufs Jahr tut liegen ein Kindele in der Wiegen und schreit um Brot. Und in sieben Jahren sind sieben Kindelein da und schreien alle um Brot, um Brei und noch um sonst allerlei. Bedenk's und gib Ruh', und mach dein Tascherl wieder zu, und laß den lieben Hochzeitsgästen die Freud' und Ehr', daß sie das selber lei büßen, was sie verzehrt, und daß sie auch für das ehrsame Brautpaar zahlen und für die Brautmutter, gar lobenswert, die sich rechtschaffen geplagt hat an dem heutigen Tag, und für den Brautvater, den alten armen Hascher, der predigen soll und keine Stimm' nicht hat – Just so hat's ihr der Engel gesagt, und just so hat es die schöne Jungfer Braut mir anvertraut, sintemalen sie kein Geheimnis verschweigen kunnt, weil sie der Gottvater geküßt hat auf den Mund. Und wetten will ich nichts, das Stuck hat ihm der schlaue Bräut'ger abgeguckt und macht ihm's nach, wozu er meinen Segen hat und unser aller Glückwunsch für hundert Jahr! Vivat das Brautpaar!«

Also hatte der muntere Alte gesprochen, und jetzt wußten sie die Botschaft des Engels aus dem Paradiese: Zum Zahlen war's.

Nun fiel es aber jemandem ein, daß dieser schöne lange Tag auch eine Nacht habe, weshalb der Tanzboden frisch mit Federweiß zu bestreuen sei. Allein der Toni vermutete, die Tonele würde nach all den Sachen schon müde sein, und so schlich er mit ihr heimlich davon.

Unterwegs gegen das Staudenhäusel ging ihr der Toni zu schnell, es schien, als wäre sie noch gern im Wirtshaus geblieben.

»Soll wer nachkommen, weil du so stad gehst?« fragte sie ihr Mann.

»Willst wen einholen, weil du so laufst?« fragte sie entgegen.

Dann schwiegen sie und gingen. Es war dunkel. In der Schlucht rieselte das Wasser, die Schuhe der nebeneinander Wandelnden stießen manchmal leicht an einen Stein, sonst war alles still.

»Gut hat er gesprochen, der alte Eichinger«, hub nach einer Weile der Toni wieder an. »Gerade das hab' ich nit recht verstanden, daß ein Weibsbild kein Geheimnis sollt' verschweigen können.«

»Sowas sagen die Leut halt lei spaßeshalber«, meinte die Braut.

Dann gingen sie wieder schweigsam nebeneinander hin. Die Braut trug in der Hand ein Bündel Bescheidessen, da drin waren Bratenstücke, Kuchen und Krapfen, Dinge, die der Hochzeiter bei der Tafel nicht zu essen pflegt, sondern mit nach Hause trägt zum Verteilen. »Für wen, Schneckerl, für wen bringst denn du das Bescheidessen heim?« fragte sie der Toni.

»Na, halt für die Kinder!« lachte die Tonele, und über diese launige Rede lachte auch er hell auf. »Da mögen die Krapfen wohl ein wenig altbacken werden, bis so ein kleiner Saggra hineinbeißen wird.«

Sie gab darauf keine Antwort.

Nach einer Weile sagte er: »Hast du ihn eingeladen zur Hochzeit?«

»Wen?«

»Den Försterjung'.«

»Wie kommst du jetzt auf den Försterjung'?«

Der Toni blieb stehen, machte einen Griff in den Sack, einen Strich über den Ärmling und leuchtete ihr mit brennendem Streichholz ins Gesicht: »Will doch einmal sehen, wie du ausschaust, wenn vom Försterjung' die Red' ist.«

Sie war nicht rot geworden, sie schaute ihm ganz keck in die Augen und sagte: »Da guckest umsonst, Bübel, vom Försterjungen wirst nit viel hängen sehen an meiner Nasen.«

»Aber bei der Kirchtür hab' ich ihn stehen sehen«, murmelte er, und der Klang der Stimme war unsicher geworden.

Sie hub an laut zu lachen: »Ah, das ist gut!« rief sie. »Jetzt zwickt ihn schon die Eifersucht. Ja du mein herzliebster Toni! Ein Mensch und ein Engel zusammenheiraten, das tät's ja nit! Da ist's doch gescheiter, wenn zwei Menschen mit Fleisch und Blut zusammenkommen. Und was wirst denn sagen, wenn du schon ein paar junge Schnecken findest im Schneckenhäusel?«

Er blieb stehen, faßte sie am Arm und sagte: »Wenn ich dich versteh', Tonele, es ist zum Erschrecken, wie du redest! Wenn ich doch nit der erste wär'!«

Sie schnellte von ihrem Arm seine Finger los, faßte aber mit der Hand um so fester seinen Jackenflügel an. »Wenn es *so* ist, meinst du«, sagte sie, »so müssen wir schon deutlich miteinander reden. Jetzt sag' mir einmal, du schöner Holzknecht, warum soll uns Weibsleuten das auf Punkt und Siegel verboten sein, was ihr Männer euch nicht bloß erlaubt, sondern sogar für Recht und Ehr' betrachtet? Daß in der Ehe der Aushupf beim Weib schlimmer ist als beim Mann, das verstehe ich, und so dumm bin ich nit, daß ich solches nit kunnt verstehen. Aber daß beim Heiraten sie ihm die Zukunft schenken und die Vergangenheit umsonst draufgeben soll, und daß der Mann beim Heiraten mehr Erspartes von ihr verlangen kann als sie von ihm, das verstehe ich lei schon gar nit.«

»Daß ich nichts Erspartes hab', werd' ich dir wohl eh' gesagt haben«, wendete er ein.

»Nein, nein, Toni, du weißt recht gut, was für ein Erspartes ich meine. Du wenigstens verlangst von mir die erst' Lieb'.«

»Verlang' ich auch, Schneckerl, verlang' ich auch.«

»Warum aber bringt denn das *Bübel* so was nit mit?« fragte sie.

Der Toni antwortete: »Wenn du etwan auf mich solltest anspielen –!«

»Ei beileib' nit, auf dich schon gar nit!«

»Wär' ein rechter Irrtum«, sagte er, »ich hab' mir nichts vorzuwerfen, Gott sei Dank, ich nit!«

»Toni«, entgegnete hierauf sie ganz ruhig, »jetzt möcht' ich dir aber kein Streichhölzel vor die Nasen halten. Wenn du *jetzt* nit rot wirst wie ein Paradiesapfel, nachher – nachher wärst ein grundschlechter Mensch.«

Nun fand es aber der junge Ehemann an der Zeit, seine Herrlichkeit aufzumutzen. Wenn er sich gleich das erstemal weichkriegen ließe, dann wäre die Schlacht verloren noch vor dem Kriege. Nicht einmal zum Eifersüchtigsein hätte er ein Recht, wenn sie jetzt nicht scharf zurückgeschlagen wird. Er strampfte also seinen Fuß auf den Boden und rief: »Was soll das heißen? Jetzt wird's mir zu dumm! Hab' ich dich betrogen? Gut, so zeig hin, wo, wann, mit wem! Zeig hin! Gelt, jetzt bist still, weil du mir nichts nachsagen kannst. Und *wenn* was wär' gewesen, ging's wen was an? Hättest du einen Schaden davon? Hättest du Sorg' zu tragen dafür? Ich glaub' nit. Ich sag' dir das, meine liebe Toni: Wenn jeder und jede so brav ist wie ich vor der Verheiratung, nachher wird keine Sintflut mehr kommen und kein Schwefelregen auch nicht mehr, daß du's weißt! Und daß du so verdächtig herumredest, als ob was nit richtig wär' bei mir, das kannst lei bleiben lassen, und das verbiet' ich mir, verstehst! Ich hab' vor dem Altar leicht und gern ›Ja‹ gesagt, und gehört haben sie's auch, und ich hab' keine Ursach' zu fürchten, daß ein ungebetener Gast vor der Kirchtür steht, hast verstanden? Und mit solchen Sachen kommst mir nimmer, merk dir's – verstehst?!«

Darauf sagte die Tonele fast gütig: »Sollst recht haben, und wir wollen nit gleich in der ersten Stund' miteinander streiten. Nur soviel: Was du jetzt von dir gesagt hast, das kann ich von mir sagen, und mit gutem Gewissen. Und wenn ich anders geredet hab', so ist's gefoppt gewesen. Wollen die Vergangenheit in Ruh' lassen. Muß immer eine alle zwei Augen zudrücken bei ihrem Mann, das weiß ich eh. Aber wenn einer gar keine Fehler hat, da wird er sie freilich nit eingestehen, das kann ich mir denken. – Halten wir nur von jetzt an schön zusammen, mein Mann, helfen wir einander geduldig und nachsichtig die Pflichten und Sorgen tragen, wie der Pfarrer heut gesagt hat, und von vergangenen Geschichten weiter kein Wort mehr. Toni, gib mir die Hand drauf.«

Das tat der Toni denn äußerst gerne, und er war überaus zufrieden mit dem Erfolg seines strammen Auftretens, durch das ihm in dem Staudenhäusel die Würde des Mannes für immer gesichert war.

»Und jetzt gehen wir eilends heim!« sagte sie, ihren Arm in den seinen legend. »Wir haben nimmer weit.«

Sie sahen auch schon die rotschimmernden Fensterscheiben des Staudenhäusels. Als sie über den schmalen Wiesensteig gingen, das Weib hinter dem Mann, blieb der Toni stehen und bemerkte, daß auf diesem Wieslein schon die zweite Mahd reif sei. »Das wird gleich morgen gemacht. Um sechse weck mich auf. Ist das Heu fertig, nachher geht's an den Staudenschopf. Den kann ich nit brauchen beim Haus; etliche Schirmbäume bleiben stehen, das andere wird Acker. Sooft ich den Bach höre, der gleich an uns vorbeirinnt, denk' ich an eine Mühle. Der Zuspruch wollt' sich schon finden. In zehn

Jahrln, Weib, wird's anders anschau da herum, so aufwirtschaften, das macht mir just einmal eine Freud'.«

Jetzt hätte sich's aber wahrlich verlohnt, wenn er ihr mit dem Streichholz ins Gesicht geleuchtet hätte – *jetzt* waren ihre Wangen rot und ihre Augen strahlend. Der tüchtige Wirt, den sie an ihm einführte in ihr Häusel!

Als der Toni durch die niedere Tür in die Stube trat, gab's da drin eine kleine ältliche Weibsperson und zwei nett herausgeputzte Knaben von etwa vier oder fünf Jahren. Im ersten Augenblick erschrak der Toni fürchterlich – im zweiten erschrak er noch mehr.

Die Knäblein duckten sich etwas scheu, dann kamen sie sachte an ihn heran, und eins sagte beklommen: »Vaterl!«

Und der Toni – er erkannte sie.

Sprachlos war er und versteinert. Die Tonele packte auf dem Tisch rasch ihr Bündl aus und rief den Kindern zu: »Na jetzt, euren Vater habt ihr wieder. Der geht euch lei nit mehr durch. Und die Mutter ist auch da! Schaut einmal, was sie euch mitgebracht hat.« Und teilte Fleisch und Krapfen an die beiden Knaben aus. Hernach ging sie in die Nebenstube. Er schälte die zutraulich gewordenen Kleinen von seinen Knien und ging ihr nach. Sie saß auf der Ofenbank und weinte. Er stand vor ihr, da er doch knien sollte; er stand da wie ein Strunk, von dem der Blitz den stolzen Wipfel geschlagen. Endlich sagte er kaum hörbar, so dumpf: »Weib, du kannst dir's denken, wie mir jetzt ist. Neun Ellen in den Erdboden hinab schäme ich mich. – Tonele!« Ihre Hand hätte er fassen mögen und die Tropfen ihr von den Wangen küssen – er getraute sich nicht, sie zu berühren.

Endlich richtete sie sich ein wenig auf, strich mit der Schürze über das Gesicht. In ihrem Haar war noch der Hochzeitskranz. »Wenn ich *dich* gern hab'«, sagte sie dann, »so werd' ich deine Kinder auch nit verlassen. Und mußt wissen: So eine *Schneck'*, wie du sagst, hat nit grad 's Häusel allein, hat auch ihre Fühlhörner, mein Mensch! – Von der Kramer-Klara, die oftmals ins Steirische hinüberkommt, und die jetzt draußen in der Stube bei den Kindern ist, hab' ich ja schon vor zwei Wochen alles erfahren; sie hat mir dort in der Murauergegend bei den Bauernhäusern herum die Waislein zusammensuchen müssen. Man soll die Hascherlen – sagt die Klara – recht gern hergegeben haben, recht gern, sagt sie. Auch das G'schrift hat sie mir alles mitgebracht, und die kleinen Buben können dir gar nimmer abgestritten werden. Daß du sie so unter fremden Leuten hättest verderben lassen wollen, das glaub' ich nit, und ich glaub's nit. Na, hab' ich mir gedacht, erspar' ihm den Gang und laß sie lei selber holen. So sind sie da, und jetzt haben wir halt schon ein paar gesunde Buben miteinand, und gut ist's und aus ist's.«

Ich glaub's, was sie sagen, daß jetzt der Holzknecht feuchte Augen bekommen hätte, und kein Wort gesagt, auch nicht ein einziges. So etwas verschlägt einem das Redewerk – ich glaub's gern.

In der Familienstube des Schneckenhäusels soll es an demselbigen Abend noch ein heiteres Stündl mit Naschen und Schäkern gegeben haben. Und der Toni, heißt es, hätte dabei den würdigen Hausvater gespielt. Wie aber die Kinder zu Bette gebracht worden, da sei er fast schwindelig zur Tür hinausgetreten in die Mondnacht und hätte einen Juchezer getan, der weit und weit fortgeklungen in die Wälder. – Und das – das ist der Juchezer zum dritten!

Die Rauferbuben

»Seppel, Seppel, am Montag mußt du zum Gericht!«
»Wer – – ich?«
»Du.«
»Bist aber nicht gescheit.«
»Das bitte ich mir aus, der Gerichtsbote ist immer gescheit.«
»Ja, was soll denn ich beim Gericht? Hab' ich was angestellt?«
»Stechen hast dich lassen«, antwortete der Bote.
»Ach, alleweil noch diese dumme Geschichte!« rief der Seppel aus. »Wer hat ihn denn verschergt, den Klachelschneider?«
»Hast denn nicht du ihn selber verklagt, daß er dir das Messer in den Leib gerannt hat?«
»Geh, wer wird der Dummheit wegen so Geschichten machen! Ich hab' nichts gesagt.«
»Alsdann hat der Herr Staatsanwalt die Anzeige gemacht«, sagte der Bote.
»Was geht denn das den Staatsanwalt an?« begehrte der Seppel auf. »Den hat er ja nicht gestochen, der Schneider!«
»Den Staatsanwalt geht das schon was an, mein Lieber!« belehrte der Gerichtsbote. »Wer gestochen wird, der ist ihm freilich gleichgültig, aber wer sticht, den packt er. Der Herr Staat, mußt du wissen, kümmert sich nur um die schlechten Leut', nicht um die braven. Und ist in Ordnung, das; der Schlechten wegen ist er da, die Braven brauchen gar keinen Herrn Staat.«
»So soll er auch mich in Fried' lassen!« sagte der Seppel. »Ich will nichts mehr wissen vom Handel, und der Klachelschneider ist mein Kamerad, über den laß ich nichts aufkommen.«
»Mußt am Montag zur Tagsatzung, gegen ihn Zeugenschaft geben, da hast die Vorladung. Und da auf diesen Zettel schreibst deinen Namen her, daß das Gericht weiß, ich hätt' dir die Zustellung richtig zugestellt. Kannst nicht schreiben, so mach ein Kreuz.«
»Deswegen hat's nix; schreiben können wir schon!« sagte der Seppel und zeichnete mit schwerer Not, aber innerem Stolz seinen Namen aufs Papier. Damit gab der Bote sich zufrieden und ging seines Weges.
Der Seppel war ein etwa fünfundzwanzigjähriger Bauernbursche von hünenhafter Größe. Über sechs Schuh an Länge, bei den Achseln

fast drei Schuh an Breite, aber mit gewöhnlichen Schuhen gemessen, nicht mit den seinen, denn von diesen war jeder zwei Schuh lang; großknochig an den Gliedern und muskelstark, aber schwerfällig an Bewegungen. Auf dem sonngebräunten Stiernacken ein stattlicher Kopf mit schlichtem rotblonden Haar, das breite Gesicht wohl gerötet, aber bartlos, die Augen mattgrau und gutmütig dreinschauend, in die Welt, die er gerade so nahm, wie sie war.

Als der Montag kam mit der »Tagsatzung« (der Verhandlung), stand nun dieser Bursche vor dem Gericht. Vor dem stand aber auch ein mageres, überaus rührsames Kerlchen in schwarzem, halb städtischem Anzug, und ihm zur Seite ragten zwei baumstarke Gendarmen mit aufgesteckter Waffe.

»Also, Josef Lichtenbacher«, sagte der Richter nach einigen Vorfragen zum Bauernburschen, »wie war es?«

»Ja, wie war es!« antwortete der Seppel achselzuckend. »Eine Dummheit!«

»Warum ist an jenem Abende im Wirtshause gerauft worden?«

»Aus Unterhaltung.«

»Aus Unterhaltung bringen sich ja doch vernünftige Leute keine Wunden bei«, meinte der Richter, »es muß einen Grund gehabt haben.«

»Freilich hat's einen gehabt«, berichtete der Seppel, »weil wir haben wissen wollen, welcher stärker ist.«

»Wie viele waren ihrer?«

»Mein Gott, wieviel werden gewesen sein?« sagte der Bursche nachsinnend. »Da war einmal der Blasernatz, nachher war der Schwaighofersimmerl, nachher war auch noch der Klopfersohn, der Franzl.«

»Waren das alle?«

»Ich bin halt auch dabei gewesen.«

»Und –?«

»Nachher wird auch der Fleischhackersteffel gewesen sein und der Rösselwirt. Sonst weiß ich keinen mehr. Richtig, ein etlich Weiberleut' sind auch noch gewesen.«

»Und der Anton Pöllersberger?« fragte der Richter.

»Der Anton Pöllersberger – wer ist der?«

»Genannt der Klachelschneider!«

»Jesses, der Klachelschneider!« rief der Seppel. »Den hätt' ich bald vergessen.«

»Der hat Ihnen ja das Messer in den Leib gesteckt!« rief der Richter.

»Aber sie haben's ja wieder herausgezogen.«

»Sind Sie mit ihm in Feindschaft gewesen?«

»Ah beileib' nit«, sagte der Bursche. »Der Mirzl wegen ist's halt hergangen. Wir haben sie halt jeder haben wollen.«

»Der Schneider und Sie?«

»Ah nein, ich und der Simmerl. Und die Mirzl hat gesagt: Den Stärkeren nehm' ich. Also haben wir halt wissen wollen, welcher der Stärkere ist.«

»Wie kam aber der Schneider dazu?«

»Ja, der ist halt auch dabei gewesen.«

»Mit dem Schneider sollen Sie ja gar nicht gerauft haben!« sprach der Richter.

»Na, freilich nit«, entgegnete der Seppel schmunzelnd, »da haben wir's schon so auch gewußt, welcher der Stärkere ist. Mit dem Natz und dem Simmerl hab' ich gerauft.«

»Und wie war es weiter?«

Der Bursche zuckte die Achseln: »Wie soll's denn gewesen sein? Wir haben halt gerauft.«

»Fenster zerschlagen, hat ein Zeuge ausgesagt, heidenmäßig geschrien, mit den Fäusten aufeinander losgedroschen und zwei Stuhlfüße abgebrochen.«

»Na freilich, weil wir gerauft haben.«

»Und der Anton Pöllersberger?«

»Ja – der Schneider«, sagte der Bursche, »der hat zuerst nur so zugeschaut. Nachher, wie er gesehen hat, der Schwaighofersimmerl liegt untenauf, da hat er ihm geholfen, weil er sein Kamerad ist.«

»Wie hat er ihm geholfen?« fragte der Richter.

»Halt aufhelfen hat er ihm wollen, weil ich dem Simmerl so auf dem Bauch bin gekniet und der Simmerl alleweil schreit: Du Gimpel, du druckst mir ja das ganze Bäuschel heraus!«

»Und was hat der Schneider gemacht?«

»Ich hab' nichts gesehen. Wie wir nachher aufgestanden sind und brav gelacht haben, schreit auf einmal ein Weibsbild: Jesses Maria, Seppel! Dir steckt ja ein Messer im Buckel! – Ich drah' mich um, seh' nichts. Teuxel! sag' ich, hab' schon a Weil' was beißen gespürt! Hab' nachher hinüber'griffen mit der Hand und steckt richtig das Messer drin!«

»Soll ja gute zwei Zoll tief gesteckt sein«, sagte der Richter.

»Kann schon sein«, antwortete der Bursche ruhig, »weil es gar nicht heraus hat wollen. Ich gwiglatz' (hin und her ziehen) eine Weil', g'schaff aber nichts. Man kann selber nit gut an. Simmerl, sag' ich, sei so gut, zieh mir das Messer heraus. Der Simmerl hat's bald heraußen gehabt.«

Nun fragte der Richter den Burschen: »Was haben Sie nachher gemacht?«

»Wer, ich?« fragte der Sepperl entgegen. »Das Messer hab' ich angeschaut. Ist ein Taschenfeitel gewesen, aber weiter nit abgebrochen.«

»Und das Loch?«

»Das Loch in der Jacken hat der Schneider wieder zugeflickt.«

»Ich meine die Wunde, die er Ihnen gestochen hat!«

»Ja so; die Wunde auf dem Buckel. Die Weiberleut' haben ein Pflaster draufgelegt –«

»Und dann –?«

»Dann nachher sind wir Kartenspielen gegangen.«

»Und der Anton Pöllersberger?«

»Ja, der Schneider! Der Schneider hat auch mitgespielt.«

»Und haben Sie ihn nicht zur Rechenschaft gezogen?«

»Freilich haben wir gestritten. Der Schneider hat alleweil falsch ausgespielt.«

»Und des Messerstiches wegen? Haben Sie es gleich gewußt, daß der Pöllersberger gestochen hat?«

»Ah freilich.«

»Er hätte Sie ja totstechen können!«

»Ja«, meinte der Bursche, »das hab' ich ihm auch gesagt, ein anders Mal sollt' er nit so ungeschickt sein.«

»Josef Lichtenbacher!« sprach nun der Richter. »Sie fordern wohl Schmerzensgeld.«

»Ich? Wegen was?«

»Ist die Wunde jetzt heil?«

»Ich glaub' schon. Hab' nachher nimmer nachgeschaut.«

»Also verzeihen Sie ihm auch?«

»Wem?«

»Dem Anton Pöllersberger!«

»Ah«, sagte der Seppel, »verzeihen! Warum denn? Bin ja gar nie harb (böse) gewesen auf ihn. Er hat mich halt a bissel jucken wollen.«

Jetzt wendete der Richter sich zum Angeklagten und sprach: »Nun, Anton Pöllersberger, was sagen *Sie* dazu?«

Der Anton Pöllersberger zuckte erst recht die Achseln.

»Warum haben Sie gestochen?«

Der Schneider antwortete ganz beklommen: »Weil ich dem Schwaighofersimmerl hab' helfen wollen.«

»Mit dem scharfen Messer?«

»Ja, mit den Händen allein hätt' ich halt nichts ausgerichtet«, gestand der Schneider treuherzig zu.

»Pöllersberger, ich werde Sie einsperren lassen!«

Nun trat der Seppel vor und sagte: »Ich bitt', Herr Richter, machen's keine Geschichten. Der Schneider ist halt just ein bissel gut aufgelegt gewesen. Hat ein etlich' Glaserl Schilcher 'trunken gehabt. Einsperren wegen so einer Dummheit! Ist mein guter Kamerad, der Schneider. Ich bitt', lassen's es gut sein.«

Der Richter rückte auf seinem Sitze etwas unstet hin und her und dann sprach er: »Ich fürchte, der Pöllersberger könnte wieder einmal gut aufgelegt werden, und will ihm nun Zeit geben zum Nachdenken, daß man bei guter Laune nicht dem guten Kameraden das Messer in den Leib rennt. Drei Monate Arrest werden nicht zuviel sein.«

Der Schneider sagte kein Wort. Der Seppel rief ihm zu: »So, Toni, jetzt hast die Dummheit!« und ging mißmutig nach Hause.

Zwei, die sich mögen

Es war Feierabend vor der Kirchweih. Im Steinleitnerhof ruhten die Werkzeuge, und die untergehende Sonne legte schon den Feiertagsschein darauf. Der alte Steinleitner hatte sein Kinn rasiert und seine dünnen grauenden Haare glatt gestrichen und das grüne Samtkäppchen daraufgesetzt. Die weißärmeligen Hände in die Hosentaschen gesteckt, so ging er jetzt ums Haus herum – er suchte seinen Sohn. Mit dem hatte er was zu besprechen; kann's mit Güte abgemacht werden, dachte er, so wird's am besten sein. Er hatte stark vorspringende Stirnknochen, wie Leute, die geschaffen sind, mit dem Kopf durch die Wand zu rennen. Daher ist sein liebevolles Fürnehmen doppelt erfreulich. Anderseits ging auch sein Sohn, der Martel, ums Haus herum; das war ein kerniger Bursch so zwischen vierundzwanzig und dreißig – näher ist bei diesen Bauernköpfen das Alter ja selten zu bestimmen. Er hatte einen großen schwarzen Schnurrbart, kleine scharfblitzende Augen und auf dem buschigen Kopfe eine schwarz- und rotgestreifte Zipfelmütze, aber ohne die dazugehörige Quaste, weil der Martel das Gängeln und Baumeln nicht leiden mag. Nun gängelte und baumelte aber seit einiger Zeit im Hofe etwas, das war nicht so leicht festzukriegen wie die Quaste an der Zipfelmütze, und darum wollte auch er heute mit dem Alten ein Wörtel reden. So ein Wörtel mit dem Alten redet man sein Lebtag nur einmal, und darum ist's am besten, wenn's in Güte geschehen kann.

Also geht jeder der beiden mit seinem Anliegen dem anderen entgegen, und wie die vorsätzliche Güte ausgefallen ist, das werden wir bald erfahren.

Dort, wo unter vorspringendem Lattendach die Mostpresse steht, dort begegnen sie sich.

»Magst nicht rasten, Martel?« sagte der Alte und setzte sich selber auf den Schragen. »Mußt ja müd' sein, wie du wieder brav zur Arbeit g'schaut hast in dieser Wochen – recht wolter brav.«

»Für seine eigene Sach' arbeiten, das macht nicht müd'«, antwortete der Bursche und rüttelte an dem Preßbaum, als ob er nur darum stehengeblieben wäre. Er setzte sich nicht nieder.

»Für eigene Sach', meinst«, sagte der Alte, »freilich wohl. Kriegst sie auch, die Wirtschaft, in ein paar Jahrln. Bist mir allweil lieb gewest. Über und über war's in Ordnung mit dir, bis auf ein klein Stückel. Bis auf ein ganz klein Stückel, mein Martel. Wenn du mir das Stückel wolltest lassen, ich wüßt' mir auf der Welt keinen besseren Buben zu finden, als wie du bist. Auf der Welt keinen.«

Der Martel tut, als sinne er nach, und dann sagte er: »Kunnt mir's nit denken, was der Vater meint.«

»Nit? Und daß dir dein Gewissen nichts vorwirft? Schau, nicht allein meinetwegen, Martel, auch unsers Herrgotts wegen. Hat uns heuer wieder ein so gutes Jahr geschenkt. Das viele Korn! Most, verhoff' ich, kriegen wir auch der Eimer vierzig, und guten. Sollst wohl doch ein bissel dankbar sein und dem Herrgott eine Freude machen. Und ich weiß es, Martel, er hat eine, wenn du die Dudel laufen läßt ...«

Damit war der alte Steinleitner rasch aufgestanden und versuchte jetzt des Burschen Hand zu fassen, die der aber wieder an den Preßbaum legte, als wollte er ihn tiefer unter das Dach schieben.

»Geh, Martel, mach uns die Freud', mir und dem Herrgott, laß sie laufen. Das ist keine für dich. Bist auch noch zu jung, schau, ich hab' erst in meinem Zweiunddreißigsten geheiratet.«

»Ich hätt's nit verlangt, daß mich der Vater auf seine Hochzeit mitgenommen –« warf der Bursche ein, biß sich jedoch sofort auf die Lippen, als sollte es nicht gesagt sein.

»Meinst was damit?« fragte der Alte schief und streckte seinen Kopf vor,

»Will's nit gesagt haben«, versetzte der Bursche, »in diesen Stücken ist jeder sein eigener Herr. Ist aber mein Denken, daß wir dennoch gut miteinander auskommen sollen, Vater. Was sollen denn wir zwei uns das Leben sauer machen? Der Vater hat die Wirtschaft auf die Höhe gebracht, er soll ihr vorstehen noch viele Jahre lang. Ich verlang mir nit die Herrschaft im Haus. Aber das muß ich den Vater schon bitten, daß ich jetzt heirate und mit meinem Weib – die Magd sein soll, wie ich der Knecht – auf dem Steinleitnerhof leben will. Das wollt' ich dem Vater heut sagen, und verhoff' ich, es wird kein Unwillen sein.«

So sprach der Bursche. Auf das faltete der Alte seine Hände und sagte: »Martel, das tu mir und deiner Mutter nicht an, daß du jetzt schon eine junge Bäuerin ins Haus bringst – ich bitt' dich um tausend Gottes willen! Du siehst es in anderen Häusern, wie das ein Elend ist, wenn zwei Weiber sind und jede das Recht haben will. Und erst gar diese Dudel! Für Leut', die sich nicht ausstehen mögen, wird die Welt zu eng, und jetzt soll uns das kleine Steinleitnerhaus weit genug sein? Ich mag sie nicht, die Dudel, und ich mag sie einmal nicht!«

»Wenn der Junge allemal die heiraten sollt', so der Alte möcht', da kunnt der Herrgott die Weltkugel bald in den Sack stecken. Der muß mit den Jungen wirtschaften und nit mit den Alten!« So der Martel.

Das verdroß den Alten, mit der Faust gab er sich einen Hieb an den Oberschenkel, daß das Leder daran knarrte, und rief: »Du nimmst sie nicht, die Dudel!«

»Der Vater kann's wehren, daß ich sie nicht ins Haus bring', das kann er; aber mir – der alt genug ist und sich soweit nichts vorzuwerfen hat – das Heiraten versagen, das kann er nicht!«

»Das Heiraten versag' ich dir nicht. Zehn kannst nehmen, wenn du magst, für jeden Finger eine, wenn du magst. Aber die nimmst mir nicht. Aus ist's!«

»Schandfleck, der seinen Vaterleuten nicht folgt!« schrie jetzt eine weibliche Stimme zur Tür heraus und goß einen Kübel Spülicht gerade gegen den Martel hin.

»Schandfleck, wahr ist's!« gab auch der Alte scharf bei. »Folgen wirst deinen Eltern, Laff, verdammter!«

»Vaterleut'!« sagte nun der Martel, »wenn ihr gewußt hättet, was auf eure Reden geschieht! Ihr hättet sie nie gesagt. Wenn ihr sie nit zurücknehmt, so bin ich von dieser Stund' an fremd in eurem Haus. Ich folg' euch, wo es die Pflicht ist; in *dem* Stuck folg' ich euch nit. Nehmt's zurück, euer Wort!«

»Schandfleck!« zeterten die beiden Alten noch giftiger.

»Ihr seid nimmer ganz jung«, fuhr der Bursche ruhig fort. »Daß es euch nit reut! Ihr habt keinen als wie mich. Ich brauch' den Steinleitnerhof nit. Schenkt ihn einem, daß er dafür euch eine heiratet und nit sich selber. Wenn ihr so einen findet ...«

»Geh zum Teufel, du Racker!« kreischte der Alte und hob beide Arme empor, als wollte er seinen Sohn damit verscheuchen oder niederschlagen.

Ohne ein Wort zu sagen, ging dieser in seine Kammer, trat nach einem Weilchen aus derselben hervor und hatte einen vollbepackten Tragkorb auf dem Rücken. Seine Kleider und sein Bettzeug hatte er aufgepackt. Er ging nun zu seinen Eltern, die drinnen am Feuerherd standen und noch vor Erregung zitterten. Schweigend hielt er ihnen die Hand hin zum Abschied. Der Alte tat einen scharfen Wink mit seiner Linken: »Fahr hin« – und so schieden Kind und Eltern, ohne sich auch nur mit den Fingerspitzen berührt zu haben.

Als der Martel aus den Augen war, wollte ihm die Mutter nachstürzen; der Alte hielt sie starr am Arm zurück: »Mach keine Dummheit, Weib. Der kommt uns wieder.«

»Der kommt uns nimmer«, sagte sie und begann zu weinen. »Ich kenn' meinen Martel, wenn der sich was aufsetzt, so bleibt er dabei.«

»Die Dudel hat ihn verruckt gemacht«, knurrte der Steinleitner, »verhext hat sie ihn, ich will drauf wetten. Dieses Spulergesindel ist alles imstand! Jetzt geh' ich auf der Stell' ins Spulerhäusel hinab und rauf' ihnen die Haar aus. Allen rauf ich sie aus!«

Er wollte fort, sie war zur Besinnung gekommen und ergriff seine Hand: »Vorhin hast du mich zurückgehalten, jetzt tu' ich's. Im Zorne muß man so heikle Sachen nicht anpacken. Heut bleib daheim und schlaf darüber, morgen tu, was du willst.«

Das war klug gesprochen für ein Weib, dem selbst herb war in der Brust. Er blieb daheim, aber er schlief nicht, sondern wachte die ganze Nacht und sann und überlegte, was da zu machen wäre. Sauber und fein ist sie freilich; der Narr, er hätte sich's damit genug sein lassen sollen. Aber heiraten!

Man sagt den Spulerleuten nichts Gutes nach. Ein eingewandertes Gesindel! Sogar lange Finger sollen sie haben, wenn's leicht geht. Beweisen! So klug sind sie schon, daß sie sich nichts beweisen lassen. Der Alte tut, als erwerbe er sich im Holzschlag seine Sach'! Das Weib geht betteln. Die Söhne weiß man ohnehin, wie sie's treiben, und das Mädel will sein bissel Schönheit jetzt um einen festen Bauernhof ausspielen. Na, ich glaub's. Und schon gar, wenn so ein kerniger Bursch dran hängt. Ich glaub's. Zu scharf sind wir dreingefahren heut. Wir wollen es mit Feinheiten probieren, vielleicht geht's besser. Morgen früh geh' ich ins Spulerhäusel hinab und red' ihnen im guten zu. Auch dem Martel. Wo wird er sein, als unten bei der Dudel! Liebschaft, ich hab' nichts dagegen. Aber heiraten nicht. Brauchen sie Korn, Holz oder was, sie sollen es haben. Vom Vorjahr her sind sie mir noch ein Stück Loden schuldig, soll vergessen sein. Ihre Geißen mögen sie auf meine Brachen treiben, sollen keinen schlechten Nachbar haben an dem Steinleitner, nur den Buben sollen sie mir nicht närrisch machen, nur das nicht. Und jetzt in Gottes Namen schlafen, morgen heißt's munter sein.

Das waren seine Gedanken und Pläne. Der Morgenstern fand ihn noch mit offenen Augen.

* * *

Als die Sonne so hoch war, daß sie niederschien über die Waldhöhen ins Engtal, trat der Steinleitner im Spulerhäusel ein. Das war ein ärmlicher Holzbau und mit Lehm verworfen. Die Fensterscheiben waren teils aus Papier, aber davor standen in Töpfen frische Blumen. Im Vorgemach, das zugleich Küche war, hantierte am kümmerlichen Herd das Spulerweib in etwas zerfahrenem Anzug. An dem faltenreich und schlaff hinabhängenden Kittel zerrten ein paar halbnackte Rangen, die sich auf dem bloßen Lehmboden herumwälzten. Als der Bauer durch die niedrige Tür in die Stube trat, sah er auch dort ein Nest mit kleinen Kindern, vom Wickelkind an bis zu Geschöpfen von etwa zwei Jahren. Sie krochen auf und unter verschlissenen Kissen herum, die auf dem Fußboden lagen. Das Kleinste lag in dem breiten Familienbett, unter dessen bunten Lappen noch mehrere vergraben sein konnten. Ein anderes kletterte kreischend an einem Stuhle hinauf; noch ein paar andere balgten sich im Ofenwinkel, und der Bauer mußte nur achtgeben, daß er bei seinem Eintritte nicht auf die Brut trete.

Am Rande des Bettes saß der Spuler, der einen Höcker hatte und einen langen grauen Bart, welcher so tief unter dem Kinn hervorging, als wäre er nicht von den Backen, sondern vom Hals herausgewachsen. Die langen, dünnen Haupthaare hatte er von beiden Seiten hinauf über dem Scheitel in einem Knötlein zusammengebunden, der Glatze wegen. So saß er da und umwickelte eben die Schuhe an seinen Füßen mit einem Strohband, daß sie nicht auseinanderklafften.

»Ich muß schon ein wenig hereinfragen«, sagte der Steinleitner ohne besonderen Gruß, »ob vielleicht mein Martel da ist?«

»Sie sind schon fort, vor einer Stunde schon«, antwortete der Spuler. Dann trat er dem Bauer entgegen: »Grüß dich, Gott, Schwieger! Wirst hinwegkrauchen, Wurm, elendiger!« Das letztere galt einem Knäblein, dem er bei der Begrüßung auf die Zehen getreten war, und der jetzt ein Zetergeschrei erhob. »War' schon ich zu dir kommen, Nachbar. Na, mich gefreut's, mich gefreut's.«

»Will wissen, wo mein Bub ist«, fragte der Bauer.

»Wo? Zum Pfarrer sind sie in aller Früh, die jungen Leut'! Ich und mein Weib haben es ihm noch vorgestellt, er soll sich Zeit lassen und überlegen. Das schon, daß er ein braves Weib kriegt an unserer Tochter, aber sonst: haben tut sie nichts, sein tut sie nichts, und wissen wir nicht, ob sie in allen Stucken passen wird für eine Steinleithoferin. Wir wollen kein Falsch haben und wissen recht gut, daß es unsere Tochter büßen müßt' späterer Zeit, wenn wir sie jetzt mit Trug täten verschachern. Wir reden nicht zu, wir reden nicht ab. Aber sein hat's müssen, heut, auf einmal, so daß ich schon zu meiner Alten hab' gesagt: sie müssen eine starke Ursach' haben, daß sie so eilen.«

»Der Ursach' wegen, wenn ich dich versteh', wollt' ich gern ein Aug' zudrücken«, sagte der Steinleitner.

»Laß es nicht darauf ankommen, Nachbar, ich rat' dir's«, sprach der Spuler schier so leise, daß der Kinderlärm darüberging. »Wie es meine zwei Buben treiben – das ist ein Elend! Hab' sie abgehalten vom Heiraten in meiner tollen Verblendung. Der Mensch, und der eigene Vater noch dazu, kann ja so schlecht wie der Beelzebub sein, wenn er dumm ist, allzudumm, blitzdumm, so strohmarterdumm als wie ich. Den Kopf kunnt ich mir wegreißen. Seid's gescheit, hab' ich gesagt. Sollt's deswegn das Weibervolk ja nicht verachten, hab' ich gesagt, nur binden tut's euch nicht und ein Hauskreuz aufladen, das ihr nachher nimmer vom Buckel kriegt's. Wäre schad' um eure jungen Jahr, hab' ich gesagt!«

»Verstanden haben mich meine Buben«, fuhr der Spuler fort, »gescheit sind sie gewesen, und jetzt schicken mir die Lotter alle Jahr – – weg da unter den Füßen, ihr Ungeziefer! – Das ist ein Elend, mein Mensch! Na, Hiesele, geh, krauch herauf an mein altes Kamelgeripp', ist nicht so schlimm gemeint gewest, bist ja doch mein Hiesele du!«

So schwatzte der alte Häusler abwechselnd mit dem Bauern und mit den Kindern. Man hätte es ihm anmerken können, daß insgeheim ihn sein Gewissen peinigte, weil er dazu beigetragen, der Söhne gutes menschliches Recht und Trachten nach einem eigenen Herd zu verkürzen, zu hintertreiben, und wie er diesen Irrtum an seiner Tochter nun wieder gutmachen wollte.

Als ob er nichts gehört hätte, fragte jetzt der Steinleitner: »Und die zwei, was wollen sie denn machen beim Pfarrer?«

»Weil ich nicht glaub', daß sie sich begraben lassen wollen«, sagte der Spuler, »so denke ich, sie werden sich versprechen.«

»So hol's der dreidoppelte Teufel übereinand!« schrie der Bauer und stürmte davon.

Wie ein Wahnwitziger rannte er wegshin und durch den Wald hinauf, seinem Hause zu. Es war ihm, als höhnten die Bäume und schaukelten spottend ihre Wipfel, und die Vögel pfiffen ihn aus. Der hochpropere Steinleitner, der alleweil der erste hat sein wollen an Ehrenhaftigkeit, der jeden Nachbarn über die Achsel angesehen, weil er – der Steinleithofer – in der Gegend der einzige war, der auf seinem Hause jetzt einen hundertachtzigjährigen Familienstammbaum aufweisen konnte, wie sich's im Pfarrbuch wies! Der stolze Steinleitner jetzt der Spulerleute Schwieher! Ein einziger Spatz war vernünftig unter dem losen Gevögel; ist's denn eine Ehr' für den jungen Steinleitner, zwitscherte dieser Spatz, wenn er eine von oben herabholt? Ist's nicht eine größere Ehr', wenn er eine von unten hinauf heiratet? Ich nehm' mir keine Geierstochter von der Höh', die wollte gleich fertig sein mit mir, da möcht' ich mir lieber die Amsel oder gar das Kibitzl, da könnt' ich von oben herabschauen auf sie, anstatt sie auf mich. Sei kein Lapp, Bauer! Machst zu dem, was unvermeidlich ist, einen Ja-Deuter mit dem Kopf, so halten dich die Leute bald für klug, und du selber wirst dir kaum vorzuwerfen haben: Ei, hätt' ich's anders gemacht! – Nicht schlecht, was der Spatz da schwatzte, aber der Bauer war arg mißmutig, schon auch über sich selber, daß er heute wieder so arg in Zorn geraten, wo er sich doch vorgenommen, die Sache mit Feinheit zu schlichten. Ihnen zum Pfarrer nachgehen? Das Pfarrdorf steht dort drüben, aber beim Pfarrer richtet man in dieser Sache nichts aus, so einer will alles zusammenheiraten lassen, schon aus Bosheit darüber, daß er selber ledig bleiben muß.

Arg verwirrt kam der Bauer heim, aber er sagte nichts, er knurrte nur, als ihn das Weib fragte, was er ausgerichtet.

So war's.

Und nun kamen unterschiedliche Zeiten. Zuerst kam der Tag der Trauung des jungen Paares: es waren keine Musikanten dabei, es waren keine lustigen Gäste dabei, es war auch der Steinleitner nicht dabei. Der ging an jenem Tage in Einöden um, wo er vermuten konnte, daß ihm kein Mensch begegnete.

Bald hernach hörte der Bauer – ganz zufällig wohl, denn er fragte nicht danach und *litt* es auch nicht, daß in seinem Hause von seinem Sohn gesprochen werde –, der Martel habe draußen in einem großen Eisenhammer Arbeit gefunden und mit seinem Weibe ein Stübchen im dortigen Werkarbeiterhause bezogen. Der Steinleitner mußte einen fremden Knecht ins Haus nehmen, der den Martel ersetzen sollte. Das war ein langweiliger, unsauberer Patron, wollte sich aber fortwährend durch geschmeidige Reden und Hervorheben seiner Leistungen und seines guten Herzens einschleichen, weil der Gauch sich Hoffnung machte, der Bauer werde ihn anstatt des anderen zum Sohn einsetzen. Als er endlich die Eitelkeit seiner Hoffnung einsah, weil ihn der Bauer ein fürs andere Mal einen gottvermaledeiten Wichtling nannte, hub er zu stehlen an. Der Bauer verjagte ihn, mußte seinetwegen aber mehrmals vor Gericht, wobei nichts herauskam als Schande und Ärger.

Auf einem solchen Gerichtsgang vernahm der Steinleitner, daß der große Eisenhammer aus Mangel an Arbeit stehenbleibe, und daß die meisten der Arbeiter bereits entlassen seien. Was wird der Martel machen? fuhr es ihm durch den Kopf, aber er war zu stolz, danach zu forschen.

* * *

Dem Martel, dem ging's schlecht. Gar wiederholt kam es ihm in den Sinn: Ist's denn doch eine Strafe Gottes? Ich habe meinen Eltern in allem gehorcht, hätte ich denn auch in diesem einen Stück ihren Willen tun sollen? Hätte ich diese gute liebe Seele an der Straße liegenlassen sollen? Meinetwegen bereue ich es nimmer und nimmer, daß ich sie genommen; aber ihretwegen ist's mir hart ...

Sie waren anfangs, als sie brotlos geworden, von Häusel zu Häusel gezogen, von armen zu ärmeren, weil der Erwerb immer kärglicher ward. Es waren so schlechte Zeiten gekommen. Nun wohnten sie in einer von Holzbauern verlassenen Hütte im Rodwald. Sie hatten zwei Kinder; die Mutter war kaum imstande, sie zu nähren und zu pflegen, denn sie kränkelte. Der Martel arbeitete, wo er Arbeit fand, er tat das Schwerste gegen geringen Lohn, er brachte alles heim, und sie wurden alle nicht satt.

Bisweilen kam die Spulerin, die brachte Mehl und Brot, wie sie es erbettelt hatte; sie blieb manchen Tag bei ihrer Tochter und half ihr weinen.

Mehrmals war der Martel im Begriff, zu seinem Vater zu gehen, dem wohlhabenden Bauer, aber sein Weib hielt ihn davon ab. »Wenn du der Schuldige wärest«, sagte sie, »so müßtest du freilich hingehen und ihm abbitten. Aber du wirst wohl im Recht gewesen sein, und wenn du jetzt hingehst und ihn um Hilfe bittest, so ist es gerade, als ob du dein Recht tätest schimpfen. Du hast oft gesagt, Martel, bei der jetzigen Zeit, wo alles so freigeisterisch ist, tät' man irr' werden im Glauben. Jetzt hast gleich eine Gelegenheit zu probieren, ob ein Gott im Himmel ist oder nicht. Wir tun unsere Schuldigkeit, und wenn einer im Himmel ist, so muß er uns helfen.«

So tröstete ihn das Weib.

»Wenn du es darauf ankommen lassen magst, du gute Haut«, entgegnete er, »ich will's auch noch verwinden.«

Endlich war gar keine Arbeit mehr zu finden. So währte es lange. Da, eines Tages; Martel kam von einem Gange heim und sagte: »Für morgen weiß ich Arbeit; sie trägt mehr als eine Woche. Schau, wie das Michele schon anhebt zu lallen!«

»Das ist gewiß«, antwortete das Weib und hielt den einjährigen Knaben vor den Vater hin, »wart einmal! Paß auf, Michele, paß auf!«

Der Kleine schaute ihr mit seinen hellen Äuglein auf den Mund.

»Paß auf, Michele! Sag: Vater!«

»Vater!« sagte das Kind ganz deutlich. Dem Martel ging ein Strahl der Freude durchs Leben.

»Vater«, wiederholte der Martel leise. »Vater unser.«

Der Knabe schaute ihn an, schier ein wenig verwundert darüber, daß er nicht zufrieden war mit dem einen schönen Wort! –

Am nächsten Morgen – es war sehr früh am Tage, und die Dämmerung lag noch fast öde auf der bereiften Matte – ging der Martel davon. Er hatte seine Wassersuppe gegessen, er hatte die schlafenden Kinder geküßt und bekreuzt, er hatte dem Weibe Lebewohl gesagt, wie gewöhnlich, wenn er fortging. Aber tagsüber wurde dem Weibe angst und bang, und es wußte nicht warum. Die scharfen Fußeisen waren heute nicht da, der Martel mußte sie mitgenommen haben.

Das ängstigte sie noch mehr, doch zum Troste sagte sie sich: Die Fußeisen hat er schon oft mitgenommen, wenn er über den Berg ging, was weiter?

Sie hätte ihn aber doch fragen sollen nach seinen Wegen. Nein, nein, diese Kümmernis ist gar zum Lachen. Er ist schon selber klug. – Und trotzdem kam ihr Gemüt heute nicht zur Ruhe.

Durch häusliche Arbeit suchte sie sich zu zerstreuen, aber es zitterten ihre Hände und Füße vor Erschöpfung. Es war ein schlimmer Tag, die Luft wie Blei, und das Herz in einer seltsamen Beklemmung.

Da nahm sie das Michele auf ihren Schoß und lehrte ihn die zwei Worte sprechen: »Vater unser ...«

* * *

An demselben Morgen war's, als weit drinnen im Gebirge, in seiner Stube, auch der alte Steinleitner ein Vaterunser betete. Er hatte wieder einmal eine schlaflose Nacht gehabt. Es meldete sich zu dem vielen Kummer, den er insgeheim trug, auch schon die körperliche Mühsal an. Sein Weib machte ihm in manchem Vorwürfe, wo sie selber mit schuld war, und die Unzufriedenheit mit sich selbst ließ sie am Gatten aus. Da war ihm oft bitter zumute, und je mehr ihn der Schlaf floh in den Nächten, je häufiger flogen ihn böse Gedanken an und nagten an seinem Gehirn.

So hatte ihn auch an diesem Tage das Morgengrauen noch wachend gefunden. Und als von der Dorfkirche her, die auf gegenüberliegendem Berge stand, die Frühglocke klang, richtete er sich auf und betete ein Vaterunser. Da war ihm heute das erstemal etwas in diesem Gebete, was er früher nie entdeckt hatte. »Führe uns nicht in Versuchung! Vergib uns unsere Schuld, wie auch wir vergeben!« Vater unser! beten die Menschen gemeinsam. Die Glücklichen gedankenlos, die in Not und Elend Lebenden mit Andacht und Schmerzen. – Wie wohl der Martel beten wird und die Seinen? Man hört, er hat auch Kinder. Und wenn sie in Not sind und ihre Hände falten: Vater unser! Wird da der Gott ihr Gebet nicht an mich weisen? Ihr habt auf Erden noch euren Vater, der soll euch helfen. Und wenn sie klagen: Der hilft nicht, der hat einen Kieselstein in der Brust! so wird er antworten: Geduld, wir wollen den Kieselstein zermalmen. –

So kam es ihm vor, dem trotzigen Mann, der den Gedanken, seinen Sohn und dessen Familie zurückzurufen, sooft mit wildem Trotz zu Boden geschlagen hatte. Immer wieder daran gedacht, und immer wieder zu Boden geschlagen, und immer wieder geknirscht. – Gestern hatte die Dorfglocke einen seiner Nachbarn, der jünger gewesen als er, zu Grabe geläutet. Heute läutet sie ihm zum Gebete, und »Vater unser!« hallte es wie aus Kindesmund durch die Luft. –

Der Bauer stand auf, ging zum Kasten und tat sein Sonntagsgewand heraus.

»Was ihm einfalle? Am hellen Werktag!« sagte das Weib.

Er antwortete nicht, zog sich an, nahm aus der Tischlade ein Stück Brot und ging fort. Fürs erste ging er hinab zum Spulerhäusel. Der Alte dort hockte mitten in der Brut von schreienden, kreischenden Kindern; die größeren waren schon flügge geworden und bei Bauern als Hirten untergebracht. Die braven Söhne, die als Taglöhner herumgearbeitet, einmal näher, einmal ferner waren, bisweilen ganz verschollen, ließen aber doch plötzlich wieder etwas von sich anrücken … Die Alten sind just recht zum Kinderatzen. Wäre es ihnen einst anders recht gewesen, so könnte jetzt jeder sein eigenes ehrliches Nest haben, denn der Ehestand macht tüchtiger zur Arbeit, ernster und gewissenhafter als das ledige Dahinleben und das schelmenhafte Umhergaunern. Wenn die Kinder von ihren eigenen Eltern verführt werden, das ist gar lustig. Aber es geschieht jedem, wie er's verdient. – Dachte es der Steinleitner?

Der alte Spuler war stumpfsinnig geworden und kreischte und röhrte jetzt selber mit, wenn es das Gezücht tat.

»Wo die alte Spulerin wäre?« fragte der Steinleitner.

»Wer?«

»Die Spulerin!«

»Die Spulerin? Die Spulerin? Wer ist denn die?«

»Dein Weib – Tropf, alter!«

»Ei, so, so. Mein Weib, die meinst! Die Alte meinst? So, so, die Alte!«

»Wo ist sie denn?«

»Wer?«

»Dein Weib!«

»Die? Die wird wohl eh da sein.«

»Sie ist nicht da.«

»Nicht?« fragte der Spuler überrascht. »Nachher – nachher ist sie gewiß fortgegangen. Hi, hi, jetzt ist sie fortgegangen.«

Der Steinleitner dachte sich's wohl, sie war wieder auf dem Bettel aus. So konnte er hier nichts erfahren.

Er ging seiner Wege.

Er ging stundenlang, bis er in Gegenden kam, wo die Berge niedriger und die Täler weiter wurden. Dem Eisenhammer wollte er zu, vielleicht war dort etwas zu erfahren.

Da kam der alte Mann, wo die Waldungen zu Ende gingen, durch eine Engschlucht, an welcher eine Felswand aufstieg; über derselben ragte eine hornartige Zacke in den Himmel. Von unten hinauf war der Fels, der durch einen Sattel mit dem Bergzug zusammenhing, mit Flechten und einzelnen Fichtenzwergen bewachsen; gegen die Schlucht, in welcher die wilde Gins an den Steinblöcken toste, stürzte der Fels fast von seiner Spitze bis zum Grunde senkrecht ab.

Dem alten Bauer wäre all das nicht aufgefallen, wenn am Wege nicht Leute gestanden wären, welche, die Hände über den Augen, alle wie einer, zur Spitze des Felsens schauten.

Der Steinleitner blickte auch hinauf, und da er nichts sah als die starre Spitze, die immer gleich blieb, fragte er, was denn da zu sehen wäre?

»Jetzt noch nichts«, antwortete ihm ein munteres Männlein, »und wenn was zu sehen sein wird, halten wir uns, denke ich, die Augen zu. Es ist kein Spaß. – Habt Ihr's nicht zu eilig, so laßt Euch doch ein wenig Zeit. Von hinten geht er hinauf, er muß bald kommen.«

»Ein Mensch? Da oben ein Mensch?« fragte der Bauer.

»Die blechene Gems trägt er hinauf«, belehrte der Alte redselig. »Der Baron draußen – dem gehört hierum die Jagd, dem Baron –, der will da auf dem Geierstein eine blechene Gems, weil sie vom Weg aus so schön anzuschauen ist, und etwan auch, weil er im Hochgebirg' oben die lebendigen schon alle totgeschossen hat. Soll früher auch eine oben gewesen sein, auf dem Geierstein, eine Gems, eine blechene. Habt Ihr gute Augen, so seht Ihr den eisernen Stab noch, wo sie angenagelt ist gewesen. Schon im vorigen Herbst hat sie der Baron wollen oben haben, die Gems, ist keiner gewesen, der hinaufgestiegen wäre, 's ist aber auch! Nicht um sein ganzes G'schloß, wenn er mir's geben wollt', der Baron, möcht' ich da hinauf. Wenn einer da oben nur ein Ruckerl macht, ein unrechtes, so tut ihm kein Zahn mehr weh. Dem nicht mehr! Jetzt hat er endlich einen Narren gefunden, der Baron. – Schau du! Schau du! Er taucht herfür!«

Hinter einem Steinvorsprung des spitzen Kegels wurde ein schwarzer Punkt sichtbar, das Haupt und bald auch die ganze Gestalt des Mannes, der die Blechgemse an den Rücken gebunden hatte.

Der Vorsprung mochte ihm ein erwünschter Ruhpunkt sein, er stand etliche Augenblicke still. Er war, wie er so mit seiner scharfgeschnittenen Gestalt in den Himmel aufragte, wie eine Fliege zu sehen. Nun begann er wieder zu klettern, das stellenweise scheinbar senkrechte Gewände hinan.

Da man die feinen Zacken und das Moosgeflecht in den Spalten, woran er Hand und Fuß legte, nicht sehen konnte, so schien es, als klettere er, wie eine Fliege am Fenster, die glatten Tafeln empor.

Mehrere der Zuschauer wendeten die Augen ab und lugten nur verstohlen hin, als fürchteten sie, ein scharfer Blick könne ihn in den Abgrund stoßen.

»Brav hält er sich«, flüsterte einer zum anderen, »jetzt wird er bald gewonnen haben.«

»Wer ist er denn?« fragte der Steinleitner, der unverwandt zur Felsspitze emporsah, welcher sich der kühne Steiger immer mehr näherte.

»Ein vazierender Hammerschmied«, war die Antwort. »Soll Weib und Kind haben und nichts zu essen, heißt es, und desweg' hätt er diese Arbeit übernommen. Armer Teufel!«

»Wird gut zahlen, der Baron!« mutmaßte man.

»Und wenn's ein' Zehnerbanknoten wär', ich möcht' mein Leben nit drum ausspielen.«

»Und schon Gottigkeit, wenn ich eines reichen Bauers Sohn wär', wie der Martel.«

»Jesus Maria!« rief der Steinleitner. Alle zuckten zusammen über den Schrei. »Gott!« atmete der Bauer auf. »Mir ist's gewesen, er wäre gestürzt.«

»Er ist oben!« riefen sie erregt. »Gut Heil! Gut Heil!«

Der Mann stand auf der schärfsten Spitze, mit der einen Hand hielt er den Stock in den Boden gestemmt, mit der anderen schwang er den Hut.

»Warum er nicht jauchzt?« bemerkte einer. »Hat gesagt, daß er's tun will, wenn er oben ist.«

»Wird's auch getan haben«, belehrte ein anderer. »Der Hall und Schall bleibt auf der Höh'.«

»Wenn ihn nur der Herrgott hört!« sagte der Steinleitner und faltete die Hände.

Der Mann auf dem Felsen begann seine Arbeit. Er löste die Blechgemse von seinem Rücken und befestigte sie an den eisernen Stab, der aufrecht stand.

Man merkte die große Vorsicht, mit welcher der Steiger das vollbrachte. Er hielt den einen Arm um die Stange geschlungen, während er mit dem anderen hantierte. Plötzlich flog ein schwarzer Punkt davon.

»Den Hut hat er von sich geschleudert!« heißt es.

»Der Wind hat ihn genommen«, sagte einer, »seht, wie er in die Lüfte hinauffliegt! Es muß ein wenig ungestüm sein da oben.«

Der schwarze Punkt wirbelte in der Luft und wehte dann in weitem Bogen gegen die Waldhöhen hin, wo er entschwand.

Als die Augen wieder zur Felsenspitze zurückkehrten, stand auf derselben die Gemse, aber der Mann war nicht mehr da.

»Wo ist er?« rief alles. »Er ist jäh verschwunden!«

»Er müßte doch denselben Weg zurückmachen, wo wir ihn hinaufsteigen sahen!«

»Wenn er auf der rückwärtigen Seite hinabgefahren ist!«

»Gnade ihm Gott!«

Einige knieten nieder, um zu beten. Andere eilten davon, gegen die Felswand hin. Unter diesen war auch der alte Steinleitner.

Wie ein Knabe von zwanzig Jahren, so sprang er von Felsblock zu Block über den reißenden Bach, der in Gischten aufspritzte bis zu seiner Brust. Er eilte durch Haselgebüsch gegen das Gestein empor, er verlief sich in Schrunde und mußte umkehren, er geriet in Brombeergesträuppe und anderes Dorngehege, dessen Ritzen er freilich nicht achtete, das ihm aber Bänder und Schlingen um die Beine warf, höhnend: Du hast dich früher nicht um ihn gekümmert, vielleicht braucht er dich jetzt nimmer.

Als ob's der Wind hingeweht hätte, so ward es bekannt unten im Dorf und in allen umliegenden Häusern: der Gemsträger ist nicht zurückgekehrt, ist in Verlust geraten oben auf dem Geierstein. Jetzt umkreisen sie den Berg, stiegen hinan, kletterten an den Wänden herum, spürten in Schrunden und Gründen und fanden ihn nicht.

Eine Schlucht war, deren Tiefe allerlei Gestrüppe bedeckte, da konnte er hinabgestürzt sein. Es wollte keiner wagen, sich durch Seile in den Abgrund niederzulassen. Auch der Baron war gekommen, und als es gegen Abend ging, rief er einen Preis aus für den, der den Verunglückten auffinde.

Zur Stunde, da die Abendglocke Ave-Maria läutete, baumelte der alte Steinleitner an einem langen Seil durch wilden Holler, Einbeerlaub und Schierling hinab in den Abgrund. »Dem ist um den Preis!« meinten die Leute.

Zur selben Zeit war's, als oben an der senkrechten Wand von einer scheinbar unzugänglichen Felsbank her eine weibliche Stimme um Hilfe rief. Das Weib des Martel war's, das nach vernommener Kunde alsogleich herbeigeeilt war aus der Hütte im Rodwald, das ohne Säumen, Wanken und Klagen den rechten Weg fand, das, vergessend des eigenen Lebens, emporkam an den wüsten Massen, als trügen es die Engel.

Dort auf der Felsbank – gerade so breit wie ein Bahrbrett – lag auf Steinmoos, zwischen einem Alpenrosenstrauch und wilden Nelken, der Steiger.

Als die Leute endlich mit vieler Not hinaufkamen, lag das Haupt des Verunglückten auf dem Schoße des Weibes. Große Schrammen am Haupte waren mit einer Blutkruste überzogen. Sie atzte seine Stirne mit kühlen Blättern. Er atmete langsam, aber ruhig, schlug jetzt die Augen auf und schaute befremdet auf seine Umgebung. Das war ihm alles unbekannt, nur an den blassen Zügen seines Weibes blieb sein Blick ruhen.

Man bedurfte schon der Fackeln, als sie den alten, in Verzweiflung bereits stumpf gewordenen Steinleitner aus dem Abgrund heraufzogen und den Martel mit heißer Gefahr vom Hange herabtrugen. Dort, wo das kahle Gestein aufhört und an sanfteren Lehnen das Gebüsch wuchert, dort kamen sie zusammen. Die Leute warfen lange zuckende Schatten über das Gestein hinauf.

Der alte Bauer wankte der Tragbahre zu, und als er das Angesicht seines Sohnes erblickte und das des Weibes, hat er laut grölend beide umschlungen.

Der Dorfarzt erklärte den Zustand des Verunglückten nicht für hoffnungslos. Der Baron erbot alle seine Kräfte – deren mögen freilich viele sein, aber wohl oft noch zuwenig, um ein Leben zu retten, das eine Herrenlaune leichtfertig aufs Spiel gesetzt.

Und nun war denn Gott einmal vom Himmel gekommen in die arme Hütte des Martel. Nach wenigen Wochen war die Wunde geheilt, der große Blutverlust ersetzt. Sein Weib wurde vom alten Steinleitner mit Liebe schier überladen, sie und die Kleinen. Wie ein Springquell drang das solange zurückgedrängte Vatergefühl hervor, und der Alte sah nun, es war alles anders, als es seine Bitterkeit und sein Trotz ihm vorgespiegelt.

Heute leben sie alle zusammen auf dem Steinleithofe. Die alte Bäuerin keift mitunter ein Weniges; lieber Gott, wer wollte dem braven alten Weiblein in aller Welt diese unschuldige Ergötzung mißgönnen. Die Schwiegertöchter und die Kinder haben längst erfahren, daß es nicht grob ernst ist.

Zu vermelden ist noch, daß das heranwachsende Michele, welches einst so brav »Vater unser« sagen gelernt hatte, nun Miene macht, als wolle es sich auch um eine Dudel umschauen.

Der Großvater und der Vater halten Rat, was in dieser Sache zu tun sei, und kommen zu folgendem Entschluß: Solange der Junge nur noch herumflattert und er die eine möchte, weil sie hübsch ist, und die nächste, weil sie munter ist, und die dritte, weil sie ein anderer haben will, solange nur gescheiterweise abreden und zurückhalten.

Wenn er sich aber einmal auf eine festgesetzt hat, und die müßt' er haben und keine andere – nachher in Gottesnamen ja sagen. Was der Herrgott anstiftet, das wird er auch verantworten.

Föhn

»Wer ohne Christus zur Kommunion geht, der kommt ohne Christus zurück.« – Diese Worte schrieb jener fremde Mann dem kleinen Lenzerl ins Gebetbuch, an dem Morgen, als der Knabe zur ersten Kommunion ging. Der Vater ließ sich den Spruch zweimal vorlesen, und dann noch einmal, und hernach zeigte er ihn dem Bruder Franz. Der Franz las ihn auch, schaute verwundert drein und sagte: »Man kennt sich nicht aus. Wer ohne ihn hingeht, kehrt ohne ihn zurück? Das ist ja nicht. In der Kommunion kommt Christus doch zu uns und bleibt bei uns.«

Der Vater war nachdenklich und fragte seinen Bruder: »Du, wie ist denn das? Darüber habe ich noch gar nicht nachgedacht. Wie lange bleibt denn eigentlich Christus, der in der Kommunion in uns eingegangen ist – wie lange bleibt er denn in uns?«

»Das ist nicht zu ergründen«, antwortete der Franz. »Im Katechismus steht, er bleibe in der Gestalt so lange, als die Hostie nicht verzehrt ist. Weiter weiß ich nichts, man soll über so was auch nicht nachdenken.«

»Wird eh' am gescheitesten sein«, sagte der Vater, dann gaben sie das Gebetbuch dem kleinen Lenzerl, weil es für diesen Zeit war, in die Kirche zu gehen.

Das Kirchdorf stand weit hinter Berg und Wald, draußen im großen Tale. Stundenlang hatte er zu gehen. Über dem Gebirge lag ein dunkelgrauer Himmel, in den die Alpenspitzen mit ihrem hohen Schnee weiß hineinragten. Auch auf den Waldwegen lag noch weicher Schnee, die Fichtenbäume hatten ihn abgeschüttelt, sie standen schwarz da, und ihre Äste fächelten im lauen Föhn. Es war um die Osterzeit. Wie der Kleine mühsam im klebrig-nassen Schnee dahinstampfte, war in den Wäldern manchmal ein Rollen, als ob ein Gewitter heranzöge; das war der Widerhall der Lawinen, die weiter hinten im Gebirge niedergingen. Er kam in die Hohlgrabenschlucht. Dort, an schattigen Stellen, lagen noch überhängende Schneewuchten, von denen es beständig niederbröckelte. Der Knabe schritt munter über die Brücke, sie war fest gebaut, zitterte aber ein wenig bei dem Toben des angeschwollenen Baches. Jenseits ging er hinan zwischen uralten Baumstämmen, deren starre Wipfel im Winde summten, ohne sich zu biegen. Gestern hatte der Lenzerl denselben Weg gemacht, hin und zurück. Er war in der Pfarrkirche bei der Osterbeichte gewesen, so wie er heute zur Osterkommunion ging. Aber so schlecht war der Weg erst über Nacht geworden. Er bat Gott in Gedanken, daß nicht die Sünde der Ungeduld über ihn komme, damit er reinen Herzens zum Altartisch treten könne. Ein- oder zweimal unterwegs setzte er sich auf einen Baumstrunk, weil ihm heiß war und ein wenig die Beine zitterten. Er war früh aufgestanden und hatte nichts gegessen. Den Herrn Jesus muß man nüchtern empfangen. Nachdem er länger als zwei Stunden an den waldigen Berghängen hingegangen war, kam er ins Tal hinaus. Da war es noch schlimmer; über Feld und Matten rieselten die Wässer des schmelzenden Schnees, und auf der Straße war der Schnee zu Kot geworden. Leute, die wie er der Kirche zugingen, waren hoch hinauf mit Kot bespritzt. Der Knabe kam langsam vorwärts, und doch mußte er trachten, die Stunde der Kommunion nicht zu versäumen. Er freute sich sehr darauf, und heimwärts – so dachte er – wird's schon besser sein, da ist ja der Herr Jesus bei mir.

Endlich war er ins Kirchdorf gekommen. Alsogleich wollte er in die Kirche, die schon mit hellen Glocken läutete. Aber es war ihm plötzlich so schlecht, daß er sich auf einen schwarzen Schragen niedersetzte, der an der Mauer des Beinhauses stand. Wie ein Leichlein, so blaß kauerte der Kleine da. Die Tafernwirtin sah es und brachte dem Knaben eine Schale Fleischbrühe heraus. Er lehnte ab, er gehe zur Kommunion. Eine Bäuerin traf hin und wollte von einem Fläschchen »Lebensessenz«, das sie im Sack trug, ihm einige Tropfen zu trinken geben. Der Knabe winkte mit der Hand ab, er könne nichts zu sich nehmen, weil er zur Kommunion gehe. Der Gedanke, daß er nur wenige Schritte zur Kirche habe, um am Altare mit dem Herrn Jesus vereinigt zu werden, gab ihm Kraft. Noch suchte er mit seinem blauen Taschentuch das schwarze Höslein von dem angespritzten Straßenkote zu reinigen, und dann betrat er mit Andacht die Kirche. Während der Messe las er in seinem Gebetbuche. Dabei überkam ihn eine große Angst. Er konnte die Gedanken nicht beisammenhalten und der heiligen Handlung nicht strenge folgen, er war zerstreut. Die Angst vor einer unfrommen Zerstreutheit hinderte ihn an der Andacht. Der Katechet hatte gesagt, daß Unaufmerksamkeit beim Gottesdienst eine Sünde sei, und wie soll er dann mit einer Sünde zur Kommunion gehen? Der Kleine kniete vor einem Bilde des gekreuzigten Christus nieder und betete ein Vaterunser um die Gnade der Frömmigkeit. Dann wurde ihm leichter. Und als nach der Messe der Ministrant klingelte und die Leute sich zum Altare drängten, trat auch der kleine Lenzerl vor, wand sich langsam und demütig zwischen durch, kniete an das Altargeländer, nahm das weiße Tuch an den Mund, schloß die Augen, öffnete die Lippen, und der Priester legte ihm die Hostie auf die Zunge. »Das ist der Leib unseres Herrn Jesu Christi. Er bewahre deine Seele zum ewigen Leben!«

Nach der Kommunion kniete er, wie es Sitte ist, noch vor den übrigen Altären, die in der Kirche waren, und betete zu Gott und den Heiligen für sich, für seine Eltern und Geschwister, für Freund und Feind und für die armen Seelen im Fegefeuer um den Himmel. Denn jetzt war Jesus in ihm, jetzt konnte das Gebet erhört werden. Der Kleine hatte ganz rote Wangen bekommen vor Glückseligkeit, mit gefalteten Händen kniete er da, das Blondköpflein geneigt, die Augen geschlossen.

Als er zu sich kam, war er fast allein in der dämmerigen, frostigen Kirche. Nur ein paar alte Frauen siffelten noch über den nassen Steinboden dahin, und am Hochaltare war es still und leblos geworden, die rote Ampel davor kennzeichnete die Stelle, wo vorhin Jesus in den Menschen eingegangen war.

Als er bei dem rückwärtigen Tor ins Freie trat, pfiff es singend um die Ecke, und der Wind entführte ihm den Hut. Den hatte er bald wieder und ging dann ins Tafern-Wirtshaus. Es war ja Mittag geworden. Am Ofentisch nahm er Platz, und nun wollte er sich auch etwas Irdisches gönnen. Er bestellte eine Portion geschmälzte Brezeln und ein Seidel Wein. Da blieb nicht ein Krümchen und nicht ein Tröpfchen davon übrig. Doch als er sich anschickte, fortzugehen, sagte die Wirtin: »Du wirst jetzt doch nicht heimgehen wollen ins Gebirge hinauf! In diesem ungestümen Wetter. Just vorhin hat die Feuerwehr geblasen, es kommt großes Wasser.«

»Davor ist man eh' auf dem Berg sicherer als im Tal«, antwortete der Lenzerl, bezahlte seine Sache und ging davon. – Weshalb sollte er sich heute fürchten? Es konnte ihm nichts geschehen, und wenn Sturm und Wasser kommt, da ist man doch am liebsten daheim bei Vater und Mutter. Solange der Mensch noch nicht zehn Jahre alt ist, findet er's am sichersten bei Vater und Mutter. Der Knabe war nun stark, und mit möglichst langen Schritten setzte er über allerlei Wasser, die auf dem Wege wie neben dem Wege rieselten und gurgelten. Der Wind war lau, als komme er aus Öfen, und war so heftig, daß die blattlosen Wipfel und Äste der Eschen und Ahorne zischend und tosend beständig nach einer Seite hinstrebten, ohne zurückzuschnellen. Aus dem schweren Wolkenhimmel kamen Tropfen quer durch die Lüfte gejagt und schlugen dem Knaben weich ins Gesicht. Auf dem Waldwege schlugen links und rechts die hohen Fichten hin und her und peitschten einander mit ihren buschigen Ästen. Der Knabe ging wohlgemut dahin, er hatte den starken Kameraden bei sich – da konnte ihm nichts widerfahren. Auf dem Wege, wo am Morgen noch der patzige Schnee gelegen, schoß jetzt in den beiden Rinnen der Radleisten das braune Wasser heran, mit seinen großen und kleinen quirlenden Augen, und wälzte dürre Baumnadeln, Holzsplitter und Erdwerk mit sich. Stellenweise war der Weg mit Schneehaufen gesperrt, die von den Hängen niedergerutscht waren; da kreiste das Wasser in Tümpeln und bohrte und grub, bis es sich Bahn gebrochen hatte, über den Abhang stürzte oder auf dem Wege weiterschoß. Als der Knabe sich über eine solche Schneewucht mühsam weiterhalf, fuhr plötzlich aus der brausenden Luft ein Baumwipfel nieder und schlug breit und schwer auf den Weg. Eine Wolke von Schnee und Schmutz hatte den Lenzerl über und über besudelt, weiter war ihm nichts geschehen. Jetzt machte er keine größeren Schritte mehr als sonst, es war ja ganz gleich; mitten durch Wasser und Morast ging er gleichmäßig voran, immer in der Zuversicht: Mir kann nichts geschehen. An der Lichtung mußte er einmal stehenbleiben, mit beiden Fäusten den Hut haltend, nach der Leeseite gekehrt, um Atem holen zu können. Wäre er hier nicht eine halbe Minute stehengeblieben, so hätte ihn die Schneelawine begraben, die mit dumpfem Donnern zwanzig Schritte vor ihm herabkam und einen Berg von Schnee und Schutt auf den Weg warf.

Der Schneeberg wurde freilich überstiegen, aber der Knabe mußte doch wieder stehenbleiben und schauen. Denn dort drüben ging ein ganzes Stück Berg nieder. Es zitterte der Boden, langsam glitt der schneeige Berghang in die Tiefe, dort böschte er sich breit aus und lag bewegungslos, ein starrer Hügel für die Ewigkeit. Oben klaffte breit die schwarze Scharte.

Der Knabe ging nun niederwärts gegen den Hohlgraben. Da war der Weg mit Hunderten von gebrochenen Bäumen verrammelt. Uralte

Bestände in Riesensplittern. Spechte, Raben und Dohlen flatterten, nestlos geworden, kreischend darüber hin und her. Der Lenzerl brauchte mehr als zwei Stunden Zeit, um diese zehn Minuten lange Wegstrecke zu überwinden. Er kletterte, hüpfte und kroch, immer vom Sturmwind umbraust, vorsichtig voran. Den Hut hatte er lassen müssen, und sein Haar flatterte ihm über Stirn und Augen. An einem der gebrochenen Stämme hatte sich ein Eichhörnchen festgekrallt. Aber es war tot. Bei dem Tiere hielt der Knabe sich auf und wurde traurig. Der Kopf war zerquetscht. Wenn dieses flinke Wesen der Gefahr nicht entkommen konnte, dann war sie groß. Freilich, das arme Tier hatte keinen Beschützer gehabt. Er eilte weiter und kam hinab zum Hohlgrabenbach. Hier war die Brücke abgebrochen und davongeschwemmt. Und so gründlich, daß nicht zu erkennen gewesen wäre, wo sie gelegen, wenn nicht der ein- und ausmündende Fahrweg die Stelle gezeigt hätte. Der Bach war mit seinen braunen, dicken Fluten weit aus den Ufern getreten, er war rasend. Er donnerte und brauste, und an jedem Stein, an jedem Baumstamm sprang er ellenhoch auf und schleuderte sein Gischten an den Hang empor. Und vor diesem Ungetüm stand das Bauernknäblein. Es mußte hinüber, weil es heim wollte zu Vater und Mutter.

Aber es war keine Möglichkeit, hinüberzukommen. Sollte er nun den weiten, wüsten Weg wieder zurückmachen müssen bis in das Kirchdorf? Sollte er in dieser Schlucht übernachten und warten, bis das Wasser fällt? Sollte er, am Bachesrand hinkletternd, eine Stelle suchen, wo die Möglichkeit, hinüberzukommen, eine größere ist? Es war der Abend nicht mehr fern, der Leib zitterte dem Knaben vor Erschöpfung, und der braune Strom brüllte und lechzte nach einem Opfer. Der Lenzerl verlor nicht den Mut, er dachte: Ich werde wohl hinüberkommen. Er legte seine kleinen Hände aneinander und sagte laut: »Herr Jesu Christ, was soll ich jetzt tun?«

In den Gründen das Wasser, in den Wipfeln der Wind. Aufgeschreckte Krähen flogen wirr umher, und an den hohen Stämmen eilten schwarze Eichhörnchen und hüpften von Wipfel zu Wipfel.

Als der Knabe am steinigen Hang eine Strecke hingegangen war, um einen Steg zu suchen über den wilden Bach, sah er einen großen, halbentwurzelten Baumstamm. Der war über den Bach hingesunken und drüben mit dem Wipfel an der Krone eines verknorrten Tannenbaumes hängengeblieben. Das ist der Steg, den mir der Herr Jesus gelegt hat, dachte der Knabe und begann ohne weiteres an dem hängenden Stamm hinanzuklettern. Das dichte Geäste an dem lehnenden Baume war selbst wie ein Wald, durch den er sich mühevoll weiterarbeiten mußte, immer sich sorgfältig festklammernd. Denn unter ihm brandete die rote Flut, und so sehr er sein Auge hütete, daß es zwischen den Ästen nicht hinabschaue in das Wallen und Wirbeln, so hub doch alles um ihn an zu kreisen. Jetzt ist der Schwindel da! konnte er noch denken, dann verflocht er sich hastig mit Händen und Beinen ins Geäste und schloß die Augen. Er wollte in solcher Stellung nur warten, bis der Schwindelanfall vorüber sei, aber siehe, der Wind schaukelte so sanft den Baum, und die Wasser sangen so schön ...

Hoch an dem querüberhängenden Baumstamme, über dem tobenden Wildbach, war der Lenzerl eingeschlafen. –

Oben im Bergbauernhofe hatten sie müssen das Herdfeuer auslöschen. Der Wind hatte durch den Schornstein den Rauch zurückgestoßen, daß in Küche und Stube kein Mensch atmen konnte. Und wollte man Fenster öffnen, so wirbelte der Sturm herein und sprühte auf dem Herd die Funken auseinander und an die Holzwand hin. Wer sich ins Freie wagte: die Luft unter dem schweren grauen Himmel war so klar, daß die fernsten Berge deutlich wie die nächsten dastanden, aber ein Stoßen und Stöhnen war in dieser Luft, daß der Bruder Franz vom »wilden Gjaid« sprach. »Seht ihr, wie er schlittenfahren tut, der wilde Jäger!« Denn dort an den gegenüberliegenden kahlen Berghängen ging eine Schneelahn um die andere nieder, auf dem weißen Schneefelde dunkle Striemen zurücklassend, von der Höhe bis tief ins Engtal. Man sah, wie klein es oben anhub, ein dünner, schwarzer Faden, an dessen unterem Ende ein weißer Knäuel hing, der den Faden in die Länge zog, rasch und immer rascher – größer, breiter, bis der Riesenknäuel in der Tiefe verschwand und ein langes Donnern hinging in den Bergen.

»Wenn ich nur heut den Buben nicht hätte fortgehen lassen!« rief die Bäuerin immer wieder aus.

Ihr Mann, der Bauer, tröstete sie: »Am Morgen ist's noch nicht so wüst gewesen. Er wird gut ins Kirchdorf gekommen sein. Und wird er wohl so gescheit sein, daß er dort bleibt.«

»Der bleibt nit dort, wie ich ihn kenn'!« sagte sie. »Er hängt allzuviel an daheim.«

»Na, na, die Tafern-Wirtin hat ihn nicht fortgelassen. Die gibt ihm schon zu essen und ein gutes Bett, bei der fehlt ihm nichts. Morgen kommt er heim. So was Wildes kann nicht lang anhalten.«

Die Mutter hat nichts mehr gesagt, hat ihre häuslichen Arbeiten verrichtet, hat den Leuten das Nachtmahl bereitet. Und während sie es verzehrten, ist sie davongegangen. Im lodenen Wettermantel ihres Mannes, in seinen Stiefeln und mit seinem Bergstecken hat sie sich auf den Weg gemacht, um ihrem Lenzerl entgegenzugehen. Denn, daß er auf dem Wege war, das galt ihr sicher, und daß er noch nicht daheim war, obschon es schon zum Abend ging, sagte ihr: Er ist in Gefahr!

Bald war sie unten in der Hohlgrabenschlucht, und da konnte sie nicht weiter. Die Brücke ist fort! »Mein Gott! Da kann er freilich nicht heimkommen!« Daß er gerade auf der Brücke gewesen sein konnte, als sie brach, das fiel ihr nicht ein. »Er ist eben wieder umgekehrt; er kann nicht her, und ich kann nicht hin. Da ist nichts zu machen. Gott wird ihn beschützen!« – Sie blickte in den reißenden Strom, und je länger sie hinschaute, je größer und wilder schien er zu werden.

Etwas weiter unten sah sie Baumgefälle über dem Wasser liegen. So finster schwarz an beiden Seiten die steilen Waldberge aufragten, so grau lag der Abendhimmel und legte sein blasses Licht nieder auf die Holzbrüche. Davor stand ein großer Mann, der Holzknecht Wendelin. Er hatte in seine Waldhütte gehen wollen den Bach entlang und hatte die Verheerung gesehen. Die Bäuerin fragte den Mann gleich nach ihrem Knaben, ob er nichts von ihm gesehen hätte?

»Still sei!« sagte er und schaute gespannt auf einen Baumstamm, der quer über dem Bach lehnte und mit dem Wipfel hier an einer Tanne hängengeblieben war. »Dort oben ist was«, sagte er und zog die Bäuerin an der Hand der Stelle näher. »Ich hab' das Ding schon eine Weil' betrachtet, es kommt mir nicht recht für. Als ob was Lebendiges im Astwerk wär', gar ein Mensch. Aber es rührt sich nichts. Da hat gewiß einer herüberkrauchen wollen und ist hängengeblieben.«

»Jeß Maria! Nachher ist's mein Lenzerl!« schrie die Bäuerin hellauf.

»Schrei nit so, Weibmensch! Daß er jäh erschrickt und ins Wasser patschen kunnt!«

Aber das Rauschen des Wildbaches sorgte dafür, daß keine menschliche Stimme hinaufdrang. Der Holzknecht war auf die Tanne geklettert, spähte nach dem Wesen im hängenden Stamm und bedeutete der Bäuerin herab, sie solle ruhig sein, er sehe schon, was es sei, er wolle den Vogel bald haben. – Es währte nicht länger als drei Minuten, aber sie waren die qualvollste Zeit, die das Weib je erlebt hatte. Sie sah ihr Kind hundertmal ins Wasser stürzen und davonrinnen und ertrinken. – Ein Holzknecht weiß sich zu helfen bei den Bäumen. Seine Joppe hatte er herabgeworfen, dann stieg er, immer vom Sturme umbraust, von Ast zu Ast die Tanne höher hinan, schwang sich oben auf den herübergefallenen Baum, kletterte an dem schwankenden Stamme hinaus, erfaßte mit fester Hand den Knaben am Arm. Der erwachte und schrie. Seine ins Astwerk verklemmten Glieder loszulösen war nicht leicht – doch es gelang, der Holzknecht brachte den Lenzerl herab und stellte ihn neben seiner Mutter fest auf den Erdboden.

Dieweilen war auch der Bergbauer gekommen, seinem Weibe nach, und war der Franz gekommen, seinem Bruder nach, zu helfen, wenn wo zu helfen wäre. Wo die Brücke abgebrochen war, kamen sie alle zusammen. Und haben unter Dankgebeten den Knaben heimgetragen.

Dann sind sie sehr glücklich beisammengesessen im Bergbauernhause.

»O mein Kind!« sagte die Mutter. »Wenn du nicht den Herrn Jesus von der heiligen Kommunion bei dir gehabt hättest, da wär's wohl nicht so gut ausgegangen. Er hat dich heimgeführt. – Und jetzt, Lenzerl, denke ich, du gehst in Gottes Namen schlafen.«

Ehe der Kleine das tat, kniete er in den Wandwinkel hin, faltete die Hände, schloß die Augen und sah vor sich stehen den lieben Herrn Jesus, der in der Kommunion zu ihm gekommen war.

Bald hernach war es im einschichtigen Bauernhause dunkel geworden. Über das Dach dahin brauste der wilde Föhn, der Urwaldstämme bricht und Berge stürzt, aber an dem frommgläubigen Kindesherzen vergeblich rüttelt.

Die heilige Katharina

Als der achtzehnjährige Bursche, die Hände in den Hosentaschen, durch das Städtchen schlenderte, guckten ihm die Mädchen und Weiber nach.

»Das ist er!« flüsterten sie.

»Er muß entsprungen sein«, sagte eine, »es ist nicht denkbar, daß sie einen Mörder nach vierzehn Tagen wieder auslassen. Die Standarn werden ihn gleich haben!«

»Wenn ihn der Schutzengel nur in mein Haus wollt' führen. Bei mir findet ihn keiner.«

»Ich habe gehört, er soll gehenkt werden.«

»Um den wär's schad'!«

Der Bursche kümmerte sich um solches Schwatzen der städtischen Weibsleute nicht. Er trachtete, daß er aus dem »Stadtl« kam, und schritt dann über die winterlichen Felder dahin. Die Welt war voller Nebel und der Bursche voller Freuden. Hübsch ausgerastet sind wir, und morgen ist der Faschingstanz daheim beim Scheibenwirt in der Baldau. Der Arrestdiener hat uns gesagt, jetzt, weil wir den Raufhandel haben gehabt und gesessen sind, jetzt werden wir uns vor den Dirndln nicht erwehren mögen. Wollen halt einmal sehen, was an der Sache ist.«

Ein hübscher Junge war's. Feine Stiefeln trug er, vorne gespitzt und Wichsleder! Eine schwarze Tuchhose, ein grauer Lodenrock, aus dessen Brustschlitz eine »juchtene« Zigarrentasche lugte, ein Hütchen aus Hasenhaaren, etwas schief auf dem lichtblonden Köpfel; eine rotseidene Halsbinde flatterte am weißen Hemdkragen, im frischen Gesicht ein junges Schnurrbärtchen, die braunen Augen munter in den Nebel blickend! Entsprungene Sträflinge sehen nie so aus, entlassene selten!

Plötzlich hörte er hinter sich eine Stimme: »Muß doch sehen, wegen was der Herr Arrestant gar a so laufen tut.«

Das war schon eine. Die feine Chorsängerin von der Baldau war's, des Stegrochel Anna Maria. Sie sah aus wie das junge Leben; dem Winter sagt man nach, daß er nur Eisblumen wachsen lasse. Verleumdung. Auf die Wangen der herzigen Dirnlein malt er Rosen, wie sie der Frühsommer nicht schöner hat. Trotzdem sie unter dem Arm einen in blaues Tuch gewickelten Gegenstand trug, der nicht gar leicht zu sein schien, schwebte sie zierlich auf dem Schneeweg heran, bis sie vor dem Burschen stille stand und sich ausschnaufte.

»Jetzt hab' ich dich«, sagte sie.

»Und ich dich auch«, sagte er.

»Tust eh' auch in die Baldau hinüber«, sagte sie, »nachher gehen wir miteinander.«

»Und macht's dir nichts, daß du mit einem Verbrecher gehst?« fragte er munter.

»Hast recht«, antwortete sie, »mit dir soll eins jetzt gar nimmer umgehen. Der Thoma tut zwar schon wieder Holz schneiden. Die Schramm' am Kopf wär' schon lang heil, wenn er der Zwickelschusterin ihr Pflaster nicht drauf hätt'. Kunnt'st ihm aber auch den Schädel eingeschlagen haben, du Wildling, du! Wegen was ist's denn eigentlich hergangen?«

»Kannst dir's wohl denken, der Weiberleut' wegen. Er hat mir vor allen Leuten zugeschrien, ich wär' noch ein junger Rotzlecker und tät' keine kriegen. ›Aber du kriegst eine!‹ hab' ich gesagt, da hat er auch schon eine gehabt.«

»Vetter«, sagte das Mädchen, als sie nun auf dem enggeleisigen Schlittweg nebeneinander hingingen, wobei einmal er an sie, einmal sie an ihn anstrich, »daß ich dir's nur sage, mir ist's nicht alles eins gewest, wie sie dich haben fortgeführt. Gelt, Lenz, von jetzt an bist wieder brav, und daß du nimmer eingesperrt wirst.«

»Wenn mich wieder einer schimpft, so schlag' ich wieder zu!« sprach er schneidig.

»Ist denn das ein Schimpf, wenn einer sagt, du kriegst keine?«

»Das ist einer.«

»Und weißt es denn, daß du eine kriegst?«

»Bis jetzt hab' ich keine mögen.«

»Da hast du ganz recht gehabt, Vetter, das ist ganz gescheit von dir.«

»Was heißest denn du mich alleweil Vetter?« war seine Frage.

»So, das weißt nicht? Wie wir zwei miteinander verwandt sind, weißt nicht? Von deiner Mutter die Schwester ist meine Godl (Patin).«

»Du, Annamirl«, sagte der Bursche, »da weiß ich eine viel nähere Verwandtschaft miteinand'. Dein Vater und mein Vater sind zwei Brüder g'west.«

»Jesses Maria.«

»Das ist gewiß. Der meine dem Stockbauern sein Bruder und der deine der Scheibenwirtin ihrer.«

Kriegte er einen Klaps auf den Mund.

Der Weg stieg bergan, sie hatten den Kilmstock zu übersteigen und zu trachten, daß sie noch vor dem Einbrechen der Nacht in die Baldau kämen.

»Geh, Annamirl«, sagte der Bursche nun, »wirst deinen Striezel selber schleppen, gib ihn her.«

»Das ist ja kein Striezel nicht«, sagte das Dirndl lachend, »und ich will meine Sach' schon selber tragen.«

»Was ist es denn?«

»Kannst raten? Aber nicht greifen.«

»Das Ding«, meinte der Lenz, mit dem Blicke prüfend, »schaut sich gerade an wie ein Stiefelknecht.«

»Wenn du so tief unten anhebst, kannst hundert Jahr raten«, lachte sie.

»Ist's am End' das Wetterfahndl zu eurem neuen Hausdach?«

»Noch zu tief.«

»Wenn das auch noch zu tief ist, nachher laß ich's sein.«

»Magst nicht so gut sein und ein Stückel in den Himmel hinauf raten?«

»Von wo hast es denn her?«

»Aus dem Stadtl, vom Anstreicher.«

»Himmel? – Anstreicher?« überlegte der Bursche. »Nachher hast gar ein blaues Firmament bei dir.«

Das Mädchen schlug an ihrem Bündel ein wenig das blaue Tuch auseinander. Ein hellglänzendes Kindergesicht mit einem messingnen Heiligenschein ward sichtbar.

»Kennst sie? Kennst sie nicht? Die heilige Katharina! Haben sie zur Schutzpatronin für unsere Hauskapelle! In der Fastenzeit wollen wir wieder beten dabei. Ist schon arg verschossen gewest. Hat sie der Vater anstreichen lassen und bin ich sie heute holen gewest.«

»Deck sie nur wieder zu«, sagte der Lenz, »sonst darf man unterwegs nicht einmal fürwitzig sein.«

»Daß dir der Fürwitz nicht vergangen ist im Arrest!« entgegnete sie und verhüllte das Bild.

»Du, da ist er mir erst gekommen. Den ganzen Tag liegen auf der Bank, bei der Nacht auch. Gesunde Kost und gute Behandlung. Ein bissel Karten gespielt haben wir, ich und der Herr Kerkermeister. Wer einmal ein paar Wochen lang Feiertag haben will, etwan im Sommer, wenn die heiße Mahdzeit ist – kunnt ihm nichts Besseres raten, als einen prügeln.«

Unter solchem Gespräche waren sie hinan und immer weiter hinangestiegen. Da kamen sie in den Sonnenschein; tief unter ihnen in den Tälern, wie ein graues Meer, lag der Nebel, und die hohen Berge standen in der Ferne wie leuchtende Inseln empor, deren höchste Spitzen aber kreisende Wolkenhauben hatten. Die Bäume und Sträucher, an denen unser wanderndes Paar vorüberkam, waren über und über vom Stamme bis zum feinsten Zweige mit silbern schimmernden Eisnadeln bewachsen. Im Schnee zogen die Spuren von Rehen und Hirschen und von allerhand Gevögel.

Der Lenz blieb stehen, schaute eine Weile hinaus und sagte dann: »Eigentlich, wenn man's nimmt, schöner ist's doch auf dem Berge als wie im Arrest.«

Da die Anna Maria auf dem Schneewege ein paarmal ausgerutscht war, so führte er sie Arm in Arm, und je müder sie wurde, je enger zog er sie an sich.

Als sie um den Nockstein gebogen hatten und durch das von Felswänden eingeschlossene Kar hinanstiegen den holperigen Schneepfad, verdüsterte sich allmählich der Himmel, und es begann ein sachtes Schneien und Schneetreiben.

Auf dem Sattel des Gebirges, wo der Weg sich abzweigt in den weiten Talkessel der Baldau, steht das Alpenhaus. Es ist vom Österreichischen Touristenklub erbaut worden, steht aber in der Winterszeit, wenn nicht etwa zu Weihnachten Städter kommen, leer und verschlossen.

Weil die Annamirl den Berg heran schon müde geworden war und weil ein eiskalter Wind strich, der ganze Wolken von Schnee herantrieb, so versuchte der Bursche an der Türe des Alpenhauses, ob sie aufgehe. Beim ersten Druck ging sie nicht auf. Tat er einen erklecklich stärkeren, sie ging noch nicht auf. Stemmte er sich mit aller Gewalt an, da brach sie ein.

»So, da wären wir«, sagte der Lenz und zog das Mädchen mit in das Haus. Da drinnen war's aber schreckbar finster und frostig; der Bursche riß einen Fensterbalken auf, und nach wenigen Minuten brannte auf dem Herd ein prasselndes Feuer.

»Aber Lenz«, murrte die Annamirl, »was treiben wir denn da?«

»Jausen wollen wir«, entgegnete er, begann in den Schränken herumzusuchen und fand Schnaps, Kaffee, Zucker und Zigarren.

»Also, Hausfrau, pack an!« rief der Bursche.

»Nicht einen Finger rühr' ich«, sagte sie, »ich will meines Weges!«

»Schau hinaus«, entgegnete der Lenz.

Draußen tobte ein solches Schneegestöber, daß sie nicht zwei Klafter weit in die Luft hineinsahen. Die Schneemassen schienen aus dem Boden zu wachsen, und die Fenster, an denen der Bursche eben die Läden aufgemacht hatte, schien der Schnee wieder vermauern zu wollen.

»Mach dir nichts draus, Annamirl«, sagte der schalkhafte Lenz, »zu Ostern oder Pfingsten wird's schon wieder aper sein, und jetzt wollen wir Kaffee trinken.«

Der heiße Trank machte das allverzagte Dirndl ein wenig munterer. Das Stübchen war mittlerweile auch warm geworden, wenn zwar ein bißchen räucherig, weil der Sturm den Rauch nicht durch den Schornstein ließ.

»In Gottes Namen«, sagte der Bursche, eine Zigarre anbrennend, »so wär' ich halt wieder im Arrest; aber besser«, er schlang seinen Arm um den Nacken der Annamirl, »besser gefällt mir doch dieser auf dem Berg, als wie jener unten in der Stadt. Jetzt wollen wir halt einmal in einem Herrenhaus unseren Fasching halten, wir zwei.«

Die heilige Katharina wurde von der feucht gewordenen Umhüllung befreit und auf den Tisch gestellt. Die Annamirl kniete davor nieder und betete zu der heiligen Märtyrin und Jungfrau um Hilfe und Erlösung aus dem drohenden Schneegrab. Plötzlich sprang sie auf, gegen den Strohbund hin und schlug mit dem feuchten Tuche hastig drauflos. Was das bedeute? fragte der Lenz. Ja, ob er's denn nicht gesehen hatte, wie vom Herdfeuer ein Funke in das Stroh gespritzt sei? Da könne das »schönste Malheur« geschehen! Der Lenz lobte die vorsichtige Hausgenossin.

Sie konnte ihm nun aber nicht ins Gesicht blicken. Es kochte in ihr etwas wie Zorn gegen ihn, und doch war ihr klar, daß sie heute, bei dem Einfalle dieses Schneegestöbers, verloren gewesen, wenn nicht er mit ihr des Weges gegangen wäre. Das einzig Angenehme war ihr, daß sie kein böses Gewissen zu haben brauchte. So mit ihm allein zu sein – es geht ja gar nicht anders. Und er ist im Grunde doch ein guter Bursch!

»Ich weiß nicht, warum ich alleweil den nassen Rock auf dem Leibe herumschleppen soll!« sagte der Lenz, zog die Jacke aus und hing sie über den Herd. Es waren aber auch die übrigen Kleider naß.

»Das ist nicht gesund«, sagte die Annamirl, und legte auch ihre Joppe ab.

»Wir müssen auch inwendig einheizen«, meinte der Lenz und reichte ihr den Schnapsplutzer.

»Mir ist gerade warm genug«, war ihre Antwort.

»Die Nacht ist lang«, sagte er und nahm selbst einen guten Schluck zu sich, »wenn wir auch das Herdfeuer nicht ausgehen lassen! Wir werden zu tun haben, daß wir uns warm halten!«

Darauf sagte die Annamirl nichts mehr, sondern strich an den Tisch hin und hüllte die heilige Katharina mit der Schürze zu.

Draußen toste der Sturmwind und pfiff schrill zu den Fensterfugen herein. Es war finster geworden, die Fensterscheiben waren weiß belegt mit Schnee. Bisweilen ächzten die Wände.

Dem Dirndl war angst und bang, und als der Lenz sich nun zu ihr setzte, hübsch nahe – es war ihm heiß und kalt – schob sie ihn nicht zurück.

So saßen sie auf dem Strohbunde. Als wäre jedes von ihnen das Untergehende und klammerte sich ans andere zur Rettung, so war es. Anfangs, als sie sich anschauten, schlug ein Blick den anderen zu Boden. Aber endlich hielten sie einander mutig aus und blickten sich fast krampfig starr an. Wie es ist, wenn man aus scharfer Kälte in eine weiche Wärme kommt, sie waren halb betäubt und verloren sich sachte in die Ungründe eines süßen Traumes. Aller Winterschnee – so empfand es das Dirndl – war geschmolzen in einem seltsamen Föhn, rosige Knösplein sproßten aus der Erde, zwitschernde Vögel umkreisten die grünen Wipfel – der Lenz war da. Der Lenz war bei ihr. Fast schon schmolz sie selbst dahin im Föhn seines Kusses, da war plötzlich in der Stube ein Gepolter. Die Träumenden fuhren empor, das Dirndl ächzte vor Schreck. Die heilige Katharina war vom Tisch gesprungen.

Auf dem Boden lag sie hingestreckt, und die Annamirl war nüchtern im Augenblick.

»Wer weiß, was das bedeutet!« sagte sie.

»Ich weiß es: daß der Wind das Fenster aufgerissen und die Figur umgeworfen hat.«

»Lenz!« sprach sie hierauf mit ernster und doch weicher Stimme. »Ich habe die heilige Katharina vorhin gebetet um ihren Schutz. Es wäre aus gewesen. Lenz, ich hab' dich viel zu lieb!«

In diesem Augenblick ein derbes Pochen an der Tür. Das war nicht der Sturm. Der Bursche öffnete.

Zwei Schneemänner traten herein mit aufgepflanzten Gewehren. Gendarmen. Sie forderten den Lenz auf, mit ihnen zu gehen, denn er hätte in das Alpenhaus eingebrochen.

»So, Bub«, sprach das Mädchen mit dem Humor der Verzweiflung. »Dir hat's ja gar so gut gefallen im Arrest, jetzt kannst gleich wieder hinein.«

»Oho!« rief der Bursche und stellte sich scharf vor die Gendarmen hin. »Jetzt frage ich die Herren, für was ist denn dieses Schutzhaus erbaut, als für Leute, die im Gebirge vom Unwetter überfallen werden? Hätten wir da draußen vor dem Hause steckenbleiben und erfrieren sollen?«

Das sahen die Herren ein. Sie waren zufällig an dem Alpenhause vorübergekommen, weil sie in die Baldau wegen des Faschingsballes gingen; und weil sie im Hause etwas gewahr worden, so hätten sie gemeint, es wären Schelme drin. – Ob nicht ein warmer Tropfen zu haben wäre.

Nachdem sie sich mit dem Reste des Branntweins geatzt, verließen nun die vier Personen selbander das Schutzhaus und kämpften sich zur Not durch Schnee und Gestöber hinab in die Baldau.

In der Kapelle des Stegrochel steht heute die heilige Katharina. Der Lenz ist fortgezogen von der Gegend, so erweist die Annamirl der lieben Heiligen alles mögliche Gute. Ein seidenes Bändchen, eine brennende Ampel, ein Kranz von Rosen – sie ehrt frommen Sinnes in dem Bilde die Blutzeugin und unversehrte Jungfrau. Wohl an der Nase hat es eine ganz kleine Narbe, das Bildnis – niemand als die Annamirl weiß, was das bedeutet.

Biographie

1843   *31. Juli:* Peter Rosegger wird in Alpl bei Krieglach in der Obersteiermark als ältester Sohn eines Bergbauern geboren.

1860–1863   Er ist als Hüter tätig und lernt Lesen und Schreiben bei einem pensionierten Schullehrer. Weiterhin absolviert er eine Lehre als Schneider. Er bildet sich autodidaktisch weiter und befasst sich mit Literatur. Teilweise kopiert er Werke in kunstvolle Handschriften und macht dadurch den Chefredakteur der »Grazer Zeitung« auf sich aufmerksam.

1865   Rosegger beginnt eine kurze Lehre als Buchhändler in Laibach.

1865–1869   Er besucht die Akademie für Handel und Industrie. 1867 lernt er Adalbert Stifter kennen. Weitere Bekanntschaften während dieser Zeit verhelfen ihm zu Stipendien und ermöglichen ihm so seine Reisen in den folgenden Jahren.

1870   Rosegger veröffentlicht den Gedichtband »Zither und Hackbrett« und die Sammlung »Tannenharz und Fichtennadeln«, sowie die »Sittenbilder aus dem steirischen Oberlande« in Graz.

1870–1872   Peter Rosegger unternimmt verschiedene Reisen nach Deutschland, in die Niederlande, die Schweiz und nach Italien. In dieser Zeit werden die Erzählungen »Geschichten aus der Steiermark« verfasst.

Nach den ersten Erfolgen Entschluss, die Schriftstellerei hauptberuflich auszuüben. Sein erster Mentor mit liberaler Gesinnung, der Prager Verleger Gustav Heckenast, besorgt bis zu seinem Tod 1878 die Herausgabe seiner Werke.

1872   Sein erster Roman »In der Einöde« wird in Pest veröffentlicht.

1875   Der Roman »Die Schriften des Waldschulmeisters« erscheint. Im selben Jahr stirbt seine Ehefrau Anna Pichler, worauf Rosegger in Depressionen verfällt.

1876	Er siedelt nach Graz über, wo er Gründer und Herausgeber der Monatszeitschrift »Heimgarten«, einem politischen und literarischen Forum wird. Die Zeitschrift besteht bis 1935. Er folgt der Tradition der Dorfgeschichte Berthold Auerbachs und lässt sich vom österreichischen Schriftsteller Ludwig Anzengruber inspirieren. Rosegger veröffentlicht die eigenen Werke, viele davon in Mundart verfasst, unter dem Pseudonym »Petri Kattenfeier«.
1877	»Waldheimat« erscheint in Pressburg/Leipzig. Das Buch beinhaltet Kindheitsgeschichten, die mehrfach ergänzt wurden.
1879	Rosegger heiratet die Unternehmertochter Anna Knaur.
1888	Sein Roman »Jakob der Letzte« erscheint in Wien.
1890er	Rosegger gehört dem »Verein der Friedensfreunde« von Bertha von Suttner an.
1900–1902	»Als ich noch ein Waldbauernbub war«, Erzählungen Roseggers in 3 Bänden, erscheinen in Leipzig.
1901	»Mein Himmelreich« erscheint in Leipzig.
1903	Rosegger erhält die Ehrendoktorwürde der Universität in Heidelberg.
1905	»I.N.R.I.« erscheint in Leipzig.
1907	Rosegger wird Ehrenmitglied in der »Royal Society of Literature« in London.
1913	Rosegger wird Ehrendoktor der Universität in Wien.
1913	Er erhält die Ehrendoktorwürde in Graz.
1918	*26. Juni:* Der Schriftsteller Peter Rosegger verstirbt in Krieglach in der Steiermark.

Erzählungen der Frühromantik

1799 schreibt Novalis seinen Heinrich von Ofterdingen und schafft mit der blauen Blume, nach der der Jüngling sich sehnt, das Symbol einer der wirkungsmächtigsten Epochen unseres Kulturkreises. Ricarda Huch wird dazu viel später bemerken: »Die blaue Blume ist aber das, was jeder sucht, ohne es selbst zu wissen, nenne man es nun Gott, Ewigkeit oder Liebe.«

Tieck Peter Lebrecht **Günderrode** Geschichte eines Braminen **Novalis** Heinrich von Ofterdingen **Schlegel** Lucinde **Jean Paul** Des Luftschiffers Giannozzo Seebuch **Novalis** Die Lehrlinge zu Sais
ISBN 978-3-8430-1878-4, 416 Seiten, 29,80 €

Erzählungen der Hochromantik

Zwischen 1804 und 1815 ist Heidelberg das intellektuelle Zentrum einer Bewegung, die sich von dort aus in der Welt verbreitet. Individuelles Erleben von Idylle und Harmonie, die Innerlichkeit der Seele sind die zentralen Themen der Hochromantik als Gegenbewegung zur von der Antike inspirierten Klassik und der vernunftgetriebenen Aufklärung.

Chamisso Adelberts Fabel **Jean Paul** Des Feldpredigers Schmelzle Reise nach Flätz **Brentano** Aus der Chronika eines fahrenden Schülers **Motte Fouqué** Undine **Arnim** Isabella von Ägypten **Chamisso** Peter Schlemihls wundersame Geschichte **Hoffmann** Der Sandmann **Hoffmann** Der goldne Topf
ISBN 978-3-8430-1879-1, 408 Seiten, 29,80 €

Erzählungen der Spätromantik

Im nach dem Wiener Kongress neugeordneten Europa entsteht seit 1815 große Literatur der Sehnsucht und der Melancholie. Die Schattenseiten der menschlichen Seele, Leidenschaft und die Hinwendung zum Religiösen sind die Themen der Spätromantik.

Brentano Die drei Nüsse **Brentano** Geschichte vom braven Kasperl und dem schönen Annerl **Hoffmann** Das steinerne Herz **Eichendorff** Das Marmorbild **Arnim** Die Majoratsherren **Hoffmann** Das Fräulein von Scuderi **Tieck** Die Gemälde **Hauff** Phantasien im Bremer Ratskeller **Hauff** Jud Süss **Eichendorff** Viel Lärmen um Nichts **Eichendorff** Die Glücksritter
ISBN 978-3-8430-1880-7, 440 Seiten, 29,80 €

Erzählungen aus dem Biedermeier

Biedermeier - das klingt in heutigen Ohren nach langweiligem Spießertum, nach geschmacklosen rosa Teetässchen in Wohnzimmern, die aussehen wie Puppenstuben und in denen es irgendwie nach »Omma« riecht.

Zu Recht. Aber nicht nur.

Biedermeier ist auch die Zeit einer zarten Literatur der Flucht ins Idyll, des Rückzuges ins private Glück und der Tugenden. Die Menschen im Europa nach Napoleon hatten die Nase voll von großen neuen Ideen, das aufstrebende Bürgertum forderte und entwickelte eine eigene Kunst und Kultur für sich, die unabhängig von feudaler Großmannssucht bestehen sollte.

Georg Büchner Lenz **Karl Gutzkow** Wally, die Zweiflerin **Annette von Droste-Hülshoff** Die Judenbuche **Friedrich Hebbel** Matteo **Jeremias Gotthelf** Elsi, die seltsame Magd **Georg Weerth** Fragment eines Romans **Franz Grillparzer** Der arme Spielmann **Eduard Mörike** Mozart auf der Reise nach Prag **Berthold Auerbach** Der Viereckig oder die amerikanische Kiste

ISBN 978-3-8430-1884-5, 444 Seiten, 29,80 €

Erzählungen aus dem Biedermeier II

Annette von Droste-Hülshoff Ledwina **Franz Grillparzer** Das Kloster bei Sendomir **Friedrich Hebbel** Schnock **Eduard Mörike** Der Schatz **Georg Weerth** Leben und Taten des berühmten Ritters Schnapphahnski **Jeremias Gotthelf** Das Erdbeerimareili **Berthold Auerbach** Lucifer

ISBN 978-3-8430-1885-2, 440 Seiten, 29,80 €

Erzählungen aus dem Biedermeier III

Eduard Mörike Lucie Gelmeroth **Annette von Droste-Hülshoff** Westfälische Schilderungen **Annette von Droste-Hülshoff** Bei uns zulande auf dem Lande **Berthold Auerbach** Brosi und Moni **Jeremias Gotthelf** Die schwarze Spinne **Friedrich Hebbel** Anna **Friedrich Hebbel** Die Kuh **Jeremias Gotthelf** Barthli der Korber **Berthold Auerbach** Barfüßele

ISBN 978-3-8430-1886-9, 452 Seiten, 29,80 €